三个愿望

THREE WISHES

LIANE MORIARTY

[澳大利亚] 莉安·莫里亚蒂——著　王焱——译

北京时代华文书局

图书在版编目（CIP）数据

三个愿望 /（澳）莉安·莫里亚蒂著；王焱译 . —北京：北京时代华文书局，2023.3
书名原文：Three Wishes
ISBN 978-7-5699-3291-1

Ⅰ．①三… Ⅱ．①莉… ②王… Ⅲ．①长篇小说－澳大利亚－现代 Ⅳ．① I611.45

中国国家版本馆 CIP 数据核字 (2023) 第 004200 号

Copyright © 2004, LMM Creative Pty Ltd

北京市版权局著作权合同登记号　图字：01-2020-0780

拼音书名 | SAN GE YUANWANG

出 版 人 | 陈　涛
策划编辑 | 韩　笑
责任编辑 | 徐敏峰
执行编辑 | 韩　笑
责任校对 | 薛　治
封面设计 | 璞茜设计
内文设计 | 孙丽莉
责任印制 | 訾　敬

出版发行 | 北京时代华文书局 http://www.bjsdsj.com.cn
　　　　　北京市东城区安定门外大街 138 号皇城国际大厦 A 座 8 层
　　　　　邮编：100011　电话：010-64263661　64261528
印　　刷 | 三河市兴博印务有限公司　电话：0316-5166530
　　　　　（如发现印装质量问题，请与印刷厂联系调换）
开　　本 | 880 mm×1230 mm　1/32　印　张 | 12.25　字　数 | 280 千字
版　　次 | 2023 年 8 月第 1 版　　　　 印　次 | 2023 年 8 月第 1 次印刷
成品尺寸 | 145 mm×210 mm
定　　价 | 68.00 元

版权所有，侵权必究

献给我的四个姐妹与弟弟
杰西、凯蒂、菲奥娜、肖恩和尼古拉

致 谢

我想把最真挚的感谢送给以下这些朋友：瓦妮莎·普罗克特，感谢她花了很长时间阅读我的原稿，并作出批注；杰西·莫里亚蒂（我的姐姐，也是我的灵感来源），感谢她提出的宝贵建议和意见，以及对我的鼓励；我的姐夫科林·麦克亚当，朋友彼得罗妮拉·麦戈文和马里萨·梅迪纳，感谢他们提出的宝贵意见；我的母亲黛安娜·莫里亚蒂，感谢她为我提供从鲜花到婴儿等各种话题的专业信息。这本书是麦考瑞大学硕士学位的成果之一，很感谢我的老师们，尤其是玛塞勒·弗赖曼博士和同学们，感谢他们对我的支持。我还要感谢我的经纪人菲奥娜·英格利斯对这本书的大力支持，以及朱莉娅·斯泰尔斯一丝不苟的校对工作。最后，我要感谢我的出版商兼编辑凯特·佩特森，感谢她以敏锐的眼光对本书的编辑提出建议和指导。

劳伦斯·赖特所著的《双胞胎：基因、环境和身份之谜》（1997）对我理解三胞胎之间的特殊关系有很大帮助。

目 录
CONTENTS

序   1

生日争吵   3

第一章   9

卷心菜叶的把戏   29

第二章   31

第三章   48

烫发和口服避孕药   65

第四章   66

第五章   81

第六章   98

渡 口   105

第七章   107

第八章   123

神奇的焦糖圣代   135

第九章   137

第十章   155

第十一章   171

第十二章   183

第十三章	195
第十四章	197
苏西，正面还是反面？	219
第十五章	221
第十六章	240
第十七章	254
第十八章	267
舞池里的维纳斯	278
第十九章	279
第二十章	295
扭起来	303
第二十一章	304
柴可夫斯基和牛油果沙拉	314
第二十二章	315
第二十三章	325
第二十四章	336
科索街的肥皂泡	345
第二十五章	347
第二十六章	353
第二十七章	369
第二十八章	378
后　记	382

序

有时，在不经意间，你便已经出演了一部关于你自己的喜剧、悲剧或情景剧。你跑着去赶早班车，公文包随着你得意地摇摆，而下一秒你就像摔在操场上一样跌倒在人行道上。你被困在拥挤的电梯里，呼吸沉重、四周寂静无声，这时你的爱人说了一些足以激怒你的话（"你刚才说了什么？"），或者你的孩子问了一个相当微妙的问题，或者你的母亲打来电话，听筒里传出尖锐的警告声。电影院里你拖着脚步从一排观众面前走过，在预告片的聚光灯下，你把爆米花倒在了一个陌生人的大腿上。当你和一个有权势的人（如一个银行出纳、干洗店的清洁工或是一个三岁孩子）发生争吵时，你的痛苦正在逐日积累。

你可以忽略那些静静微笑的观众，对他们怒目而视，或者幽默地耸耸肩。如果你是个派头十足的演员，你可以向他们微微鞠躬。不过你做什么并不重要，因为这些有趣的小故事是观众所创作的，你无法决定自己所扮演的角色；如果这正合他们的心意，他们会剥夺你更多的尊严。

悉尼的六月，在一个寒冷的夜晚，这样的"表演"就发生在三个女人身上（其实这样的事贯穿着她们的一生，但这次的"表演"尤为壮观）。

背景是一家繁忙的海鲜餐厅，《悉尼美食指南》称这家餐厅"充满惊喜"，那些举止过于得体的人不包含在本次表演的观众之列，其余的人都目不转睛地享受着整场演出。

短短几个小时里，这件小事已经被现场观众们不断地转述和再加工，逗得他们在家等候的保姆、室友或伴侣开心不已。第二天一早，至少有十几个版本的故事在办公室隔间、咖啡馆、酒吧和幼儿园流传开来。有些故事很有趣，有些却让人不敢苟同；许多故事遭到了审查，有几个被添油加醋。

当然，没有一个版本是相同的。

生日争吵

昨晚吗？是个"多事之秋"。

没有伴侣就不会生出那么多事端。相亲简直是场灾难。

不，是在遇到萨拉之后不久。我告诉过你，我都准备好回去了。问题是她的声音，就像从一台损坏的电话里听别人的声音。

我不是挑剔，我是真的听不到那个女人在说什么！你也不能让别人一直重复，不然也太尴尬了。整个晚上我恨不得趴在桌子中央，竖起耳朵连蒙带猜地听她到底在嘀咕什么。其中我觉得有句话很好笑，就轻笑了一下，但那个女孩的表情看起来像是吓了一跳。

她真的很好，只不过她需要一个耳朵更好的人。

最好是仿生的。

不过就忘了那场约会吧，我想她可以的。事实上，她应该忘不掉，因为，就像我说的，那晚……发生了太多事。

餐馆里挤满了人，我们坐在三个女孩旁边。一开始由于正忙着完善我的唇语技能，我都没注意到她们，后来因为其中一个女孩的手提包带缠住了我的椅子，我才第一次看过去。

嗯，很好看。虽然我的确有一些偏好——但我这话还是说早了。

所以，一开始这三个女孩玩得很开心，她们笑得越来越大声。每次她们笑的时候，我和我的约会对象都会苦笑着看一眼对方。

一直到十一点左右，我们才逐渐开心起来，因为这场约会即将结束。我们打开甜点菜单，她用手语建议我们分享一块蓝莓芝士蛋糕，显然我不想扫了她的兴致，所以并没有表明我不爱吃甜食。和女生一起享用甜食的意义是什么？是为了让她们开心。

但我们永远都没机会点单了，因为那场表演开始了。这时餐厅的灯都熄灭了，走出三位女服务生，她们每人都拖着一个巨大的血淋淋的……

蛋糕！

我对托马斯说，我的老天爷！三个蛋糕！每个女孩一个！所有的东西都被那些嘈杂的火花点燃了，我个人认为这很可能是个火灾隐患。她们唱了三遍生日快乐歌——整整三遍！托马斯觉得这太荒谬了。每唱一遍声音就更大一些，周围也更嘈杂，最后餐厅里的每个人都在唱歌。

当然除了托马斯。他一整晚都在烦那三个女生的吵闹声，他甚至向服务员投诉了！在我看来，她们只是三个友好的、精力充沛的年轻人，好吧，她们在一开始确实是这样，其中一个怀孕的女生在走过去时还朝我礼貌地笑了笑。

当晚她们都吃了很多蛋糕，很显然没有在节食，她们还互相换着尝了一勺。这挺好的，我想。

不知什么原因，她们引起了我的注意，我一直在留意着。我注意到，吃完蛋糕后，她们每个人都轮流大声地读一些东西，我觉得好像是一些信。我不知道这些信到底是怎么回事，但就在几秒钟后，叫喊声出现了！

天哪，吵得特别厉害！所有人的目光都被吸引过来，托马斯都惊呆了。

其中一个女生挪开椅子站了起来，她的脸上满是鲜红色的斑点，手里摇晃着叉子，大声尖叫，是的，她在尖叫，我从未见过一个人如此生气！

好吧，不知道这段我能不能说。

这样吧，你过来，我悄悄地告诉你，当时她大声喊道："你们两个人……他妈的毁了我的生活！"

我心想，这到底是怎么回事？

刚刚我还和山姆说，我可以从六号桌拿到一笔数目可观的小费，因为她们玩得如此尽兴，而且都喝得烂醉。

就连其中一个怀孕的女生也喝了两杯香槟，不过这不太好吧？怀孕的时候喝酒就不怕生出来的孩子智力不正常吗？

最让我不敢相信的是她居然这么对自己的姐妹，虽然我的妹妹也让我很生气，但——她们是三胞胎啊！

我和你说过她们是三胞胎吗？

今天她们来餐厅是为了庆祝彼此的三十四岁生日，其中两个金发女生长得一模一样，我刚看到的时候吓了一跳，接着就一直盯着她们，就像在玩"大家来找碴"，这感觉太奇怪了。因为我之前从未见过三胞胎，而且她们看上去也很友好，所以我问她们身为三胞胎是一种什么样的感受。

其中一个女生很喜欢自己的三胞胎身份，而另一个却觉得很可怕，她说觉得自己像个变种人。最后一个女生表示这就是一件很平常的事，没什么大不了，和其他家庭也没什么不同。

接着她们就开始争论成为三胞胎到底是什么感觉，当然了，只是礼貌而幽默地讨论。

所以后来听到她们打起来时我简直不敢相信，她们是真的在很认真地打架，对彼此充满了仇视。你知道吗，这就好像她们把特别私密的事搬上了公共大荧幕，别人看着也很尴尬。

山姆让我端几杯咖啡过去，分散她们的注意力，所以我调整好脸上的表情，走到她们桌前。就在那时，事情发生了。我和你说，我真的吓坏了，手里的咖啡也晃得厉害。

你记得那两个每周四都会来的老化石吗？就是那个一直会点布丁的老女人，还有她那个很瘦的老公，她老公的屁股上还老是沾着什么东西。当时我的手抖得太厉害了，卡布奇诺的泡沫都飞到了她老公锃亮的头顶上！

行了行了，让我缓一缓，最精彩的部分要开始了！

其中一个女生站在桌边对着她的姐妹们大喊大叫，手上拿着火锅叉对着空气挥舞。

她们的主菜点了一份特色奶酪火锅，唉，现在想想，把火锅叉放在桌上是我的错。

希望她们不要告我，哈哈。

所以，这个女孩拿着叉子，像个疯子一样大喊大叫。接下来她的动作你绝对想不到：她把叉子扔向她的姐妹，然后叉子正好插进了那个孕妇的肚子！

孕妇应该是蒙了，她就坐在那儿，看着自己的大肚子和这把插在她身上的叉子。那画面看起来非常诡异。

扔叉子的女生站在原地，手还保持着刚刚的动作，僵在半空中，好像她想要阻止一个要掉下来的玻璃杯或什么东西，然后意识到为时已晚。

接着……只见……她摔倒了。

不，不是那位孕妇，是那个扔叉子的女生。

她只是稍稍有些崩溃，下一秒就重重地倒在地上，在摔倒的过程中，她的下巴猛地撞到椅子边缘，发出砰的一声巨响。

她躺在地上，完全失去了知觉。

孕妇就静静地坐在那儿,看着叉子插在自己的肚子上,神情有些恍惚。然后她摸了摸肚子,将叉子拔了出来,接下来的一幕把所有人都吓坏了:叉子上全是血!太恶心了!

餐厅里一片寂静,寂静得甚至让人觉得很吵。所有人都坐在那里,看着她们。

她们的第三个姐妹也是如此,她叹了口气,接着摇了摇头,好像没发生什么大事。她弯下腰,从桌下拿起手提包,掏出了……

她的手机,拨打了救护车的电话。

然后她给我打了电话,让我和她们在医院门口碰头。没错,这简直是场灾难!

她们都三十多岁了,为什么不能成熟一点儿,在公共场合互相扔东西?没有一点儿羞耻心!况且还是在她们生日当天!

我真的觉得她们有必要去找一位靠谱的精神科医生,完全没开玩笑。

你还记得她们小时候去的那家城里的餐馆吗?

那天琳恩泼了卡特一身柠檬水,我们被经理赶了出去,我这辈子从没那么丢人过,更别提我们还有一瓶上好的红葡萄酒落在那里。那天卡特去医院缝了四针。

都怪你,弗兰克。

不,确实应该怪你。

不然把克里斯蒂娜也算上。弗兰克,克里斯蒂娜就是那个破坏我们婚姻的女人,这正好说明了今天的事你需要负多大的责任!

我没有扯开话题!我们婚姻的破裂确实给女儿们造成了伤害,今天这件事一点儿都不正常,对多胞胎来说也不正常!

我接到电话的时候还和会计在一起,真的无话可说!我总不能告诉她:"抱歉,奈杰尔,我女儿向她怀孕的姐妹身上扔火锅叉,然后自己晕倒了,磕坏了下巴。"

你真应该看看我到医院后她们的那副德行!她们居然还笑得出来?都把这件事当儿戏,真的气死我了!

我真的搞不懂她们。

弗兰克,别假装你比我更懂她们,你那样不是在和她们交谈,而是在调情!

她们身上还有一股难闻的大蒜味,主菜肯定是点了海鲜火锅,真的,你不觉得这道菜很奇怪吗,这听起来像是能吃的东西吗?

而且她们应该都酗酒了。

弗兰克,你觉得很好笑吗?可能伤到了肚子里的宝宝,也可能宝宝已经死了。

我们的女儿可能亲手杀了我们的外孙!

我的天,说不定明天就上《每日电讯报》的头版新闻了。

我觉得我说得一点儿都不夸张。

当然,我也很想知道,我一到这里就问她们了。

"到底是怎么回事?"

第一章

故事要从三十四年前说起,那年弗兰克·凯特尔二十岁,个子高高的、长相一般。他之前在教堂做过辅祭,身上好像有永远消耗不完的精力。弗兰克当时迷上了一个女孩,她有着一头红色的秀发和修长的双腿,散发着慵懒的气息。那女孩叫玛克辛,还有几天就是她的十九岁生日了。

女孩很清楚这场激情是男孩体内新鲜的睾丸素在作祟,但还是和他发生了关系。他们一共做了两次,在弗兰克父亲那辆霍顿汽车的后座。第一次是激烈的,他们不停地变换姿势,头时不时地会撞到车壁,狭小的空间里充满了嘶哑的呻吟和急促的喘息声,与汽车收音机里约翰尼·奥基夫[①]狂野的吼叫声相得益彰。第二次是平缓的,他们更温柔、更舒服地体验了这场欢愉,车内猫王轻柔的歌声也提醒着他们温柔地爱[②]。但无论哪一次后果都不堪设想,每次弗兰克体内都有一颗旺盛的精子,突破重重障碍迎头撞进玛克辛一颗不那么活跃的卵子,打破了两人本该平淡无奇而毫无交集的生活。

这段激情过后他们开始了各自的新生活,玛克辛尝试接触一些

---

① 约翰尼·奥基夫(1935—1978),澳大利亚摇滚歌手。

② 指美国流行天王"猫王"埃尔维斯·普雷斯利在 1956 年发行的歌曲《温柔地爱我》。

更合适的男孩,与他们单纯地约会,而弗兰克也转移了目标,开始追求一个身材凹凸有致的黑发女孩。但与此同时,两颗刚刚受精的卵子也没闲着,正沿着输卵管奔向它们的避风港——玛克辛那吓坏了的年轻的子宫。

玛克辛的生日终于到了,她请查理·爱德华兹将自己长长的红发向后撩起,鼓起脸颊,吹灭了十九根蜡烛。但此刻,她体内的一颗受精卵在强烈的摩擦下一分为二,另一颗则在两颗新的相同的受精卵之间悠闲地穿梭。

生日宴上的玛克辛十分惊艳,客人们从未见过如此美丽的她——身材苗条、容光焕发,简直惊为天人!但谁又能想到此时她的肚子里已经有了三胞胎,而孩子的父亲居然还是一位天主教信徒?

没错,后来弗兰克和玛克辛结婚了,婚纱照中两人神情淡定、目光呆滞,完美展现了刚刚经受巨大创伤后的状态。

七个月后,他们的三胞胎女儿在啼哭和踢闹中出生了。此前玛克辛甚至从未抱过孩子,现在却突然多了三个,这应该可以说是她年轻的生命中最绝望的时刻了。

好吧,这个开头是杰玛最爱的版本。这时卡特就会跳出来反驳:如果她要从受孕开始讲起,那怎么不追溯到整个族谱?怎么不从人猿、宇宙大爆炸开始?"那你还真说对了。"杰玛肯定会笑她——这不就是爸爸和妈妈的宇宙大爆炸吗?"哈,可真——有趣。"卡特会接上一句。"我们来梳理一下逻辑。"这时琳恩会出来打断她们,"很明显,故事应该从意大利面之夜开始。"

琳恩说得没错。

那是一个平平无奇的星期三的夜晚,当时距离圣诞节还有六周。这样无聊的夜晚所发生的事他们可能到周五就忘了。"周三我们一般做什么？""不知道，看电视？"

好吧，的确如此，那一晚他们在电视机前喝着红酒，吃着意大利面。卡特盘腿坐在地板上，背靠着沙发，腿上放着餐盘。沙发边缘坐着她的丈夫丹，由于茶几很矮，他需要弓着背吃饭。他们总是如此。

意大利面是丹做的，用料丰富，味道清淡。丹在厨艺方面的造诣比不上卡特，他有点儿太偏实用主义了。丹搅拌配料的时候就像在搅拌混凝土，你能想象他一只手臂抱着碗，另一只手疯狂地搅拌一堆黏稠的混合物，用力到肱二头肌十分突出。"那又怎样，完成任务就行。"

那个星期三的夜晚，卡特没什么特别的感觉；她没有特别开心，也没有特别难过。只是后来想起来有些奇怪，回想起当时她坐在那儿，往嘴里塞着丹做的意大利面，如此愚蠢地相信生活中的一切。她真想冲回去对着自己大喊："专心点儿！"

当时他们正在看一部肥皂剧，名字叫《医学院》，讲述了一群年轻漂亮的医学生的故事，他们有着闪亮洁白的牙齿和复杂的爱情生活，每一集都充斥着血腥、性和痛苦。

卡特和丹都对这部剧有点上瘾，每当剧情出现新的转折时，他们就会特别激动，像孩子们看闹剧一样对着电视大喊大叫："混蛋！""甩了他！""药拿错了！"

这个星期，故事讲到其中一个角色埃莉（金发碧眼、矫揉造作、穿着短款T恤的女生）很焦虑，她不知道该不该告诉男友皮特（黑发、阴沉的男生，腹肌很奇怪）自己酒后和一个闹事者（客串角色）乱性，背叛了他。

"埃莉，告诉他！"卡特对着电视大喊，"皮特会原谅你的，他会理解的！"

这时突然插进广告，电视上一位穿着黄色夹克的男子疯疯癫癫地在百货公司蹦来蹦去，难以置信地用手指着那些圣诞特价商品。

"我定了那个疗养和美容的项目。"卡特一边说着，一边把丹的膝盖当作杠杆，越过他去拿胡椒粉，"预约的时候，那个女人的声音听得我心里黏糊糊的，就像在做按摩。"

她准备在圣诞节带她的姐妹们去蓝山疗养所过周末，她们将在那里感受一种"纵情享受"的"精致体验"——被裹在海藻里，浸在泥里，脸上涂着富含维生素的面霜，一定非常有趣。

能想出这个计划，她绝对是个天才，因为到了圣诞节那天，所有人都会脱口而出："你可太聪明了！"在她们姐妹当中，琳恩确实需要解压，杰玛不需要，但无论如何她都会装作自己很需要。卡特自己也没有什么特别的压力，但因为她还没有孩子，并且已经停药差不多一年了，所以可能这也算压力吧。"别给自己太大压力了。"所有人都对她这样说，显得自己很聪明，好像这句话是什么管用的窍门，而他们则是第一个给她传授窍门的人。很显然，你的卵巢在察觉到你担心怀孕的那一刻就决定拒绝配合了。"好吧，如果你要是真生气的话，咱们就关门大吉吧。"

丹看到电视上的健康保险广告，皱了皱眉："这种广告真烦人。"

"你看，它的效果达到了，别的广告可没见你看得这么认真。"

丹闭起眼睛，把头转过去说："行，我不看了，不看了。天哪，那个女人的声音怎么还在响，放过我的耳朵！"

卡特拿起遥控器，故意把声音调大。

"啊！"他大叫一声，睁开眼从她手里抢过遥控器。

他这样的举动完全正常。但她事后回想起来，不知怎的，这一切反而让事情变得更糟了。因为他举止正常的每一刻其实都是背叛。

"嘘，电视剧开始了。"

屏幕上出现了被埃莉戴绿帽的男友，正在舒缓地展示着自己畸形的腹肌。

"告诉他啊，"卡特对着电视说，"我要知道真相，否则我会疯的！快告诉他，埃莉！"

"你真这么想？"丹问道。

"对啊，你不是吗？"

卡特的脑袋里并没有立马响起警钟，她把酒杯放到咖啡桌上，感觉下巴上又长了一个粉刺，这绝对是个噩兆——她要来月经了。"啪！"这个粉刺就像是每个月定时按下的官印：本月这个女人将不会怀孕。好吧，对不起，那再试一次！卡特一摸到下巴上恶心的小血斑，立马仰起头，她感觉自己像个巫婆一样，痛苦地叫了起来。这简直是个笑话，真让人扫兴。毕竟这么多年来她一直在担心自己生不出孩子，毕竟这几个月她一直都在说："面对怀孕这个重大的生活变化，我们做好准备了吗？我觉得我们有，你说呢？好吧，我觉得我们还是应该再享受一个月的自由生活！"

别想了，她对自己说，别再想了。

"卡特。"丹叫她。

"怎么了？"

"我有事想和你说。"

听到丹沉闷的语调，卡特不屑地哼了一声，以为他在模仿剧中的人物对话。"天哪！"说完，卡特哼起了《医学院》中的一段配乐，一般来说，剧中只要响起这段音乐，接下来定会出现夸张或可怕的

13

情节。

"什么？难道你也是埃莉？你也背叛过我？"

"嗯。"

他看上去好像要生病的样子，而且演技也不怎么样。

卡特放下手中的叉子。"开玩笑吗？你是说你和别人睡过了？"

"嗯。"这会儿丹的嘴唇似动非动，样子很是奇怪。他看上去十分内疚，像个做错事被抓的小男孩。卡特拿起遥控器，关掉了电视。她能感觉到自己的恐惧，心怦怦直跳，但奇怪的是，内心又有一种强烈的迫切感，迫切地想要知道。这种恶心的感觉就像在坐过山车，车经过顶端时所产生的强烈的抗拒感——我不想从悬崖上飞驰而下，但我又想，我很想！

"什么时候？"她仍不太相信，似笑非笑地问，"你是说几年前？我们第一次约会的时候？应该不是最近吧？"

"大概一个月前吧。"

"什么？"

"这根本不算什么。"丹低头看了看自己的盘子，用手拿起一个蘑菇，快送到嘴边时，他把蘑菇重新扔进盘子里，用手背擦了擦嘴。

"可以请你从头开始说吗？什么时候发生的？"

"一个晚上。"

"哪个晚上？当时我在哪里？"她在脑中摸索着过去几周发生的事情，"是哪个晚上？"

大约是三周前的一个周二晚上，丹打完壁球后正在喝酒，那时他遇上了一位女孩。女孩主动走过来搭讪，他有些受宠若惊，因为她……嗯，长得相当漂亮。丹有些醉了，他跟着女孩回到她的住处，接下来的事情也就可想而知。显然，这根本不算什么。他不知道自

14

己怎么会做出这么蠢的事情,可能是因为最近工作压力太大,还有,你知道的,孩子的事。很明显不会再有下一次了,他真的非常、非常、非常抱歉,也真的很爱她。这件事藏在心里这么久,说出来总算解脱了!

这就像是发生在他身上的一件有趣而奇特的事情,直到今天才想起来告诉卡特。她问了一些问题,他也一一作答了。"她住哪儿?""你是怎么回家的?"

丹说完后,卡特呆呆地盯着他,全身肌肉紧绷,能预感到随之而来的伤痛,就像献血时看着医生一边微笑,一边找她的血管。

"她叫什么?"她问道。丹的眼神闪避了一下,说:"安杰拉。"

最终,她的心被狠狠地拧了一下。这个女孩是真实存在的,她有着真切的名字,丹知道她的名字。

她盯着盘子里已经凝固的晚餐,每一根意大利面都像蛇一样盘绕着,让她觉得恶心。眼前仿佛有一个镜头,突然被点了一下,先前模糊的世界重新清晰地聚焦在一起。

她开始重新打量起眼前的客厅,起居室里随意摆放着一些垫子,光滑的地板上铺着颜色鲜艳、样式奇怪的地毯。书架上摆满了照片,每一张都是经过精心挑选并装裱的,见证了他们幸福的生活。你看,我们是多么可爱,多么见多识广、健康又幽默。你看这张,我们穿着滑雪服笑着抱在一起!还有这张,这是马上要去潜水了,我们笑得多开心!这是在朋友的聚会上,你看我们对着镜头摆出的表情多讽刺!

她回头看了看丹,这是她的丈夫,长得确实很英俊。这一点曾经也给她带来了一些烦恼,当然了,是幸福的烦恼。

眼前这个人背叛了我,她试着这样想。这太离谱了。她脑中出现一个念头：重新打开电视，假装什么都没发生过。我得把明天要穿的裙子熨一下，圣诞节的安排也应该做起来了。"这真的没什么，"丹的声音传来，"只是一次很傻的一夜情罢了。"

"我不想听到这个词！"

"好。"

"低俗。"

丹恳切地看着她，鼻子下面的一滴番茄酱正微微地颤抖着。

"你脸上沾到吃的了。"她恶狠狠地说了一句。他的愧疚让她变得膨胀，因为正义而强大了起来。此刻他就像是罪犯，而她是警察，并且是坏警察，抓住罪犯的衣领往墙上猛撞。

"为什么现在要告诉我这些，只是为了让你自己好受一些吗？"她问道。

"我不知道，我一直拿不定主意，然后你说你想知道真相。"

"我是在对埃莉说！当时我正在看电视！我在吃晚饭！"

"所以你不是在说这件事？"

"需要我发誓吗？算了，一切都晚了。"

他们就这么坐着，沉默了几秒钟。突然，卡特很想像个五岁孩子一样在操场上大哭一场，因为丹注定是她的朋友，她特殊的朋友。

"但是为什么？"她的声音开始嘶哑，"你为什么要这么做？我不明白你为什么！"

"这真的没什么，它什么都不是。"这是他朋友教他说的？"兄弟，就和她说这真的没什么，她们就想听这个。"

如果此刻她正在演《医学院》，应该会有一滴泪珠从脸颊缓缓滑落，令人心碎。但事实上她发出了一种奇怪的"呼哧呼哧"的声音，就像跑步过程中的喘息声。

"别难过了,亲爱的。"

"你叫我别难过?"

丹试探性地将手搭在她的胳膊上,被她一把推开。"别碰我!"

他们惊恐地望着对方,丹的脸色惨白。卡特突然意识到他们之间的感情已经出现了巨大的裂缝:他碰过了一个自己从未见过的女人,恰到好处地抚摸着她,也一定吻了她。这些关于性爱的所有微小、琐碎的细节让她不由得浑身发抖。

"你帮她脱胸罩了吗?"

"卡特!"

"我是说,我知道她的胸罩肯定脱了,是她自己脱的,还是你脱的?接吻的时候你把手放到她的背上然后解开了吗?解起来困难吗?那些扣子解起来很麻烦吧,你也有一段时间不用担心这个了。所以你怎么弄的?解开之后终于松了口气?"

"别说了,好吗?"

"我偏要说。"

"是我脱了她的胸罩,可以了吗!但是真的没什么,当时我喝醉了,这跟我和你完全不一样,我没有——"

"这根本没什么。行,我明白了。那你们做的时候用了哪种没有意义的姿势?"

"卡特,求你了。"

"她高潮了吗?"

"求你了,别再说了。"

"亲爱的,你不用担心。她肯定高潮了,毕竟你那些小技巧还是靠得住的,她一定很感谢你吧。"

"卡特,我真的求求你,别说了行吗?"他的声音有些颤抖。

她擦了擦额头上的汗水,天气太热了。

她觉得自己现在的样子真丑,事实上她确实很丑。她用手摸了摸下巴,摸到了那个粉刺。化妆,她需要化妆!她需要化妆、一身行头、一个造型师和冷气。这样她就能像《医学院》里的那些明星一样,感受到一阵阵干净而美丽的悲伤。

她站起来,端起两人的盘子。

喉咙痒得难受。花粉症,老毛病了。她把盘子放回咖啡桌上,打了四个喷嚏。每次闭上眼睛打喷嚏的时候,她的脑海里就会浮现出胸罩带子滑落的画面。

丹走进厨房,拿了一盒纸巾回来。

"别看我。"她说。

"什么?"他抽出纸巾。

"让你别看我。"

说着,她拿起一盘意大利面,径直朝墙上扔去。

发件人:杰玛

收件人:琳恩;卡特

主题:卡特

琳恩!预警,预警!危险,危险!我刚刚和卡特聊过了,她的心情特别特别差。我觉得二十四小时内还是不要给她打电话让她照顾玛蒂了。

祝好

杰玛

发件人:卡特

收件人：杰玛

主题：我

预警！预警！如果你要发邮件告诉别人我心情不好，请别发给我。这样我的心情才会真的不好。

发件人：琳恩

收件人：杰玛

主题：卡特

杰玛，回复邮件时注意区分"回复所有人"和"回复作者"。设置通讯录！卡拉来照顾玛蒂，不用担心。琳恩。

发件人：杰玛

收件人：琳恩；卡特

主题：卡拉

琳恩，我不会设置通讯录，但还是谢谢你提醒我。不是我吓唬你，但是你听过婴儿摇晃综合征吗？我觉得让玛蒂和卡拉待在一起太危险了，上次我看到她在很疯狂地摇一盒玉米片。你知道她是个青少年，青少年的激素都会有问题，所以他们多少会有点儿疯疯癫癫。要不，你等卡特心情好了再问问她？不然我就只能放那个俏锁匠鸽子了，为了救玛蒂的命，我只能这样了。记得回复我。

祝好

杰玛

卡特想知道她的脸是不是哪里不一样了，她感觉好像变青了，也肿了，两只眼睛都像被打了一拳。事实上她全身都变得异常脆弱，僵硬地站着，一站就是一整天，好像被太阳晒伤了一样。

她也没想到自己竟被伤得这么深，痛苦竟能持续这么久，工作的时候她一直在想，自己应该去吃点儿止痛药，后来才想起来受伤的并不是身体。

昨晚她几乎没睡。

"今晚我睡沙发。"丹看着她，脸色苍白，带着一股壮烈感。

"不行。"卡特说，她才不会让丹得逞。直到他们躺在床上，卡特望着天花板，听到丹的呼吸开始变慢——他真的要睡了——她突然打开灯，说："出去。"

丹把枕头放在肚子前面，睡眼蒙眬地走了出去。卡特躺在床上，想象着她的丈夫和另一个女人上床的场景。她就躺在那儿，和他们盖着一床被子，看着他的手和她的手，他的嘴和她的嘴。

她停不下来，也不想停下来，她必须一分一秒地想象那些令人极其痛苦的细节。

半夜，她把丹叫醒，问他那个女孩当时穿的是什么颜色的内裤。
"我忘记了。"他睡眼惺忪地说。

"你记得！你肯定记得！"她不停地追问，最后丹终于受不了，说他觉得可能是黑色。那一刻，卡特终于哭了出来。

现在是下午四点半，卡特看着运营会议上的同事们，不禁想到，这种可耻的羞辱，是否也曾经发生在他们身上。

销售总监罗布·斯潘塞坐在白板旁他最喜欢的位置上，兴致勃勃地写下华丽的箭头和方框。"福克斯！我想这已经把我的观点讲得很清楚了！"

罗布·斯潘塞，好吧，他就是个笑话。在过去五年里，他一直和财务部美丽的约翰娜小姐暧昧不清，这是整个公司人尽皆知的秘密。赫林达勒巧克力公司入职培训的一个固定环节就是向新员工讲述罗布和约翰娜的传奇故事。只有两个不知道这件事的人——罗布的妻子和约翰娜的丈夫，当然，也只是可能不知道而已。公司每年都会举办一年一度的圣诞晚会，这两位可怜的伴侣一旦出现在晚会上，每个人都会向他们投去愉快又怜悯的目光。

卡特突然想到，现在的自己倒是有些像罗布·斯潘塞那位可怜的妻子了。在安杰拉与已婚男子一夜情这个有趣的故事里，她就是那位不知名的妻子。"唉，其实我也挺替他妻子难过的……""他妻子的事又不是你的责任……""谁在乎他老婆啊，安杰拉，快把整件事一五一十地讲来听听！"

她用力咽了口唾沫，低头看着罗布的分析，想找到一个快速羞辱他的方法。

这些彩色的图表和漂亮的电子表格，当然都是出自他的"爱将"之手。

有了。

"罗布。"卡特开口。

在场的十个人齐刷刷地回头看着她，一脸如释重负的表情。

"卡特里奥娜！"罗布从白板前转过身，牙齿在黄褐色的阳光下闪闪发光，"你有什么要反馈的吗？"

"我只是想知道这些数据是从哪里来的。"她说。

"优秀的数据当然来自优秀的人，这些都是玛吉帮我算出来的。"他一边说着，一边用一种充满诱惑的神情敲了敲白板上的数据，仿佛此刻正被玛吉伺候得神魂颠倒。

"行，那你给了她哪些源数据？"卡特问道。

"我看一下。"罗布开始手忙脚乱地翻桌上的文件。

卡特享受着杀戮开始前的这一刻。"麻烦看一下这里的营销预算,你给到她的好像是上个财年的数据。所以你们的分析,虽然做得很漂亮,但……怎么说呢……和预算没有一点儿关系?"

真贱。男人的自我意识太脆弱了,就和他们的蛋蛋一样。她会为此付出代价的。

"罗布!你完蛋了!"产品部的乔一拳捶在桌上。

罗布举起双手,有些幼稚地做出投降状:"这只猫咪①的眼睛可真厉害,又抓住我了!"

他看了看表:"快五点了,今天是周五,你们还愣在这里干吗?想和我一起在这儿丢脸吗?卡特里奥娜,我能给我这位对手叫杯酒吗?"

他的眼睛里好像蒙上了一粒粒浑浊的鹅卵石。

卡特笑了笑,"下次再说吧。"

她打包好桌上的文件,离开了会议室,对罗布·斯潘塞的憎恨让她感觉很不舒服,这种厌恶不适合在工作场所出现。

发件人:杰玛

收件人:卡特

主题:喝一杯

你想去喝一杯吗?

你心情不好的话我们可以一起聊聊(当然,没说你现在心情

---

① 主人公卡特的名字是 Cat,也有"猫"的意思。

不好）。

爱你

杰玛

另，在卡拉的问题上，你一定要支持我！

再另，我好像没钱了，你之前是不是欠我钱了？

卡特坐在酒吧里等她的姐妹们，四周灯光昏暗，桌上摆着三瓶啤酒。

她不准备把那件事告诉她们，她和丹需要时间来自己解决问题。她没有必要把婚姻中的细节都和姐妹们分享，那样太奇怪了，而且有种三胞胎依赖性。"你怎么什么都和她们说！"丹每次都会这样说，他知道的事情还不及她们的一半。

卡特深知，一旦杰玛和琳恩知道了这件事，鬼哭狼嚎是少不了的，故事也没办法再继续讲下去。杰玛肯定会冲出去买雪糕和香槟，琳恩则会发起电话攻击，让朋友们给卡特介绍靠谱的婚姻顾问。当然，接下来还有很多让人窒息的建议，她该做什么，她不应该怎么做，卡特已经预想到了两姐妹争吵的内容。

她们会太在意这件事，这样反而会弄巧成拙。

这时一个男人出现在她面前，看样子想要坐在她旁边的两个空位上。卡特喝了一大口啤酒，狠狠地瞪了他一眼。

"我就是确认一下这里有没有人！"那人连忙举起手说道，一副受伤的样子。

她肯定不会告诉她的姐妹们。光看她停药之后发生了什么就知道了：她的月事已然成了姐妹们的公共财产，每个月她们都会准时打来电话，兴高采烈地问她月经来了没有。

当然，在她发飙之后她们就没再打了。记得那次她对杰玛说道："是啊，它来了，我可能生不出孩子了，这下你满意了？"杰玛听后大哭一场。当时经痛伴随着内疚之情，让卡特觉得一阵恶心。

"这些位子……"

"有人了。"

"这人怎么了？"

"别理她，贱人。"

两个穿着芭比套装的女孩踩着高跟鞋摇摇晃晃地走了，卡特盯着指关节，想象自己跳起来一拳打在她们涂着口红的漂亮嘴唇上。

她想知道那个女孩长什么样。

安杰拉。

她也许个子小小的，前凸后翘，就像刚刚那两个女孩，她们现在正对着一群男人笑得花枝乱颤。很显然，那些男人都已婚。

卡特恨极了那些小个子的、曲线丰满的女人。她们就像一个个洋娃娃，仰起可爱的脸庞对着她，在她们的衬托下，卡特就像是一个又高又笨重的巨人。

她的姐妹们能明白。高个子的女人都能明白。

但她并不想要她们的理解，这会让她备感羞耻。不知道是什么原因，一想到她们那写满同情的面孔，她就怒不可遏。这都怪她们。

卡特绞尽脑汁地想找到责备她们的合理借口。

当然，她与丹的初次相遇就是她们的错。

时间回到十年前的墨尔本赛马日。二十一岁的年纪，开心地喝着香槟（在那个年代，你还可以称廉价的气泡酒为"香槟"），在每场比赛押下大赌注。当天的她们放声大笑，大出风头。

当然，和每一位经过桌前的男孩搭讪也是必不可少的。

杰玛和他们交谈甚欢:"我们是三胞胎!你能看出来吗?你敢相信吗?我和她们两个长得不一样,我是那个单独的受精卵!她们是一个卵细胞分裂的,就是那半个受精卵。你愿意请我们喝一杯吗?我们可喜欢喝香槟了!"

琳恩说道:"你有什么好的建议?我个人最看好第五赛道的那匹'独行侠'。如果你要请我们喝一杯,就选这瓶9.99元[①]的香槟吧,我们都有杯子了,买整瓶的也没事。"

而卡特的话则是:"你的头也太大了,挡到我看电视了,我就要赢钱了,你能让一让吗?不然你想请我们喝一杯?"

那位大头男孩和卡特挨着坐在一个隔间里。他很高,所以他们必须挤在一起才能给他足够的空间。

那邪恶的绿瞳和胡茬。

他太迷人了。

"所以,"他说道,"你们都是前子宫室友啊。"

杰玛被他的话逗乐了,笑得眼泪直流。卡特靠在椅背上,小口抿着酒,想着接下来的剧情应该是这位迷人的先生会爱上杰玛。通常几乎没有男人可以抵挡住杰玛的笑容,他们无法掩饰自己羞怯而骄傲的笑,仿佛再次逗笑杰玛成了他们的人生使命。

不过这个男孩似乎对卡特更感兴趣。他的手就这样搭在卡特的膝上,卡特将它移开,重新放回桌上。

"你刚才是不是把手放在了卡特的膝盖上?"琳恩大叫起来,

---

① 本书货币单位均为澳元。

喝醉之后她的声音又升高了好几分贝,"杰玛!刚刚那个男生的手放在了卡特的膝盖上!"

"你喜欢她?"杰玛问道,"你想亲她吗?她的吻技可厉害了,反正是她自己说的。你亲完之后能给我们再点几杯香槟吗?"

"我不想!"卡特说道,"你们不觉得他的头太大了吗,而且他长得像个卡车司机。"

很迫切地,她想吻他。

"如果我这场比赛赌赢了,你会吻我吗?"那个男孩问她。

其他人都饶有兴致地看着他,她们生来就是赌徒,血液里流淌的无赖基因是她们祖父那一代就有的。

琳恩身子前倾,说道:"如果输了呢?"

"一瓶香槟。"男孩回道。

"成交!"杰玛伸出手和他握手,不小心打翻了卡特的酒杯。

"你们在做什么?给我拉皮条吗?"卡特问道。

男孩的马选好了,名叫"舞女"。

"没戏了!"琳恩大叫道,"老天爷,它的赔率是五十比一!你为什么不选那匹最喜欢的?"

接下来的整场比赛都回荡着杰玛和琳恩的尖叫声。

卡特全程坐在男孩身旁,眼睛盯着电视。比赛中"舞女"的成绩一直处于中游,直到最后几秒,它挣脱了束缚开始冲刺,解说员惊讶地提高了音量,杰玛和琳恩更是激动得哀号起来。

卡特能感觉到男孩的手正抵着她的后脑勺。伴随着轰隆声,"舞女"飞驰过终点线,男孩一把将卡特拉近,她不自觉地闭上了眼睛,仿佛沉浸在一个甜美的梦境中。他的身上有一股登喜路烟草味,混合着棕榈肥皂的清香,侵袭着卡特的嗅觉,而她又尝到了高露洁牙膏和图赫牌啤酒的味道。她想要眼前这个人，比任何东西都要迫切。

这个男孩就是丹，丹成了她的丈夫，而她的丈夫原来是个骗子。

卡特将手中的啤酒一饮而尽，然后开始喝另外两瓶。

杰玛和琳恩从"舞女"获得第二名时就开始崇拜丹，她们转身去要香槟，丹却声称没赢也会得到这个吻。他成功地从牛仔裤后面的口袋里掏出了钱包，递给了琳恩，同时他的舌头紧紧地和卡特的舌头缠在一起。太酷了！太性感了！太灵巧了！

她怎么可以承认如此可爱的丹其实并不是那么可爱呢。

她不会告诉她们的。

卡特用力将啤酒瓶扔在桌上，伸手去拿第三瓶。她抬起头，看到两个姐妹穿过酒吧向她走来。

杰玛的打扮一如既往，像个诡异而迷人的流浪女。她穿着一条褪色的花色连衣裙，以及一件有很多洞的羊毛开衫，这件开衫看起来又大又古怪，和裙子一点儿都不配。一头凌乱的红金色长发从肩膀上垂下，闪闪发光，发尾有些分叉。卡特看到门口有个男人转过头看着杰玛。很多男人没有注意到杰玛，但那些注意到的就真的被迷住了。那些人会想将她的头发从眼前拨开，想帮她卷起开衫袖子，想在她的钱包被偷之前提醒她记得拉上包的拉链。

琳恩刚从健身房教完有氧运动过来。一头金色直发柔顺地盘在脑后，脸颊健康红润，穿着一条牛仔裤和一件白色T恤，T恤看起来很像被熨过。她走运动风，皮肤白皙，又高又瘦。卡特觉得她的鼻子有点儿太尖了，不过也足够吸引人（或者，也许并没有）。卡特在看琳恩的时候也是在看三维空间的自己，三个充满活力的很像琳恩的维度。

每次看到姐妹们在公众场合亮相，卡特的快乐和自豪感就会油然而生。"快看她们！"她想告诉所有人，"那是我的姐妹，她们难道不棒吗？她们难道不讨厌吗？"

她们看到了卡特，直接坐在旁边两张椅子上，没有一句寒暄。

这是她们姐妹三人独有的默契，既不打招呼，也不寒暄。有人觉得这样很奇怪，但她们却觉得很有趣。

"所以我每天都在这家熟食店吃午饭，"杰玛说道，"不管我点什么，真的，那个收银员好像都会吓一跳。我说，我要一份水果沙拉，她就会瞪大眼睛说'你要水果沙拉！'实在是太好笑了。"

"我还以为你会讨厌水果沙拉呢。"琳恩说道。

"是啊，我只是举个例子。"杰玛说。

"好吧，那也应该举一个你真正点过的东西吧？"

卡特看着自己的姐妹们，感到四肢开始无力，终于如释重负。

她的手指绕着空啤酒杯的杯沿转了转，说："我有件事要告诉你们。"

卷心菜叶的把戏

你知道吗，我一看到卷心菜就会想到母乳。

她们现在还是那样吗，搞卷心菜叶的把戏？我可以告诉你当时的场景。那是三十年前的事了，当时我刚做护士助理一个星期。医院里的每个人都很兴奋，因为有个女孩生了三胞胎，所有人都想围观，甚至还有记者来报道呢！

当时我碰巧在产房里铺床，三个婴儿被推进来喂奶。我记得是马尔瓦尼修女，那个世上最残忍的女人，是她策划了整件事。护士们解开母亲的胸罩，接着她们居然从胸上剥下了几片绿菜叶！我简直惊呆了！不过这是因为有时在哺乳的过程中女性的乳房会变硬、变肿，冷冻的卷心菜叶恰好可以起到一些舒缓作用。

但是这位可怜的新手母亲真的很痛苦，她的脸紧绷着，面色苍白。三个小天使都睡得很熟，但那时候的人们往往墨守成规，每隔四个小时必须要定时喂一次奶。第一个婴儿似乎并不想醒来，她们就脱她的衣服、移动她，尝试了各种办法。最后马尔瓦尼修女出马，在她的小脸上洒了些水，这一招确实奏效，但孩子一醒来就哭，另外两个也被吵醒了，三个孩子都在哭！

她们抱来两个婴儿，教母亲如何把孩子夹在两只胳膊下，一人吃一边的奶，但母亲始终控制不住婴儿。这时马尔瓦尼修女急了，她开始大喊大叫，可怜的母亲也只能尽力按照指示去做。但这种情况下婴儿们已经被激怒了，声音简直吵上了天！整个病房的人都在围观。

最终，她们放弃了，找来了一个吸奶器。在那个年代，吸奶器还是一种很可怕的奇怪装置，又老又笨重。你可以想象，在当时的情况下，房间里充满了孩子们的号叫声，马尔瓦尼修女在一旁厌烦地唠叨不停，病房里的人还要假装不盯着看，这位母亲是多么崩溃啊！某一个瞬间她终于忍不住哭了出来。我的护士长还在一旁自以为是地说："三天忧郁定律，每个新手妈妈都逃不过在生产后的第三天会哭。"当时我就在想：老天爷，这样换成谁不哭啊？

第二章

"去死吧,王八蛋!"琳恩蹲在厨房的地上,拿着蟑螂喷雾器进行瞄准,仿佛手里的是把机关枪。

"小姐,注意你的言辞!"

琳恩抬起头,看到自己的继女卡拉吸着脸颊,一副受到惊吓的家长的模样。

"我以为你走了。"被抓包自娱自乐表演好莱坞黑帮电影,对琳恩来说也是件挺傻的事。一般她不会轻易说出"王八蛋"这类骂人的词,当然遇到蟑螂和她的姐妹们除外。

"它在逃!"卡拉上前帮忙。

琳恩回过头,只见那只蟑螂正穿过瓷砖,奔向水池下面的一条微型隧道。这下好了。它可以过上长久而美满的生活,然后生下许多甜美的蟑螂宝宝。

琳恩站起来,看了看手表,正好是九点整。

"你没迟到吗?"

卡拉疲惫地叹了一口气,表示她不想再回答另一个愚蠢的问题。

"好吧,没有吗?"琳恩问道,因为她实在忍不住。

"琳恩啊琳恩,"卡拉难过地摇了摇头,"我该拿你怎么办!"

琳恩第一次见到卡拉时,她才六岁。当时她还是个小女孩,一头乌黑的卷发上镶着蝴蝶发夹,粉红色手镯在纤细的胳膊上闪闪发光,发出刺耳的响声。

卡拉有一个超大的铅笔盒，这是她最珍贵的宝贝，她称之为"巧盒"。盒子里有一些特别的东西，比如闪光剂、胶水和厚实的塑料剪刀。琳恩被授予了"巧盒"的使用权，她们花了整个星期天的下午一起研究纸板和桨杆的制造。当卡拉终于开始有其他兴趣爱好的时候，琳恩也会支持她，给她提有建设性的意见。直到后来有一天，卡拉一本正经地将"巧盒"交到琳恩手中，对她说："给你，现在我把它的使用权交给你，你想什么时候用都可以。"这是琳恩经历过的最悲惨而尴尬的一天，最后她还是选择了放弃。

如今卡拉已经十五岁了，头发永远梳得直直的，整个眼眶画满了浓密的黑色眼线，有时她就没日没夜地待在躺椅上，打着哈欠，懒洋洋的，好像有调不完的时差。其他时候她又高兴地几乎要发狂，脸涨得通红，眼睛闪闪发光。手机是她最珍贵的财产，每天朋友们短信的提醒声响个没完。

琳恩看着卡拉打开冰箱门，斜胯站着，一边晃着门，一边看着冰箱里面，卡拉突然冒出一句："你的第一次是在什么时候？"

"不关你的事。"琳恩回道，"你吃早饭了没有，要不要吃点什么？"

卡拉热情地转过身，"你是不是很晚才……晚到你不好意思说？为什么啊，没人想和你睡？你也别太难过了，和我说说呗。"

"苹果不错，吃个苹果。"

卡拉拿了一个苹果。她砰的一声关上冰箱门，坐在厨房的长凳上。

"你觉得我爸的第一次给了谁？是我妈吗？"

"我不知道。"

卡拉偷偷地瞄了一眼琳恩。"明年年底之前我要破处。"

"确定？那你可真厉害。"

琳恩其实并不会特别担心卡拉这方面的情况，因为卡拉很挑剔，而且很容易有抵触情绪。就比如昨天晚上迈克尔只是在饭桌上说了一句"琳恩，用你的大脑帮我想点事吧"，卡拉就突然爆发了，她捂住脸，让他发誓再也不会说"用你的大脑"①这样恶心的话。

所以她肯定不会对生殖器这类乱七八糟的东西感兴趣。

琳恩打开洗碗机，开始洗那天早上留下来的早餐盘子。昨晚姐妹们的聚会比原定时间延长了三个小时，因为她们听到了一些关于丹的让人震惊和痛苦的事。这意味着今天的待办事项清单比平时要长，所以琳恩早晨五点半就起床了。

丹真是个不折不扣的大骗子……她必须要提醒迈克尔打电话祝他妈妈生日快乐……丹为什么要告诉卡特？有什么目的？如果玛蒂还要再睡一个小时的话，她就可以为明天面包店的会议做准备……卡特可能会疯的，他们的婚姻还能维持下去吗？一个晚上做十张圣诞节卡片，从今晚开始做……

所有这些想法背后其实隐藏着一种隐约的担忧，一个埋藏已久且棘手的烦恼，琳恩拒绝将它公之于众，在看起来真的很糟糕之前，她选择轻轻地将它从脑海中掸掉。

"新年新气象，"卡拉的嘴里塞满了苹果，"准备明年破处。你

---

① 英语俗语，意为"请教某人"。

会告诉我爸吗?"

"你希望我说吗?"

"无所谓。"

"好吧,你是不是该走了?"

"那你认为我今年破处怎么样?"

"我认为这是你的私事,该由你自己决定。"

"所以你是觉得我应该咯,等我告诉我爸,你说我应该明年破处,他肯定会很生气。"

"我可从来没说过。"

"你睡过的男人中我爸能排第几?你觉得他……嗯……厉害吗?"卡拉的脸上夹杂着喜悦和厌恶,扭曲在一起,"他能排进前十吗?你有没有前十的名单?你睡过的男人超过十个了吗?"

"卡拉!"

"我的天,你别回答了。一想到你和我爸上床我就想吐。天哪,我忘不了这个画面!太恶心了!"

一个穿着粉红色睡衣的小人摇摇晃晃地走进厨房,吮吸着一个空瓶子,像个天真的酒鬼。

"嗨!"

琳恩手里的盘子差点掉下去,"玛蒂!"

"嗨!"玛蒂礼貌地和妈妈打了声招呼,然后立刻转过身,用崇拜的眼神看着卡拉,把手里的瓶子交给她,像是献给女神的礼物。

卡拉大方地接受了瓶子,说道:"她现在能自己下床了?"

"好像是的。"琳恩说道。玛蒂现在已经长大了,再也无法安全地待在自己的小床里了,这对琳恩来说是一个新的世界,她需要时间去适应。

门铃和办公室的电话同时响起。

"你能帮我照看一下她吗？"琳恩问道。

"抱歉。"卡拉从凳子上跳下来，把瓶子递给玛蒂，"我上学真的要迟到了。"

她不经意地揉了揉玛蒂一头乌黑的卷发，"再见，亲爱的！"

玛蒂的下嘴唇开始颤抖，她砰的一声把瓶子摔在地上。

琳恩从厨房长凳上捡起卡拉吃了一半的苹果，扔进了垃圾桶。她抱起玛蒂，朝前门走去。

"卡拉，卡拉。"玛蒂可怜得不停抽泣着。

"亲爱的，我明白。"琳恩安慰道，紧紧地抓住她蠕动的小身体。

发件人：琳恩

收件人：迈克尔

主题：快回家

我快要被你两个女儿弄疯了！一整天都在担惊受怕。

另，你的第一次给了谁？

再另，回来的时候记得买牛奶和蟑螂药。

发件人：迈克尔

收件人：琳恩

主题：好的

六点半之前到家。

补偿一下女儿们，我们去沙滩上吃炸鱼薯条吧。

第一次给了简·布鲁尔，当时看完《星球大战》在回家的路上。原力与我同在！哈哈！

35

另,问这个干吗?

那天已经过了午夜,迈克尔温柔地亲了亲她,说道:"你刚才高潮了,是不是?"

"是啊,"琳恩说道,"几年前吧。"

她扭动了一下臀部,"太重了。"

"抱歉。"他叹了口气,翻身伸手从床头柜拿了杯水,"我没必要在酒吧里勾搭那些不正经的女人。"

"迈克尔!"

"亲爱的,我只是想告诉你,和我在一起你就放一万个心吧。"

"那还真要谢谢你了,没救的大男子主义。"

他放下水杯躺回床上,伸手拉了拉被子,身体蜷缩着躺在琳恩背后,心满意足地发出呼噜声。

每次做爱之后他都是这样一副开心的样子。

"卡特被毁了。"琳恩说。

"嗯……"

"你怎么这么没有同情心。"

"你那可爱的姐妹可真是个贱人。"

"我也是。"

"你和她不一样。"

"我们是双胞胎,你知道吗?"

"我只知道你是我亲爱的小恩恩。"

他熟练地将她那些碍事的头发绑到一边,吻了一下她的肩胛骨,过了几秒钟,她的颈后就传来了呼噜声。

和丈夫做爱,完成。

我绝对没有这么想。她想。

她不应该让迈克尔叫卡特"贱人"。首先,卡特不是贱人,当然,更重要的是,卡特从来都不允许别人讲她姐妹的坏话。虽然她们姐妹经常互损,但别人绝对不可以。卡特对于姐妹们的忠心坚如磐石,无人可撼动,琳恩敢打赌,哪怕是丹和卡特的夫妻悄悄话也不可能。

在学生时代,卡特就是效忠她们姐妹的职业杀手,她们雇用的刺客。例如,在她们七岁时,一个叫乔希·德苏扎的人散布了关于杰玛的恶毒谣言,他说杰玛给他看了自己的内裤。(他说的是真的,当时他戏弄杰玛,说她没穿内裤。"我穿了!"杰玛震惊地大叫。"那你证明给我看。"他说。)卡特听到这件事后,脸一下子变得通红,她径直走到操场中央,用头狠狠地撞向乔希。事后她和她们坦白,头撞得很疼,但她没哭,好吧,在回到家看到额头上的红晕后她就只哭了一小会儿。

现在她们都三十多岁了,卡特仍然充当着她们的保护盾,虽然很多时候都没必要。几天前,她和琳恩出去吃午餐。"你没问他们要沙拉吗?"卡特对琳恩说。"你好!我妹妹的沙拉还没上!"她挥手示意服务员。

"我自己可以说。"琳恩对她说。

"我的好妹妹。"卡特下意识地有些骄傲。即使她刚刚才和你说点博康奇尼奶酪沙拉是懦夫行为,大家都知道博康奇尼奶酪只是在骗你嚼橡胶。

"我有事想和你们说。"她在酒吧对她们说。她不知道的是,当她们在房间另一边看到她那张支离破碎的脸时,她们就已经猜到她要说什么了。

下一秒,琳恩就陷入了沉沉的睡眠。

那声音太甜了，就像牙齿摩擦的声音一样刺耳。"琳恩！我是乔治娜！你好哇！"意料之中，琳恩腹部的肌肉一下子绷紧了。她把电话塞到耳下："乔治娜，你好！"

她正在帮玛蒂脱衣服，刚刚玛蒂往自己身上抹黏糊糊的蔬菜酱，整整抹了五分钟，现在必须要给她洗澡。

会把打开的蔬菜酱罐头放在客厅地板中间的只有一个人：乔治娜的女儿——卡拉。

"和你说实话，琳恩，我真的很生气。"

玛蒂注意到妈妈有点儿分神，她扭动着身体挣脱了琳恩，从浴室里逃了出来，边跑边调皮地笑。

"怎么了？"

琳恩关掉浴室的花洒，跟着玛蒂来到走廊。她的姐妹们告诉过她，为了忏悔自己破坏了乔治娜的婚姻，她已经做得够多了：帮乔治娜抚养女儿，给她自由自在的生活。姐妹们还提醒她，乔治娜现在的婚姻很幸福，老公不仅长得像布拉德·皮特，而且很奇怪的是，人也不错，而乔治娜自己就是一个恶毒的婊子，活该老公在她眼皮底下被人"偷"走。

但是琳恩总觉得乔治娜是被冤枉的一方。因此，她在这些极其文明的对话中发挥了自己该有的作用，甚至没有尝试使用有效应对被动攻击行为的四个关键技巧。

"卡拉很不高兴，"乔治娜说，"迈克尔居然也同意，我真的没想到。琳恩，出于对你的尊敬，你真的让我太惊讶了！"

"我不知道你在说什么。"琳恩看着玛蒂从地板上捡起卡拉最爱的一件T恤，充满爱意地抱着它，身上的酱汁全都蹭到了衣服上。

她真的没办法阻止她。

"我在说《她》里的那篇文章,"乔治娜说道,"卡拉说你甚至没征得她同意就用了她的名字!琳恩,她很敏感,我们都需要小心照顾她的情绪。"

"我还没看到那篇文章,"琳恩深吸一口气,平复了情绪。她忍住不去回想每次乔治娜打电话过来取消外出活动时,卡拉那张属于十岁孩子的快要爆炸的脸。小心照顾她的情绪,确实。

"我当然明白,公众形象对你来说太重要了,"乔治娜继续说,"以后注意点儿,行吗?对了,你家那个小恶棍怎么样了?很多时候都是卡拉在照顾她,也算帮了你个大忙!如果卡拉小时候也有人能帮我就好了,肯定很爽!"

琳恩想把手机砸到墙上。

"婊子。"她说。

"婊子。"耳边传来玛蒂的声音,她的耳朵很灵,总能找到一些不合适的新词来扩充自己的词库。她一边开心地用胖乎乎的小手鼓掌,一边喊着:"婊子,婊子,婊子!"

爱情、孩子、事业
中了"三次"头奖的女人!!!

当我们大多数人都认为平衡家庭和事业简直难于上青天时,有些女人似乎已经触及那个难以捉摸的神奇公式。

年仅三十三岁的琳恩·凯特尔是美味早餐巴士的创始人和总经理,这家公司也获得了惊人的成功。

早餐巴士为您提供无比美味的周日早餐,早餐会直接送到家门口。每个美味早餐巴士的粉丝都知道（作者也是粉丝），他们家的早餐真的太好吃了！牛角包、班尼迪克蛋、鲜榨果汁——当然，还有那些超乎你想象的美味糕点！

琳恩是一位十分苗条的金发女郎（显然她不太常吃自家的早餐），三年前她还在经营一家很成功的咖啡馆，当时第一次有了创建早餐巴士公司的想法。自那时起，随着遍布全国的特许经营和海外买家，该公司的业务不断地壮大。去年八月，琳恩荣获年度最佳女性商人奖。

但经营美味早餐巴士并没有妨碍琳恩幸福美满的家庭生活。她的丈夫是电脑天才迈克尔·迪米特罗普鲁斯，她还有两个可爱的女儿，十八个月大的玛蒂和十五岁的继女卡拉。琳恩在家里办公，她的母亲每周会过来两到三天照顾玛蒂。

"家庭对我来说非常重要。"琳恩在家中接受了我们的采访，她的家位于海边，布置得十分精致。当天她身穿一套完美剪裁的套装，齐肩金发造型优雅，妆容更是精致无比。

餐桌上摆着一个大花瓶，里面装饰着玫瑰，我询问当天是否是她的生日。

"不是。"琳恩说道，有些不好意思地脸红了，"我很幸运，迈克尔经常会无缘无故地买花回来。"

但这还不是全部！每周她还会抽出两个晚上去教健美操。"我很喜欢，"琳恩说道，一双美腿交叉着，"这是我生活的暂停键，要是没有它，我根本活不下去。"

琳恩还喜欢滑雪（今年去了阿斯彭）、阅读（与个人发展相关的书籍一直是她的最爱）和山地自行车（是的，你没看错）。

这里有一个有趣的小八卦，琳恩有两个三胞胎姐妹！她的同卵妹妹卡特里奥娜是赫林达勒巧克力公司的营销主管，和她长得一模一样，另一个异卵妹妹（尽管她和姐姐们长得非常像）杰玛是一名小学老师。她们三姐妹的感情都非常好。

"姐妹们是我最好的朋友。"琳恩说道。

她们的母亲玛克辛·凯特尔是澳大利亚多胞胎母亲协会的主席，她经常在双胞胎和三胞胎母亲的活动上发表演讲，还著有《多胞胎母亲：天堂和地狱》一书，该书在世界各地的许多国家都有售。她们的父亲弗兰克·凯特尔是悉尼著名的房地产开发商。父母在她们六岁时就离婚了。

"我们的童年很快乐，"琳恩说道，"我们把时间分成两半，分别给了爸爸和妈妈，我们真的非常开心。"

那么，这位女超人的下一步将去往哪里？

下一个孩子可能会提上日程，琳恩也正在考虑扩大业务版图，期待她的美味午餐和晚餐。

无论她的下一步是什么，这位杰出的年轻女性一定会再次获得成功！她的经历鼓舞了我们太多人！

美味早餐送到家，敬请拨打热线电话订购吧！

琳恩把杂志递给母亲，身体抖得厉害。"我的天，她还给生意做了个广告，我不知道卡拉在抱怨什么，我才看起来像个白痴！"

"我知道，"玛克辛说道，"是这张照片，卡拉拍得很不好。"

琳恩拿回杂志，更仔细地看了看照片。照片里卡拉正在做鬼脸，她很生气地嘴角向下，一边眼皮无精打采地耷拉着。这不能怪摄影师——卡拉在整个拍摄过程中一直愁眉苦脸、不停地叹气，她去现场完全是因为她爸的一再要求。

"没错。"琳恩说。

"我知道。"玛克辛看着玛蒂,她正兴高采烈地对着瓷器柜里自己的影子喋喋不休。"琳恩,她脸上的东西是什么?怎么这么脏?"

"蔬菜酱。如果杰玛和卡特读这篇文章的话,我肯定永远都听不到结尾。"

"好吧,我不明白为什么。"玛克辛跪下来紧紧地抓住玛蒂的下巴,用手帕帮她擦去脸上的蔬菜酱。玛蒂的眼睛一直盯着瓷器柜里映出来的小女孩,偷偷地笑起来,"你说过她们是你最好的朋友。"

"我从来没有说过这种话。"

琳恩从咖啡桌上拿起钥匙,看着玛蒂,她正忙着看那本《她》杂志的内页。

"乖,亲妈妈一下好吗?"她问女儿,没抱什么希望。

"不要!"玛蒂感觉被冒犯到,抬起头来。琳恩俯下身,脸对着她,玛蒂摇了摇手,警告她:"不要!"

"好吧。"

琳恩拿起公文包,"我晚上六点左右回来。在面包店开完会之后,我直接去卡拉朋友家接她。"

"你看起来糟透了,琳恩。"玛克辛总结道。

"谢谢你,妈妈。"

"我是说真的,你瘦得皮包骨头,脸色苍白、衣服单调,一副可怜兮兮的样子。这颜色根本就不适合你,我告诉过你,女孩子不要穿黑色,你就是不听。关键是你不觉得自己做的事太多了吗?为什么不让卡拉的妈妈去接她?说真的,这些事为什么迈克尔不反对呢?"

"妈,行了。"

琳恩感到喉咙一阵发痒,她放下公文包,连打了三个喷嚏。

"花粉症。"玛克辛露出满意的表情,"每年这个时候,你们三个人都会发作,我给你拿些抗组胺药来。"

"我来不及了。"

"坐下,只需要一分钟。"

玛克辛消失在走廊里,脚后跟轻快地拍打着瓷砖,玛蒂跑着跟在她身后。

突然间琳恩觉得精疲力尽,又坐了回去,坐在这间如蓬松奶油一般的起居室里。

她看着墙上那些熟悉的照片,传统的凯特尔家三胞胎拍照姿势:杰玛站在中间,琳恩和卡特站两边。这是她们妈妈的想法:让红头发的把金发的隔开,这样就达成了平衡。照片里的三个女孩穿着同样的衣服、系着同样的发带、摆着同样的姿势,眯着眼睛对着镜头大笑。当然她们是在笑自己的父亲,小时候她们觉得父亲是这个世界上最有趣的人。

她能听见母亲在厨房里和玛蒂说话。"这个不能拿,这些是药,不是棒棒糖。小姐,这样看着我也没用啊,没用。"

琳恩的一些朋友会和她抱怨祖父母太溺爱孩子,把孩子宠坏了。但她完全不用担心,她就像把玛蒂送进了新兵训练营,玛克辛的规矩从不会缺席。

咖啡桌上放着一份打印好的文件,显然玛克辛正在做校对。琳恩拿起文件,这是她母亲为一个育儿研讨会所做的演讲,题目为"心痛三倍,乐趣三倍!"

"她把做我们的妈妈当成了自己的事业。"卡特总会这样抱怨。

"那又怎样?"琳恩会说。

"这是赤裸裸的剥削。"

"行了吧。"

琳恩漫不经心地翻着演讲稿,里面大部分的内容她都在玛克辛之前的演讲、文章和书里见过。

有时候你会觉得自己像在举办一场巡回畸形秀,但最终有一天你会习惯陌生人的注视和接近。记得有一次我走过查茨伍德购物中心,一路上我数了一下自己有多少次被路人善意地叫住,只为看一下我的女儿们。有——

十五次,琳恩想。是的,我们知道,十五次!

据统计,照顾三胞胎每天要花二十八个小时。这很难办啊,因为一天只有二十四小时!(此处有笑声)

我不觉得会有笑声,老妈,这其实并不好笑。

单卵双胞胎——就是同一个卵子——百分之百共享它们的基因。而异卵双胞胎——也就是两个卵子——和平常的兄弟姐妹一样,只有百分之二十五的基因是相同的。

如果杰玛听到自己和"平常的"兄弟姐妹一样,她肯定会生气的。在她们上二年级时,有一次,玛丽修女用粉笔在黑板上画了一个三叶草的图案,用来说明"圣父、圣子和圣灵是三个人,但三位一体是独一上帝"。杰玛听完立刻把手举高说:"就像三胞胎,就像我们一样！"修女脸上的肌肉抽动了一下："恐怕凯特尔姐妹还不能和三位一体相提并论。""我知道，不过我觉得我们可以。"杰玛礼貌地说道。

杰玛把这件事告诉母亲之后，玛克辛解释说，如果她们三个人来自同一颗卵子，那么她的比喻是成立的。不过，既然只有卡特和琳恩是单卵双胞胎，杰玛来自另一颗"单独的卵子"，那么她们恐怕确实不能和三位一体相比，虽然后者也是一堆废话。"我不想做那颗单独的卵子！"杰玛哀号道。"那如果我们是连体三胞胎呢？"卡特问。"我们的脑袋会连在一起？"但她们的妈妈已经把车载收音机的音量调大，盖过了杰玛的声音。

"兄弟姐妹之间的竞争"这个问题显然很复杂，我会详细地讨论。另一方面，你可能会嫉妒那些有"独生子女"的母亲，担心孩子们互相之间的关系比和你的关系更亲密。这太正常不过了。

这句话是新写的，像她们母亲这么实际的人肯定从来都不会有这样的顾虑吧？

"你为什么和记者说杰玛是老师？"玛克辛回到房间，递给她一杯水和一片药片。

"我想她现在可能还会时不时地去教书，"琳恩把演讲稿放到一边，"那我应该怎么说？"

"嗯，这确实是个问题，"玛克辛说道，"怪咖、万事通？前几天我给她打电话，她就很随意地提到她要去福克斯制片厂做踩高跷的工作。我问她，杰玛，你真的会踩高跷吗？"

"她不会，"琳恩说，"她和我说她一直会摔跤，但是观看的孩子们都觉得很搞笑。"

"确实搞笑,杰玛和流浪汉没什么区别。今天我在报纸上看到墨尔本那个杀人犯,他们都叫他'流浪汉'。我就在想别人会怎么形容杰玛,怎么形容我的女儿?叫她'流浪汉'吗?"

"她就算流浪也只会在悉尼,不会跑太远的。"

"我同意。"玛克辛原本坐在琳恩前面的沙发上,现在她突然深吸一口气,双手按在膝盖上,摆出一种尴尬而奇怪的姿势。"嗯……我一直想和你说件事,有点儿小问题。"

"你是认真的?"以她母亲的性格,不会存在"打算说某件事",她一般都是直接说,"怎么了?"

就在这时,琳恩放在咖啡桌上的手机响了起来,她瞥了一眼屏幕上的名字。"没事,让她转到语音信箱。"

"还是接吧,反正你也赶时间,我改天再和你说。"玛克辛干脆地站起身,从琳恩手中接过水杯。"记得告诉杰玛要帮那个可怜的男人浇浇花,"琳恩没太明白她的意思,只见她关上门又消失在走廊里,边走边喊道,"玛蒂,你在干吗?"

"卡特危机!"杰玛的声音听起来很是开心,"你猜她此刻在哪里!"

"我猜不到,在哪儿?"

"算了,我告诉你吧。她的车现在正停在那个女人住所的外面!"

"哪个女人?"

"哪个女人?那个女人啊!和渣男丹上床的那个!卡特跟踪她了。甭管她是只兔子、小狗,还是小猫,卡特都照样煮了她。"

"你能不能说话严肃点儿?"琳恩说道,"她在那里干什么?"

"等待,直到让你听见她是怎么找到这个女人的,她不当卧底侦探真是可惜了。"

"杰玛!"

"我很认真,没开玩笑,我们必须阻止她!她说她只是想看一下那个女人长什么样,但这听起来就很被动,你觉得呢?万一她准备向那个女人脸上扔一些会让她毁容的东西。我们一起开车去吧,我车上的空调坏了。"

"我有个会议要开,"琳恩看了看表,"还有半个小时开始。"

"一会儿见,我在门口等你。"

"杰玛!"

"等一下……我想打喷嚏。"电话被挂了。

琳恩放下电话,双手揉了揉眼睛,她试图回忆杰玛此时住在哪里。

她想到面包房里的会议,空气中弥漫着浓郁的香味、四周环绕着充满尊敬的目光,与高效、专业、冷静的正常人打交道让人身心愉悦。

她朝外面喊道:"妈,你再给我拿两粒抗组胺药。"

她把母亲的那个"小问题"忘得一干二净。

第三章

"你放了我鸽子。"

"什么?"

"是因为有人死了?"

"希望不是。"

杰玛最不喜欢的事莫过于睡醒,每天都拒绝醒来,就比如现在。即使刚刚被一通电话吵醒了,她仍然坚决地与意识斗争:紧闭双眼,深呼吸,让意识不那么集中。

如果幸运的话,这通电话可以早些结束,她又可以睡个回笼觉。

"我倒真希望有人死了,不那么重要的人,这样或许还能挽救破碎的我。"这声音听起来像个男人,但她不知道对方是谁,也不知道他在说什么,她随时都可能睡过去。

"明白。"她含含糊糊地回道,语气比较客气。

"找到更好的工作没有?"

"嗯。"她往被子下面钻了钻,呼吸更深了。

"你还在床上?昨晚玩疯了?"

"嘘,"杰玛说道,"别说话,今天是星期六,现在是睡觉时间。"

但在她意识表层的某个角落里,有什么东西正在急切地、愤怒地抽搐着。

"确实,今天是星期六,昨晚是星期五晚上。我就在那里等着,一直等,餐厅里的每个人都很同情我,还给了我免费的蒜蓉面包。"

"你是谁?"就像突然苏醒的弗兰肯斯坦的怪物,杰玛一下子从床上坐了起来。

"昨晚你一共放了我们几个人鸽子？这就是你星期五的常规操作？"

"我的天！你是锁匠先生！"

她一把掀开被子，跳下床，耳朵凑到电话旁，然后单手绑好了头发。事情怎么会变成这样！

"我也不敢相信我居然忘了！真的太失礼了，对不起。因为我家里出事了，我的姐妹变成了一个变态跟踪狂，这些都是真的，我没有骗你。"

"继续说。"

"我太难受了，真的。"

她真的感觉糟透了，不仅仅是因为伤了锁匠的心，更重要的是，她居然连这件自己期待已久的事情都能忘得一干二净，谁知道之前她还忘了什么。那些好事，比如中彩票、新工作，可能她连自己忘了什么都不记得了，这太可怕了。

"你确实应该难受，"锁匠说道，"那你准备怎么拯救自己？"

杰玛盘腿坐在床边，T恤拉到膝盖。他的声音听起来严肃中带着性感，看来第一次约会爽约也不是什么坏事。

"噢，救赎，"她说道，"我信天主教，我们确实都在救赎。我该怎么做，给你买份早餐？"

"你应该给我做早餐，当然，这个时间点应该是你的早餐，我的午餐，我们一起吃的话，就算是早午餐。你可以和我说说你那个神经病姐姐。"

"我可以，真的可以，但是我不做饭的，我们可以想点别的。"

"我二十分钟以后到。"

49

杰玛开心地抱住膝盖，T恤从膝盖上弹了回去。

"我不做饭的，"她又说了一遍，"我姐姐会做。"

"放我鸽子的又不是你姐。"

他没说"再见"就把电话挂了。

耶！听起来人还不错！

当然了，一开始都是这样。

琳恩认为杰玛对一种叫苯乙胺的化学物质成瘾，一旦你坠入爱河，这种物质就会分泌，神仙般流过你的身体。在过去十年里，杰玛的恋爱经历多达十四次（琳恩每次都会记），而且琳恩认为这不是在开玩笑，事情已经变得越来越严重了。无论杰玛遇到的对象有多完美，一旦这段关系从第一阶段（互相吸引）进入到第二阶段（亲密行为），杰玛就会选择分手。

好消息是你还可以通过吃巧克力获得苯乙胺，琳恩说杰玛应该多吃点儿巧克力，然后进入恋爱的第三阶段，维持一段长期稳定的关系。

杰玛想知道自己能有多大的机会和……那个人进入第三阶段。

完了，他到底叫什么名字？

杰玛的脑中一片空白。

他们两人之间有一些非同寻常的缘分。

她还记得他们第一次见面的情景。她从厨房的桌上拿起一串钥匙，一副妈妈训孩子的表情，把它们晃得叮当作响，"你这傻东西"——好像把它们忘在房间里还是它们的错了。锁匠对她笑了一下，那笑容笔直地映在了她的眼中，因为他们俩一样高。

杰玛和姐妹们有个找对象"身高必过六英尺[①]"的规定,她们也一直严格遵守,但这个男人的眼睛有魔力,看着它可以让人快乐,实际上还有一丝震撼,好像此刻两人已经躺在了一张床上。可能是时候要打破旧规了,她想。

"大家让我开锁好像都是为了让我欣赏他们锁在家里的钥匙,太好玩了。"他说道。

他的头发剃得特别短,几乎和秃了差不多,他的肩膀很宽,鼻子有些歪,然后……睫毛特别长,这一点会让帅气的男人变得阴柔,也让锁匠多了几分漂亮。

"你这睫毛只应天上有。"她赞叹道。

喜欢赞美陌生人的身体是杰玛的一个坏习惯,有一次,她坐电梯时就夸赞了电梯里的一个女生,说她的锁骨很美,那个女生被吓坏了,连忙猛按电梯按钮。

"我知道,"锁匠说,"不过你竟然到现在才提到。"说着他身体向前倾,生气地朝她眨了眨眼睛。杰玛一愣,继而大笑起来,他也笑了,他的笑是让人听起来很舒服的开怀大笑,这个笑声感觉应该属于一个身材更高大一些的人,这让杰玛笑得更厉害了。

锁匠告诉了杰玛自己的名字,并且邀请她周五晚上共进晚餐,当然这个时候杰玛还在不停地大笑。

他的名字隐约有些滑稽,杰玛想,我一定会记住这个名字的,哈哈。另外,她记得这个名字还带着一丝伤感,就像蒙上了一层淡

[①] 英制长度单位,1英尺约合0.3米。——编者注

淡的忧伤的阴影。太奇怪了，什么名字可以同时有趣而悲伤？杰玛恨自己不能立马想起这个迷人的名字。

她环顾四周，看是否能想起些什么。阳光从敞开的窗户中直射进来，一阵微风吹过，褪色的花边窗帘随之掀起又落下。虽然才搬进来几周，但这里似乎是她最喜欢的房子之一。坚固的红木家具散发着沉稳而明智的气息，杂乱的抽屉和架子让人倍感亲切。

在此之前，她在市中心一间时髦的公寓里住了两个月，那里所有时髦的一切都让她头疼不已。如今，住在亨特希尔绿树成荫的郊区，她可以静下心来思考，甚至未来还有可能会学做饭。

杰玛的职业是一名房屋看管员，她在《悉尼房屋看管员指南》上刊登了一则粗体加框的广告。

单身女性，年龄三十多，认真负责，安全意识极强。为您提供严谨的房屋看管服务，让您回到家如同刚离开五分钟！无论是房子，还是家中的宠物、植物，都将得到最悉心的照料！

现在这栋房子是彭瑟斯特夫妇的，他们都是退休医生，去欧洲旅行已经一年了。玛丽和唐都很喜欢杰玛，旅行途中还给她寄了明信片。"我的非洲紫罗兰怎么样了？"唐医生从威尼斯寄来的明信片中这样问道。

唐医生收集了六种非洲紫罗兰，它们的叶子肥厚柔软。"你每天至少要花二十分钟和它们聊天，"当时唐医生对她说，"你可能觉得我疯了，但真的有效。这是有文献记载的，可以上网查！其中一种理论说这与二氧化碳有关。所以，无所谓说什么，就随便和它们聊聊。"

"亲爱的，浇浇水就可以了。"玛丽医生悄悄地对杰玛说。

"那可不行，"杰玛说道，"必须要让你们的家和你们在的时候一样。"

杰玛走近窗台上的一排花，抚摸着它们的叶子。她出于好玩，给它们取名都叫"紫罗兰"。"紫罗兰，那个锁匠叫什么名字？你知道吗？你呢，紫罗兰？还有你，紫罗兰，你肯定知道！"

紫罗兰们一片安静，和她一样不知所措。

杰玛坐回床上，看着床头柜，上面摆着一些裱好的家人照片。这些照片是她在工作中摆出来的唯一一件私人物品，除此之外，她所住的房子和主人离开时一模一样。

杰玛的照片集里存放着各类千奇百怪的回忆，毫无逻辑，经过一代又一代，在时间的沉浮里飘摇。这张黑白照片是她父亲五岁时照的，照片里的男孩咧着嘴，笑得欢快。旁边的照片是十五岁的卡特，她看起来特别愤怒，对着摄影师竖起了某根手指。（"说真的，杰玛，这么可怕的照片为什么还会留着？"她们的母亲说，"而且还要摆出来？""五十块，卖不卖？"丹说，"看这小妞那样，谁也别惹我老婆。"）卡特的照片旁是一张黑白照片，照片上是她们的母亲，应该也是十五岁左右。背景是一片沙滩，她的胳膊随意地搭在好朋友的肩上，她们看起来好像刚从海里出来，直接倒在了沙滩上。镜头捕捉到玛克辛的笑容，她的头发贴着前额，脸上容光焕发。很难想象照片里的这个女孩变成了现在这个极度暴躁的玛克辛·凯特尔。

杰玛看着母亲的照片，突然，锁匠的名字重新浮现在脑海中。

查理……对，查理！杰玛松了口气。

这个名字很好笑，因为查理也是母亲前男友的名字，是她本来

53

要嫁且应该嫁的人。如果当年母亲的卵巢没有背叛她，之后的岁月她将和查理一同度过。

玛克辛十九岁生日当天的旧相册里有查理的照片，照片里他面带微笑，一副龅牙书呆子的模样。"老天爷保佑，还好你没嫁给他，不然我们的牙都要和他一样。"杰玛和姐姐们对母亲说。玛克辛冷哼一声，眯起眼睛看着她们，好像在想如果当初她嫁给了查理·爱德华兹，可能会生出文静、高雅的女儿（当然，是一胎一胎生）。

这就是为什么查埋的名字很好笑，不过为什么又伤心呢？

"妈，我当然不会为你难过。"杰玛对着母亲的照片说道，照片里的玛克辛回了她一个微笑，接着杰玛将脸紧贴着照片，"我会吗？为什么呢？"

够了！总想些没用的，现在查理二号才是重点，这个查理不仅有长长的睫毛，牙齿还很漂亮。此刻查理应该在来的路上，错误地期待着早餐。

杰玛躺在彭瑟斯特夫妇超级舒适、超大无比的床上，舒舒服服地伸了个懒腰。

她的"赎罪早餐"准备做什么？当然，答案是什么也不做，家里连一块面包都找不到。

大概过了二十分钟，杰玛突然被惊醒，耳边响起了一个声音。

"你怎么也开始变得不靠谱了。"

她睁开眼，只见一个男人蹲在床边，一双大手正悬在她被蓝色牛仔裤包裹的细腿上。

"你是怎么进来的？"她睡眼惺忪地问道。那人转了一下眼珠，"对哦，你当然可以。"杰玛举高双臂打了个哈欠，一不小心对上他的眼睛，哈欠就立马变成了愉快的笑声。

"你好啊,查理。"

"你好,杰玛。我的午餐呢?"

那睫毛还是和她记忆中一样。

发件人:格温·凯特尔

收件人:杰玛·凯特尔

主题:亲爱的,你好

亲爱的杰玛,

我可以上互联网了,是弗兰克帮我连上的,他花了好长时间,还一直骂人,你懂的。现在应该可以了,我给你们每个人都发了一封电子邮件。你最近怎么样,花粉病还严重吗?希望你已经好些了。听弗兰克说你在电脑上炒股,而且很厉害,恭喜你啊。隔壁的贝弗利真的很讨厌,我和她说了你的事,她还不相信。

爱你的奶奶

发件人:杰玛·凯特尔

收件人:格温·凯特尔

主题:奶奶你上网了!你好!

奶奶!

恭喜你可以上网了!你做得很棒!爸爸没和我们提过他在帮你连接网络,看到你的邮件我真的太激动了!以后我们就可以用电子邮件交流了。

我确实在网上买股票,这个很有趣,就像在玩老虎机,它比老虎机还好玩,我可以教你(这件事最好先不要告诉我妈)。隔壁的贝弗利就是个白痴。

我现在想和一个男孩子认真交往，今天早上我们一起吃了早饭（奶奶你可别想歪了，昨晚他没有睡在这里）。他是个锁匠，是不是很方便？比如你可以随时换锁（你需要换吗？你那里治安怎么样？）。他骑一辆摩托车，家族是意大利人。是不是很性感？我可能很快会带他去见你，你帮我看一看。

爱你

杰玛

"所以，你觉得我应该什么时候和锁匠先生上床？"那晚，杰玛躺在充满桃子味的泡泡浴里，只露出脖子，拿着便携式电话和琳恩聊天。浴室的灯都关了，摇曳着几十根茶味香氛蜡烛。杰玛手边不远处放着一盒形状奇怪的巧克力（卡特一直会把公司的一些次品巧克力拿给她，卡特现在连巧克力的味道都厌恶，职业病真可怕）。

彭瑟斯特夫妇家有一个巨大的爪形支座的浴缸，太爽了！不过这确实会让她想起一些不好的电影场景：一个女人正泡着热腾腾的澡，精神有些恍惚（太蠢了），这时一个持刀的恶棍正向楼上走来。为了确保不会出现这样的事，杰玛考虑了很多。把便携式电话带进浴室算是新增的安全措施，她会打给一些比较正经的人，比如她的姐姐们和母亲。

"我在想，要不就在第四次约会时做吧。通常第三次约会的时候我就把持不住了。"她抬起一条沾满泡沫的腿，看着泡沫滑入热气腾腾的水中，"你觉得呢？"

琳恩的声音从电话里喷出来，严重破坏了气氛。"我不知道，我也不在乎。"她说道，还有烦人的陶瓷碰撞的声响。每次和琳恩打电话的时候，她好像都在打开或关上洗碗机。

"我有一个十几岁的孩子已经够烦了,谢谢你。"

"噢。"

杰玛抬起的腿砸进水里,溅起水花。她连忙想找个新话题,不想显得自己刚刚受伤了。

"我的天,杰玛,你为什么总是这么敏感?"

已经来不及了。

"我只说了一句'噢'。"

"玛蒂要抱怨我,迈克尔给我压力,卡拉还威胁说要告我。公司的圣诞节订单大批大批地进来,员工又大批大批地离职,你指望我说什么?"

"我没指望什么,只是,我不知道,就闲聊而已。"

"我没空陪你闲聊。星期五闹成那样之后,你和卡特聊过吗?"

"嗯。"杰玛又放松了下来,"丹想和卡特一起尝试一下心理咨询。"

"他这个渣男。"

这个词对琳恩来说算很强硬了。

"没错,"杰玛说道,"但这只是暂时性的,你不觉得吗?他们会解决好的,丹只是犯了一个愚蠢的错误而已。"

"我会永远恨他。"

杰玛一下子坐起来,一股泡沫从浴缸边上飞了出去。

"真的吗?"

"真的啊。"

"我以为我们都爱丹!"杰玛感觉有点儿难受,"我们喜欢谁,不喜欢谁,现在都不一起决定了吗?"

"是啊,好吧,不过我不知道我们……我是说你……会这么想。"

57

"我得走了。"琳恩的声音软了下来,随后发出一声炖锅碰撞的巨响,"看起来,这个锁匠人真的挺不错,你觉得感觉对了就可以发生关系试试,对他好一点儿,别伤害他。然后也别管我,我只是太累了,需要振作起来。"

杰玛把电话放到潮湿的地板上,伸出脚用大脚趾轻轻地拔掉浴缸的塞子,重新放入热水。她选了一大块一边有些翘起来的草莓奶油味巧克力。

她当然生丹的气,简直要气炸了,真想一拳揍在他的鼻子上。她计划在圣诞节当众羞辱他,不给他准备礼物,一张刮刮乐都不给。

但琳恩的语气中那冰冷的恨意却是杰玛没想到的。

她忽然就感觉自己被抛弃了。

她想起上周五,她和琳恩跟着卡特那辆蓝色的本田汽车,不知怎的,当看到小车孤零零地停在那些奇怪的单元楼外,杰玛的心跟着揪了起来。

琳恩动了下手腕,熄了火,面容冷酷。"太荒谬了。"

她们下车走到卡特车前,伸手敲了敲车窗。

卡特摇下车窗,对她们说:"进来,快进来!"

杰玛一下子跳上后座,琳恩则绕到车前,坐进了副驾驶座。

卡特的脸颊上长了一些红色的斑点,好像发热了一般。"你们不觉得这样很有趣吗?"

"不觉得。"

"我觉得啊。"

琳恩和杰玛的声音同时响起。

"我没事,你们放心吧,我不是要去找她,"卡特说,"我只是想去看一眼她长什么样,不然我真的受不了。"

"先不说这些,"琳恩说道,"这个女孩不是在工作吗?"

"没有啊,琳恩,她还那么年轻,怎么可能在工作!"卡特回道,"法律专业,不仅漂亮,还很聪明,我老公可不是跟什么人都可以一夜情的!对了,我查过她的课表,她一大早有一节课,然后今天就没课了。"

"我的天哪!"琳恩转过身看着卡特。

卡特也转过去,狠狠地盯着她。"你有病吧?"

杰玛看着这两张一模一样的脸,满眼温柔。"有人来了。"她说。

琳恩和卡特同时转过头,卡特倒吸一口凉气。一个女孩正向汽车走来,她有着一头飘逸的黑发,背着一个背包。

"是她吗?"杰玛的胸膛里,一股女学生般的歇斯底里的情绪正在膨胀,"我们要不要躲起来?"

"没错,就是她。"卡特说道。女孩越走越近,卡特就这样静静地坐着,直勾勾地望着那个身影,"安杰拉。"

"你怎么知道的?"琳恩低声说,身体向下陷了陷。

"我让丹给我描述过,"卡特说,"肯定是她。"

她抓着门把手,说道:"我去找她聊聊。"

"别去!"

琳恩和杰玛连忙伸手抓着她,但卡特还是执意下了车,砰的一声关上了车门。

"我都不敢看了。"琳恩用手捂住脸。

杰玛怔怔地盯着窗外,看着两个女人越来越近。

"我们要下去吗?"

"如果卡特要打她的话,你记得告诉我。"琳恩沉沉地说道。

"卡特朝她走过去了,"杰玛说道,"那个女孩在对她笑。"

59

琳恩透过指缝看到了女孩的脸,她正在和卡特说着什么。她兴致勃勃地指着汽车对面方向的街道,用手示意转弯,卡特则点了点头。又这样一来一回了几秒钟后,卡特转过身向汽车的方向走来,脸上没有丝毫表情。她打开车门坐进了驾驶座,车上顿时一片安静。

卡特倾身向前,把额头靠在方向盘上。

琳恩开口:"很可能不是她。"

杰玛附和道:"我觉得她一点儿都不好看。"这时车窗上传来急促的敲击声,三人吓得差点儿跳起来。是刚刚那个女孩,她弯着腰,头侧向一边,微笑地看着车内。

天哪,杰玛不禁屏住呼吸,她可真迷人。卡特笨拙地摇下车窗。

"抱歉,"那个女孩说,"应该先左转,我刚刚说错了。所以是左转、左转,然后再右转。"

"哈!"卡特的反应就像在礼貌地回应一个不好笑的笑话。琳恩身体向前,笨拙地摆摆手示意了一下:"谢谢你!"杰玛拼命地忍住不让自己笑出声,肚子都快抽筋了。

"没事,"那个女孩说,"记住,左、左、右。"

"好,"琳恩热情地回应,"明白了!"

女孩笑了笑,转身朝自己的公寓走去。

"她人很好。"卡特紧紧地抓着方向盘,"这婊子人还真他妈的好!"

"这和人好不好无关。"琳恩说道。

"实际上我觉得她没那么好,"杰玛说,"她看起来呆呆的,没什么个性。"

"我们可以先离开这儿吗?"琳恩说道,"两位?"

那天晚上,当查理坐在餐厅吃着免费的蒜蓉面包时,她们三姐妹正在琳恩的家里看影片，迈克尔煮了意面招待她们。看了《她》报道琳恩的那篇尴尬的文章之后，卡特的心情变好了一些。整个晚上，玛蒂都在三姐妹之间跑来跑去，直到睡觉时间才消停。琳恩提议可以把她们玩过的"冰屋"游戏介绍给玛蒂。

这是小时候卡特发明的游戏，她们一起挤在白床单下，假装是住在冰屋里的三个因纽特人。当然了，冰屋很冷，所以她们不得不张开手臂相互拥抱、依偎在一起，颤抖着身体，牙齿大声地打着寒战。有时卡特会勇敢地冲出小屋，到雪地里猎取她们的晚餐：一条鱼或是一只北极熊（杰玛和琳恩被禁止外出捕猎，因为这是卡特的游戏，所以规则也由她制定，杰玛和琳恩需要待在冰屋中负责生火）。

这是她们在父母吵架时最爱玩的游戏，一听到门外的争吵声，卡特就会大喊一声："快！进屋！"

玛蒂认为这个冰屋游戏太疯狂了，而琳恩和杰玛却用这个方式偷偷地拥抱了一下卡特，同时她们又可以缩在一起，浑身发抖。

杰玛头靠着浴缸边缘，突然感觉一阵难受，太热了，热得她头疼。杰玛心想，洗澡其实就和她的恋爱一样，最开始总是充满了"噢，啊"，然后突然毫无预兆地，她感受不到温暖，最终只能选择离开、离开、离开！

杰玛踏出浴缸，小心翼翼地踩在光滑的瓷砖上，摸黑去开灯。她侧身站在镜子前，伸手擦去上面的水汽，模仿杂志内页的裸体女郎，对着镜子噘起嘴，摆出一副撩人的姿势。她一直都没有和别人说过，其实她头发湿着的时候是最性感的。

性。

这算是个有趣的消遣，有时她觉得很神奇，她发现自己和所有人发生了关系，哈，这太吓人了。

"女士和男士们做什么？"当她们被母亲要求坐下，并听她迅速而精准地解释了生活中那个可怕的事实后，八岁的杰玛愤怒了。

玛克辛叹了口气，又讲了一遍事实。

"你骗人！"杰玛吓坏了。

"我也不信。"卡特双手交叉抱在胸前，一副咄咄逼人的模样。她总是密切关注着所有阴谋，尤其是她们母亲的阴谋，"这是你瞎编的。"

"我也希望是的。"她们的母亲说。

"我觉得这可能是真的。"琳恩显得有些悲伤。这个女孩是怎么做到一来到这个世上就什么都知道的？

有时，杰玛一旦想到性，或者甚至在做爱的过程中，她都会感觉到八岁那年受到的冲击在心中隐隐回响。当男友认真地在她身上摸来摸去，她只是呆呆地望着天花板，心想：天哪，他现在到底在干吗？

但她也没有为此而减少做爱的次数。

杰玛在浴室的柜子里找漱口水，她想起那天早晨，查理站在彭瑟斯特夫妇的厨房里。"这个冰箱是我见过的最糟糕的东西。"他边说边从里面拿出一瓶牛奶，凑近闻了闻，然后直接扔进了垃圾桶，"你真的不会做饭？"

"是啊。"

他关上门，转身靠在冰箱门上，双臂交叉看着杰玛。"那么，杰麻，你打算给我吃什么？"

他叫她名字的方式很可爱，但发音有些不对，他把重音放在第二个音节上，这样听起来更亲切。杰麻。

她带他去了当地一家咖啡馆，那里全天供应早餐，还免费提供杂志和报纸，顾客们坐在软垫椅上，一边翻阅杂志，一边享用店里的特色早餐，十分惬意。

他们的第一次约会一切都很美好。空气中流动着一种令人愉快的性紧张的爆裂声，使他们的目光不断地相遇，又移开，又相遇。查理似乎有些脸红，而杰玛对一切都有了更强烈的感觉：咖啡和培根的味道，他的T恤边缘紧贴着颈部小麦色的皮肤，她伸手去拿糖包。但她还有一种奇怪的熟悉感，仿佛他们早已认识，仿佛以前一起来过这家咖啡馆几十次，而这只是一个普通的星期六。他们的聊天内容也没有涉及彼此的工作、爱好、前任和家庭等重要信息，只是一边翻阅杂志，一边聊一些关于名人和饮食之类的愚蠢内容。

"你知道吗？从妮可的头型就能看出她和汤姆在一起是不会幸福的。"

"看看这个女人。她通过快步走减掉了四十多公斤。现在她丈夫说他更喜欢她胖的时候。"

最后他们离开时，查理问她："今晚有什么安排？"他站在那儿，带着些防御性的姿势，眼睛闪闪发光，仿佛在对着她笑，这令她哭笑不得。

现在，她裹着一条毛巾，嘴里还带着漱口水的薄荷味（今晚会是他们的初吻），毛巾上的水滴滴答答，她顺着走廊来到卧室，选择了一条最不性感、最不相配的内裤，这样自己就不会那么冲动地想早些和他上床。

她心想，也许，一开始总是这么好。

她的眼前出现了自己的十四个前男友，他们一个接一个整齐地排成一列。有喜欢乡村音乐的水管工、戴眼镜的滑稽的红毛小子、喋喋不休地一直在聊电影的平面设计师，还有那个一直掉头发的大个子。马库斯站在最远处，带着轻蔑的笑容，但他的形象比其他人更清晰、刺眼。

而此刻，查理的身影出现在眼前，笑得直不起身。队伍的高度突然下降了，他至少比其他人矮了一头。

查理有一天也会露出那种困惑、受伤的表情吗？"但为什么会这样？我觉得我们一直都相处得很好啊。"

杰玛心想，至少，卡特清楚自己到底想要什么。她想要丹，想要一个孩子。她还想要一辆法拉利、一栋海边的房子、琳恩的意大利皮夹克，以及某位男同事被公交车狠狠地碾过。

就是这样，没有疑问，没有混乱，不需要躺在床上彻夜难眠，也不用试图找出幸福的神奇公式。即使现在没有得到她想要的东西，但至少她知道想要的是什么。杰玛想不出有比这更平和、神奇的感觉了。

门铃不耐烦地响了起来，好像已经响过一次似的。她在那件不怎么性感的内衣外面套了件衣服，跑下楼去，她可不想看见他再次破门而入。

烫发和口服避孕药

那是二十世纪六十年代后期，记得当时我穿着淡紫色的迷你裙、黄色的长袜和厚底鞋。我和葆拉第一次去理发店烫头发。

去理发店的必经之路是穿过亨德森路的公园，我们在那儿看到一个年龄相仿的女孩，高高的个子，一头艳丽的红色长发，她跟在三个可爱的小女孩身后跑来跑去。三个女孩都穿着一样的黄色背心，头上扎着发髻。起初我们以为她只是在照看那些孩子，直到我们听到她们在喊："妈妈，这里！妈妈，快来！"这个可怜的女孩东奔西跑，只想逗孩子们开心。

"三胞胎！"葆拉激动地说，"她们太可爱啦！"就在这时，其中一个孩子一把抓住了另一个孩子，狠狠地在她露出的一节胳膊上咬了一口，被咬的女孩大声地叫起来，孩子母亲看着她们，严肃地说："我说了今天不许咬人。都跟我回家！"孩子们突然散开了，她们像一颗落下的炸弹，朝不同的方向迸射出去，场面顿时一片混乱！不知道这个可怜的女孩该怎么把她们都带回家。

看到那一幕，葆拉和我都惊呆了，我们不知道原来小孩是会互相咬彼此的，简直就是野蛮的小动物。你知道那天我们烫完头发后做了什么吗？我们去了城里新开的生育诊所，按处方购买了口服避孕药。是的，你没看错，同一天完成了烫发和买避孕药！我永远都不会忘记这一天。

第四章

"是这样的,我妻子是三胞胎。"丹在那儿喋喋不休。他把双手交叉在脑后,舒服地靠在塑胶躺椅上,嘎吱作响。卡特怀疑地看着他,丹觉得婚姻咨询太有趣了,而卡特却不这么认为。

"真的!"

顾问高兴地扭了扭身体。她叫安妮,她就像个泡沫球,里面装着精神超声刀和积极的新时代共鸣。卡特真的受不了她,她能感觉到自己郁郁寡欢的少女形象重新出现在那个女人身上。现在的情形就像她们上高中时,那位温柔的、黏糊糊的老师埃利斯让她们在全班同学面前分享自己的感受。杰玛很喜欢她,主动对着全班倾诉衷肠,而卡特和琳恩则站在教室后面一脸惊恐地听着。卡特宁愿听精神不正常的马热拉修女讲微积分,也不愿意和穿粉色羊毛衫的埃利斯小姐身处同一个课堂。

"卡特,你和姐妹们关系好吗?"安妮微笑着问,绿色的连衣裙上点缀着亮黄色的圆点。毫无疑问,她的衣柜里一定也有一件粉色的羊毛开衫。她向前探了探身子,胸前乳沟上的雀斑清晰可见。

"不怎么样。"卡特盯着安妮的额头。

"你是认真的?"此前丹一直意味深长地看着安妮的乳房,听到杰玛的回复后,他从脑后伸出双手,"她很喜欢她的姐妹们,如果你问我的话,我觉得她们的关系好得不正常。"

"不过现在没人问你。"卡特说道。

安妮靠在椅子上,用钢笔轻轻地敲着牙齿,温柔中带着同情。

"她们三个人就像组成了一个专属的俱乐部，"丹说，"而且她们不接受任何新成员。"

"我想多聊聊他在婚姻里的背叛。"卡特移动了一下绿色的塑胶椅，发出响声。

"我觉得一遍遍聊这个话题根本没有任何帮助。"丹显得很不耐烦，他看向安妮，寻求她的赞同。

"丹，卡特需要的是解决她在这件事上的感受，"安妮回答道，"或许我们应该尊重这一点，你说呢？"

哈！安妮是站在她这边的！卡特向丹投去了胜利的目光，丹的眼睛也向她闪烁着光芒。

"安妮，你说得当然没错。"他赞赏道，轻轻地拍了拍卡特的大腿。

竞争是卡特和丹之间的催情剂，他们的恋爱中充满了智慧的言语攻击，比如疯狂的遥控器争夺战和茶巾互抢比赛。无论是在滑雪、玩拼字游戏，还是在床上躲避对方凑过来的冰冷的脚，他们都想方设法地去赢。

这让他们乐在其中，有时候为了寻开心，他们会找遍所有的朋友，想选出一对比他们更厉害的情侣，却未能如愿。他们赢了！

不过现在不一样，他们成了输家。这对夫妇正在经历一段"低谷"。"你听说卡特和丹的事了吗？好像不太妙！"

卡特听到从自己的嘴里发出了一声悲伤的呜咽，这让她感到恶心和恐惧。安妮低声安慰她，轻轻地推了推那盒放在咖啡桌上的纸巾。

卡特抽了几张纸，丹清了清嗓子，手在牛仔裤上来回摸了几下。"我去看过她，"卡特用力抽着鼻子，眼神穿过纸巾上方，看向另外两人，"她给我指路怎么回太平洋高速公路。"

"她是谁?"安妮问。

"安杰拉,和丹上床的那个女孩。"

"天哪。"安妮说道。

"他妈的!"丹说道。

发件人:玛克辛

收件人:琳恩;杰玛;卡特里奥娜

主题:圣诞节建议

姑娘们,为什么每次圣诞节我都要负责做午餐?我觉得这很荒谬,也很不公平。我已经做了三十年了,不想再做了。今年我提议在海边举行海鲜冷餐会,每个人都有活干,你们觉得怎么样?

发件人:杰玛

收件人:玛克辛

抄送:卡特;琳恩

主题:圣诞节建议

妈!这个提议你都说了三十年了!每年我们都欣然接受,但是每年你都无视我们,照常准备热腾腾的圣诞晚餐。你太逗了,今年我要提出反对意见,我们圣诞节中午在琳恩家聚餐吧!她的家在海港边,这样我们就可以在海港边的泳池里游泳,还能欣赏她给我们端饮料时那美丽的双腿。我们每个人都会很开心,而且和和气气的,我觉得很有趣!我们也都可以帮上忙。我会带来我未来的男友——查理。他太棒了。

爱你!

杰玛

发件人：琳恩

收件人：杰玛

抄送：玛克辛；卡特

杰玛你太逗了，不过这个想法确实不错。圣诞节中午来我家吃海鲜，这样玛蒂也方便，你们都可以带点儿东西来。妈，今年圣诞节给你放假，具体细节我之后会发邮件。卡特你还有什么问题吗？

发件人：卡特

收件人：玛克辛；杰玛；琳恩

主题：我没问题

发件人：玛克辛

收件人：杰玛；琳恩；卡特

如果你们觉得琳恩家更舒服的话，那我没意见。我很抱歉，过去的圣诞节显然让你们所有人都很不开心。琳恩，我要带一只火鸡和烤土豆来，否则他们肯定会怪我。杰玛，琳恩很忙的！她肯定不会在圣诞节给你端饮料。每个人都得撸起袖子卖力干！还有，杰玛还想带个我们没见过的新男友，别傻了。

发件人：杰玛

收件人：玛克辛

主题：妈，庆祝圣诞节你是无人能超越的经典
爱你！

杰玛

"你看起来很漂亮。"丹说。

他们坐在出租车的后座，车子穿过海港大桥，丹在城里的圣诞派对已经迟到了一个小时。

"谢谢。"卡特伸手把短裙的裙摆弄平，指甲刮了刮嘴唇。

迟到是她的问题。在过去几天里，她的身体变得越来越沉重，需要被拖着走，做任何事都要付出巨大的努力。

卡特扣好衬衫上的纽扣，叹了口气，停下手上的动作休息。丹全程静静地坐在床尾，双脚有节奏地拍着地板。他喜欢派对。

卡特注视着城市的灯光在黑暗的港口深处反射出红色和蓝色的光，她也喜欢聚会。通常，十二月是她一年中最喜欢的月份，这时的悉尼会变得傻傻的、昏昏沉沉的。她喜欢这样的生活：什么都变得不那么重要，工作的最后期限好像也失去了它的威力。人们高兴地说："圣诞节过后再说吧！"但今年的十二月一点儿也不特别，空气中少了十二月的特殊气味，它可能是三月、七月或任何一个无聊的月份。

他们开出收费站后，汽车倾斜着穿过两条车道，因为惯性，卡特倒在了丹的肩上。他们都笑了笑——陌生而礼貌的微笑。丹看了看手表："时间还行，我们不会迟到太久。"

"那就好。"

汽车继续向岩石区驶去，车内一片寂静。卡特看着窗外说道："你的朋友们知道，嗯……"

"不知道。"他拉起她的手，放在自己的膝盖上，"他们当然不知道，没人知道。"

卡特望向窗外，街上已然拥堵不堪，路上的车辆走走停停，鸣笛声四起。酒吧里涌出身着西装的男男女女，他们脸上的笑容显得生硬而刺眼。不断有人站在远处对着卡特和丹所乘的这辆出租车举起手,当看到后座有人后又面露恶意地把手放下来。在圣诞节期间的悉尼并没有傻笑和晕眩,它只是喝醉了,肮脏不堪。

"我真希望你能去巴黎工作。"她说。

"是啊。不过还是没争取到。"

自从丹在一家法国公司的澳大利亚分部工作以来,他们就梦想能调到巴黎去。去年圣诞节,他进入了管理职位的候选名单,梦想仿佛触手可及。他们甚至为此报名参加了当地继续教育学院的初级法语课程。在法国,他们仍可以做自己,只不过是成为更好的自己。他们会穿法式的衣服,进行法式的性爱,当然,他们仍会保持澳大利亚人的基本优势。他们会更世故、时尚,将来回国后他们可以说:"噢,对啊,我们夫妻的法语都很流利!当然![1] 我们在巴黎待过一年啦。"

但这一切都与他失之交臂,他们花了几个星期的时间才从失望中恢复过来。如今,他们依旧被困在悉尼一成不变的生活中,唯一的不同是出现了一位有着一头乌黑亮发和年轻肉体的女孩。

卡特的思绪从窗外被拉回来,她转身看着丹:"你当时跟她吻别了吗?"

他松开了她的手:"卡特,求求你,别再说了,今天这个日子就别提了,行吗。"

"因为你叫了辆出租车,是吗?等车的时候你在做什么?她是

---

[1] 此处原文为法语。

躺在床上，还是起床和你一起等？"

"我不明白你为什么就不能翻篇。"丹在说这句话时一直看着卡特，仿佛眼前的卡特并不是他认识的那个人，仿佛他的眼中已没有了喜欢，"卡特，你现在的样子真他妈无聊。"

"你说什么？"

愤怒是面对冷漠最好的慰藉，它就像龙舌兰酒一样直接冲昏了卡特的大脑。

"不敢相信你居然会这么说。"

拳头狠狠地落在丹的下巴上，卡特看到他的头猛地弹了回去。

突然，她倾身向前拍了拍司机的肩膀，安全带勒得更紧了一些。

"你敢相信他这样对我说吗？"

"抱歉，我刚才没听到。"司机礼貌地向她侧了侧头。

"我的天，卡特。"丹的身体缩成一团，仿佛希望自己立刻原地消失。

"我们结婚四年了，"她对出租车司机说，每说一个字，愤怒都让她更加兴奋，"一切都很顺利，我们甚至开始备孕。然后，我的好老公做了什么呢？他出去和一个在酒吧刚认识的女人上床了，并且还是在我们吃意大利面的时候告诉了我这件事。行，这些我都认了，我试着去解决这一切，他说他很抱歉，说他妈的对不起我，但是你知道他刚刚对我说了什么吗？"

出租车在红灯前缓缓停下，司机转过身看着卡特，街灯将他的脸照亮，卡特看到黑色的胡须和因微笑露出的洁白牙齿。

"我不知道，"他说，"他说了什么？"

丹在一旁叹了口气。

"他说我很无聊，因为我一直抓着这件事不放。"

"啊，我明白了，"司机说道，他扫了一眼丹，又回头看了看卡特，"这对你来说很痛苦。"

"是啊。"卡特的语气中充满了感激。

"兄弟，绿灯了。"丹开口。

司机转过身去开始加速。"如果我的妻子对我不忠，我就杀了她。"他似乎充满了热情。

"真的？"卡特问。

"就用我这双手，我会紧紧地抓住她的脖子。"

"我明白了。"

"不过男人的情况就不一样了，"他说，"男女的生理结构是不同的。"

"我的天哪！"卡特把手放在门把手上，"停车！我再也受不了你们俩了！"

"什么？"

她对着司机大叫："我叫你停车！"紧接着她一把拉开车门，地面在他们的脚下飞驰而过。丹连忙伸出手抓紧她的大臂，对司机说："靠边停车！"

司机快速转动方向盘，猛地一脚刹车，车后刺耳的喇叭声响起一片。

"我的胳膊被你弄伤了。"

丹松开她的手："你想怎么样都行，我投降。"

卡特下了车，而丹双臂交叉坐在车里，目光直视前方，出租车司机则从后视镜里警惕地观察着身后的一切。她轻轻地、没有犹豫地关上了车门。

她不知道自己是不是疯了。

这似乎是一个可以由她选择的决定，只要选择跨过一条无形的界线，她就会发疯。她现在可以就这么躺在悉尼的市中心，尖叫、乱踢腿，像玛蒂在发脾气时那样把自己的头从一边滚到另一边。最后，有人会叫救护车，用针刺进她的身体，她会失去意识，然后陷入无尽的沉睡。

出租车司机以一种成熟、冷静的方式将车驶离了路边，让卡特看到她的行为有多孩子气。

就像她和姐妹们的每一次争吵，开始她会被愤怒的浪潮所淹没，这使她自认为高尚而正直，直到她做出了一些令人尴尬的过分的事情，愤怒的浪潮就会将她抛弃，退潮后她还是那个小蠢货。

她的脑海中会想起玛克辛尖锐的声音："卡特里奥娜，如果你学不会控制自己的脾气，将来为此付出代价的不是我，而是你！"

可想而知，面对她这样滑稽的、经期前间歇性歇斯底里的女性，丹和出租车司机一定会放声大笑，同时还摇了摇头。丹会在朋友面前帮她想好不去聚会的说辞，然后自己喝得酩酊大醉，甚至全程都不会想起她，直到最后他摇摇晃晃地把钥匙对准家门的门锁。

或者，晚上他可以再找个女人陪他睡，这也说得过去，他的妻子不仅不能理解他，而且还很无聊。

卡特身后的酒吧里传来酒杯碰撞的嘈杂声。

"亲爱的，有身份证吗？"门口站着一名保镖，他似乎很难保持上半身的平衡，由于肌肉的重量，他随时都可能向前倒下。

"当然，我需要身份证，就像你需要更多的类固醇。"扔下这句话后，她与保镖擦身而过，走进酒吧。

男人。男人的意义是什么？

她把胳膊肘向外，熟练地弯腰穿过人群，走到柜台前，点了一瓶香槟。

"需要几个杯子？"服务生是个女孩，看着女孩天真无邪的眼睛，卡特觉得自己像个干瘪的老太婆。

"一个，"她没好气地说，"就要一个。"

她厚脸皮地将冰桶和香槟夹在胳膊下，就这样大摇大摆地走出酒吧，走到大街上。那个看起来头重脚轻的保镖并没有阻止她，因为另外一些三十多岁的客人已经让他自顾不暇，他们嬉笑着出示身份证。

她沿着乔治街朝码头走去。

"圣诞快乐！"突然冒出一群戴着搞笑的圣诞帽、喝得醉醺醺的上班族，他们边说边围着卡特跳舞。

她一直向前走。

为什么每个人都要这样傻乐？

她继续向前，经过歌剧院，最后走进了植物园。她把那件价值两百元的短裙拉到大腿，靠着一棵树盘腿坐下来。她为自己倒了一杯香槟，香槟洒出来，顺着她的手流到了裙子上。"干杯！"

她和港口对饮，大口大口地喝着酒。挂着彩灯的船只在水面缓缓滑行，船上震耳的音乐声和人群的喧闹声响彻夜空，船身随之而颤动。

如果今晚她把整瓶香槟都喝光了，明早的心理咨询她绝对会宿醉不醒，不过这也算是额外的丰富体验。明天的主题是童年时光，他们的"作业"——安妮丰满的手指在空中比画了两个夸张的引号——是回忆童年时期父母处理冲突的片段。"我想看一下你们生活中的榜样是如何处理问题的！"安妮大声说道。

卡特很想分享著名的一九七六年凯特尔狂欢夜事件，在丹那无聊而快乐的童年里，没有任何素材能够与之媲美。这场"对孩子心理破坏性最强"的比赛，她一定会拔得头筹。

那年，卡特、杰玛和琳恩都还只有六岁，她们穿着相同的蓝色连帽大衣和棕色灯芯绒裤子。那一晚，街上的所有人都来到她们家后院共度狂欢夜。篝火热烈而喧闹，红光在每个人脸上蒙上一层阴影，显得神秘莫测。孩子们挥舞着手中的烟火，噼啪作响，喷发出滚烫的银色光芒。她们的父亲轻松地叼着一支烟，穿梭在男人们中间，逗得他们哈哈大笑，传来一阵阵沙哑的笑声。她们的母亲端着一盘培根卷梅干给客人们享用，她穿着一件绿色短裙，中间扣着一颗大大的金纽扣。那时她的头发还很长，光滑的红褐色发尾形成一条整齐的直线。

集合所有人是一件很困难的事，那些行动缓慢的家长需要一遍遍地催促，在漫长的几个小时后，真正的烟火晚会正式开始了。她们的父亲拿着一个啤酒瓶，走到院子中央，他拉了拉裤腿蹲下来，借助他的打火机完成了一个神秘而巧妙的动作。

"姑娘们，等着瞧吧！"他对女儿们说。

几秒钟后——嘭！四周突然变得五颜六色的。

"哇！"每一朵烟花绽放，大家都跟着尖叫起来。"啊啊啊！"她们的爸爸仿佛就是这些烟花的缔造者。

太棒了！卡特可以肯定这是她一生中最美好的夜晚。所以不出意外的话，她们的妈妈一定会出来破坏。"弗兰克，这次让别人来吧。"她不停地说，卡特讨厌她母亲那种严厉、哀怨的腔调，而且这种腔调越来越刺耳。她可能只是嫉妒爸爸有一份有趣的工作，而她却只能忙着递茶。

"看在老天爷的分上，弗兰克，快点儿换人！"

他站在院子中央,抬高下巴笑着向她挑衅,接着慢慢地、从容地抿了一口啤酒,说道:"放松,宝贝。"

然后事情就发生了。

父亲点燃了一支蜡烛,仍然跪在地上,摇摇晃晃地向下看着它。"弗兰克!"母亲继续大声警告道。这一次杰玛抓到了母亲的恐惧心理,她故意唱反调,大声喊道:"爸爸,快点儿!"琳恩和卡特交换了个眼神,好像在说:她怎么像个小孩一样幼稚!

弗兰克站起来,向后退了一步,罗马焰火筒爆炸了。他伸出手掌心朝下,似乎能阻止烟花爆炸似的。

卡特、杰玛和琳恩清清楚楚地看到父亲的无名指被炸飞了,它在空中快速地划过,烟花明亮的紫色和绿色的闪光使它的轮廓更加清晰。父亲向后一个趔趄,呆坐在地上,他抓着自己的手,活像个小丑。空气中弥漫着一股怪异的甜香,是他父亲的肉烤焦的味道。

"你这个蠢货,蠢货!"母亲的声音听起来像一种狂怒的哀号。她穿过院子大步向父亲走去,高跟鞋深陷进草丛里。

"姑娘们,现在快进屋!"她们都进了屋里,坐在爷爷、奶奶身边。萨米·巴克在她们父母卧室窗户下的玫瑰丛里找到了弗兰克的手指。

因此,萨米在圣玛格丽特小学迅速成名。因为这件事,卡特永远都不会原谅她的母亲,发现父亲手指的人本应该是她,而不是那只"鼻涕虫"萨米。

仅仅几个月后,她们的父亲就收拾好行李,搬进了城里的公寓。他的手指没有救回来,他把它泡在一瓶福尔马林里。每当家里来客人,尤其是权贵时,它都会从浴室的柜子里被取出来供客人们欣赏。

这个故事安妮应该会满意,多么具有象征意义啊!她父亲的无名指被炸飞了！由此象征父母火爆的婚姻。

当然，这也是丹最喜欢的家庭故事之一。"太棒了！"他第一次听到这个故事时激动地如是说。他也会在晚宴上把这个故事惟妙惟肖地讲出来，仿佛当时他就在现场。

如果丹是她们某个邻居的儿子，萨米·巴克绝对没有找到手指的机会。

卡特从冰桶里拿起香槟，抓着瓶口往杯子里倒酒。她靠在树上，打了个嗝。

也许她应该原谅他，也许她早已原谅了他。

毕竟，她自己不是也对丹的大学朋友肖恩有过幻想吗？每次他们和肖恩以及他那无关紧要的妻子一起出去，酒过三杯后，卡特就会觉得自己的脸颊开始泛红，脑海中浮现出一些不正常的画面。

都是因为酒精，她想，酒精真的是太可怕、太可怕了。她举起香槟酒瓶，责备地看着它。

也许她可以选择停止愤怒，就像琳恩的自助导师建议的那样。

想到这里，她感觉到一种奇妙的幸福，就像刚从流感中恢复，你突然意识到你的身体机能又恢复正常了。

这时手机响了，是丹的短信。

聚会上没看到你，你在哪里？
我在家等你。对不起，对不起，对不起。

卡特小心地站起来，重新整理了裙子，她把空瓶子和冰桶留在地上，向渡轮走去。

"嘿，又见面了！"安妮今天的穿衣风格是航海主题。她穿了一件蓝白条纹的衬衫，脖子上系了一条红色方巾，增添了几分活泼，她的眼睛清澈而湿润。卡特和丹带着朦胧的敬畏感看着安妮，昨晚他们又是喝酒，又是大哭，彻夜未眠。

"所以，卡特，你是三胞胎！"

"是的！"卡特努力地配合她的热情，但是失败了。

"现在很多三胞胎与兄弟姐妹的关系都异常亲密，你觉得呢？"安妮问道。

天哪，很显然他们上次见面之后，安妮就一直在翻找她的旧课本。

"那么，今天我想问的是丹和你的姐妹们的关系！"

"那我们上次留的课后作业……"卡特问道。

安妮看起来很困惑，她显然不记得作业的事了。

"我知道，不过我们先来聊聊这个，我觉得很有必要。丹，你说呢？"

丹笑了。"我和她的姐妹关系很好，"他说，"一直都是这样。"

安妮点了点头，好像在鼓励他多说一些。

"实际上，"丹再次开口，"在卡特之前，我和她们其中一个人还约会过。"

一只无形的拳头从卡特的肺里冲出来，打向空中。

"你说什么？"

丹看着她："你知道的啊！"

"我不知道。"

"但你肯定知道的啊！"丹开始紧张起来。

卡特的心跳得厉害。"你和谁约会过？"

79

杰玛，应该是杰玛。

丹哀求地看着她，一旁的安妮对这一突破显得非常自豪。

"谁？"卡特坚持追问。

"琳恩，"他说，"和琳恩。"

第五章

"但是她肯定知道啊!"

"我没和她说。"

"为什么不说?"

"这件事很复杂。"琳恩递给迈克尔一片葡萄干吐司,放到他的盘子里,"她现在什么都不吃。"

"难道不是吗?"

迈克尔看了看玛蒂,她正坐在他旁边的高脚椅上,轻佻地向父亲露出两颊的酒窝,毫不在意脸上滴下来的苹果酱。砰的一声,她把双手直接摔进面前一团黏糊糊的东西里。

"我还要!"她身子向前倾,嘴巴张得很大。

琳恩看着迈克尔把勺子举高,在她的头顶盘旋,嘴里发出类似直升机发动的声音,然后将勺子快速地送到她嘴边。就在最后一刻,玛蒂突然闭上了嘴,迈克尔试图把勺子从玛蒂噘起的嘴唇里塞进去,惹得玛蒂哈哈大笑。

玛蒂可能遗传了她父亲的黑色卷发和酒窝,但她的幽默感却纯粹来自凯特尔家族。

"她一口都没吃。"琳恩说道。

"她饿了自然会吃的。"迈克尔放下勺子,拿起了咖啡杯,"卡拉以前也这样,她从没让自己饿过肚子。"

琳恩认为玛蒂要比相同年龄阶段时的卡拉聪明得多。"没有啊,她就很一般。"她和托儿所的其他妈妈们这样说,但自己是一句话都不会相信。玛蒂的优越感显而易见，这会让其他人感到尴尬，琳恩甚至会为其他人感到难过。

"玛蒂饿的时候可以完全不吃东西，她觉得这样很有趣。"

"啊，妈妈们都是一样的！"迈克尔放松地说道，"乔治娜以前和卡拉在一起的时候也很紧张。看孩子吃饭的欲望显然是妈妈们的自带基因。"

琳恩用拇指和食指使劲地捏住鼻梁。她不想和乔治娜相提并论。

迈克尔拿起一片吐司指着她，嘴里塞满了东西和她说："你的姐妹们生气的时候也会做这个动作，星期五晚上我注意到卡特也做了同样的动作，就觉得很好笑。"

琳恩的手从鼻子上拿开。"你起来，"她站起来，用力推了推他的肩膀，"我们交换下位置，我要满足我那奇怪的愿望，不让我的孩子饿死。"

迈克尔伸出一只胳膊搂住她的腰，让她坐到自己腿上。琳恩拿起婴儿专用的勺子和罐子，估量了一下女儿的体重。"你想吃早餐吗？"她问道。玛蒂张开嘴刚想说"不"，琳恩趁机把一勺食物塞进了她嘴里。玛蒂咽了口唾沫，然后舔了舔嘴唇，面对这些骗人的伎俩，她张开嘴大叫起来，琳恩准确无误地又塞了一口。

"你妈妈的反应简直惊人。"迈克尔深表佩服，玛蒂看起来不以为意。

"肯定比该死的乔治娜好。"琳恩边说边用围嘴擦了擦玛蒂因愤怒而扭曲的小脸。

"比乔治娜好多了！"迈克尔挑逗地一上一下摇晃着腿，"各个方面。"

"有什么能比乔治娜在各方面都做得更好呢？"卡拉走进餐厅，

拉出一把椅子在他们面前坐下，椅子在地板上摩擦发出可怕的尖叫声。她拿起一盒麦片，表情厌恶地看着它。

"卡拉！"玛蒂开心地拍手欢呼，甩了她爸妈一身苹果酱。

"那一定是琳恩了，"卡拉装作一本正经的样子说道，"你可爱的恩恩绝对比妈妈好多了，是吧？"

迈克尔清了清嗓子："宝贝，早上好啊！"看着他那副信心十足的样子，琳恩从他的手臂中挣脱出来。

"我炒了些鸡蛋，"她对卡拉说，"你要来一点儿吗？"

卡拉干呕了两声。"不可以这样，卡拉。"迈克尔说道。

"怎么了？炒鸡蛋让我觉得恶心，不行吗？"

"你这样很无礼，你自己心里也清楚。"

琳恩温和地说道："昨天你还很喜欢吃炒鸡蛋呢。"

卡拉直接无视了琳恩，她很不服气地看着父亲。"所以你觉得在我面前拿我妈和琳恩作比较就很有礼貌，是吗？你觉得我心里是什么感受？"

"亲爱的，我没有拿你妈妈和琳恩作比较，我刚刚只是有点儿犯傻了。"

"行吧，随便你。别拿我当傻子。"

"怎么会啊，宝贝，你这么聪明。对了，顺便跟你说一下，我一直在睁大眼睛帮你留意一台好的笔记本电脑——"

"够了！你现在真的让我恶心了！这里没法待了！"卡拉把手上的盒子摔到地上，里面的麦片飞了出去，落到了房间外。

迈克尔向琳恩举起双手，表情十分困惑。

"睁大眼睛，"她解释说，"你刚才不应该说你睁大眼睛。"

"我的天，"迈克尔无奈地摇了摇头，"玛蒂，你怎么看？"

玛蒂看着他,严肃地表示同意。

"我的爸爸,"她表情凝重地皱起眉,用力地来回摇头,"我的爸爸。"

待办事项:

①工作方面:

结束新年促销活动

圣诞节员工花名册

员工奖金

给 M 回电

账户!!!

②家庭方面:

预订 M 的游泳课

买圣诞礼物:妈妈、C、K

圣诞聚会菜单

帮 K 预约路易斯医生

和 C 聊 D 的事

③朋友方面:

伊冯娜的生日祝福

给苏珊发邮件

④杂事:

下旬煤气费——怎么这么贵?

"卡特,是我。别挂电话——"

下一秒,"嘀——嘀"的声音在耳边响起。

天哪，琳恩心想，把电话放回原处。卡特每次挂她电话就像在她脸上狠狠地打了一巴掌。这太幼稚了！一切都是徒劳！

她在"和 C 聊 D 的事"这项旁边画了个星号。

好吧，那她就优先做别的事。她看了看自己的清单，叹了口气。她看了下时间，想到自己的半杯咖啡，抿了一口，除了很烫，她甚至尝不出其他任何味道。

冷静点儿，琳恩告诉自己，这样的拖延不像她的风格。谨记第三个习惯："事有先后，先事先为"。

大学的最后一年，有一本书改变了她的想法，让她觉得焕然一新，甚至脱胎换骨，这本书的书名是《高效能人士的七个习惯》。

每读一页她都有新的顿悟。"没错！"她一边想，一边用黄色的荧光笔标注，觉得自己的潜力正在不断扩大，她可以不再受制于不幸的凯特尔基因，或者是她那过于戏剧化的童年生活，这让她如释重负。她了解到，人类不同于动物，人可以选择如何对刺激做出反应，她可以用一个简单的范式转换来改变她的程序。她没必要按照凯特尔的模式活着，她可以成为任何她想成为的人！

当然，她的姐妹们却不以为意。"一堆废话，"卡特讥笑道，"我很讨厌这类书，没想到你竟然会上当。"

"太奇怪了，"杰玛说，"每次我刚准备开始读第一个习惯，就绝对会睡着。"

所以琳恩靠自己成了一个高效的人——而且成功了。这就像是一种魔力。

"你太幸运了！"人们对于她的成功做出这样的评价。其实，她的运气一点儿都不好，她只是很有效率。在过去的十二年里，她每天都是以一杯浓咖啡和一份全新的"待办事项"开始的，她有一

85

本精装笔记本专门用于记录每天的任务。当然，最重要的是她"以首要任务为中心"的个人使命宣言，以及她对工作、家庭和朋友这三个关键领域实行的长期、中期和短期目标。

她喜欢那本笔记本。当她在每一个新的优先级上都画上一条清晰的线——完成、完成、完成，她就会收获一种令人无比舒畅的满足感。

不过，最近每当她开始写新的清单时，就会蹦出一股微弱的恐慌情绪，虽然马上又被抑制住了。她发现自己会想一些根本没有意义的事情，例如，如果生理上都做不了怎么办？有时她会觉得自己身边的所有人都是食腐动物，他们拼命地啄食她的肉，想要更多、更多、更多。

琳恩大学时期的一个朋友也打电话来，抱怨她一直不和自己联系，琳恩当时就想大声地吼回去："看不出来吗？我没时间。老娘没空！"但这也只是心里想想，挂了电话后她就做了一份电子表格，罗列出她所有的朋友，并按重要性进行分类（密友、好朋友、普通朋友），还列出了具体事项：晚餐、午餐、咖啡、"只是打电话来问问你最近怎么样"、电子邮件等。

如果她的姐妹们发现了这份"朋友管理系统"，她们一定会嗤之以鼻。

琳恩透过窗户望着办公室外碧绿耀眼的海水，试着以《她》杂志记者的眼光审视自己。当她走进琳恩的家庭办公室，看到雅致的室内装潢和窗外港口的美丽景色，她面露嫉妒地噘起了嘴。从某种角度上来说，琳恩可以理解她。琳恩确实拥有了令人羡慕的一切——爱她的丈夫、优秀的孩子、成功的事业，并且这一切她都值得：她努力工作、追求高效、擅长现在所做的一切。

但也不是任何时候的她都是这样。比如那天和杰玛通电话，听筒里传来浴缸里水晃动的声响，琳恩就在想，不那么高效的生活是怎样的呢？每天唯一需要烦恼的就是什么时候和新任男友上床。又比如今天，她感觉好像有一股无形的压力紧紧地压在她脑袋上。和 C 聊 D 的事。噢，天哪。

任何基础信念的转变都无法消除天主教教徒的负罪感。

在琳恩二十二岁那年，她的生活被按下了快进键，并且再也没有复原，这就是她当时的感受。"你能相信这一年过得有多快吗？又到圣诞节了！"每当听到别人这样说，她都会激动地回道："我明白！真的不敢相信！"

有时候，她会做一些非常普通的事情，例如，坐在餐桌旁，把胡椒递给卡拉，这时她会突如其来地感到一阵困惑，这感觉莫名其妙，让她觉得头晕。她看着迈克尔，不禁想，我们明明几个月前才结婚！她看着玛蒂会想，明明你几天前还是个小婴儿！在她生命的每一个新阶段，她就好像一枚棋子，被拾起又放下。

她可以清楚地记得她的生活被按下快进键的那一刻。那天她在西班牙接到了一通电话，和杰玛有关。

"坏消息。"卡特的声音在电话里低低地回响。

"什么？"尽管琳恩听得很清楚，她还是故意这样拖延一下，或者说故意惹恼一下卡特，因为她并不相信那真是什么坏事。

"我说坏消息！"卡特不耐烦地重复道，"这件事真的、真的很糟糕。"

过去的十个月，琳恩一直在伦敦的一家酒店里工作，在那里的每一分钟都让她深感厌恶。现在为了缓解心情，她开始了为期八个星期的欧洲夏季悠闲之旅，结束后可以赶回家参加杰玛的婚礼。

她在巴塞罗那遇见了一位笑容甜美的美国男孩乔，他们一起乘火车沿布拉瓦海岸而下，在一个叫兰卡的小镇停了下来。在那里的每一天都如同一生之久。站在阳台上就能望见波光粼粼的大海和朦胧的山脉，山上错落着雪白色的建筑。她和乔还没有上床，不过也就是差几壶桑格利亚汽酒的事了。有时，他们走在洒满阳光的鹅卵石街道上，乔会一把抓住她，把她推到墙边，热烈的吻也随即落下，唇舌交融直到两人都喘不过气来。琳恩觉得自己就像生活在奥黛丽·赫本的电影里，浪漫得可笑。

"什么坏消息？"琳恩平静地问道。她低下头，看着自己的双脚沾满了细沙，踩在宾馆房间白色的瓷砖上，忍不住赞赏自己晒黑的脚和粉色的趾甲。肯定是伴娘礼服的问题，或许杰玛想让她的伴娘们看起来像一个个蓬松的蛋白饼，或者一些更奇怪的东西，比如哥特式女巫或嬉皮士。

"马库斯死了。"

琳恩看到自己的脚趾由于惊讶而蜷曲起来。

"什么意思？"她问道。

"我的意思是他死了。他在军用公路上被车撞了，在救护车上死的，杰玛和他在一起。"

琳恩感到胸口一紧，喘不过气来，她抓住了电话线。"还好，她没事。不对，她怎么可能没事，她的未婚夫刚刚死了。但还是庆幸她没受什么伤。"

琳恩终于呼出了一口气："天哪，真的不敢相信。"

"她说你不用回来了，她不想毁了你的假期。"

"别说傻话，"琳恩说道，"我现在就回来。"

卡特的声音轻微地颤抖着："我说过你可能会回来的。"

当她打电话给航空公司时，乔走进房间，坐在她脚边。他刚游完泳，身上的水滴不断落在瓷砖上。他抓住她的脚踝说："怎么了？""我要回家了。"他坐在她身边，抚摸着她，却感觉眼前的这一切都变成了回忆。他那湿漉漉的头发和晒黑了的脸，显得轻浮而不真实。

从那时起，一切都被按下了快进键。

她坐上了去巴塞罗那的火车，并成功搭乘了飞往希思罗机场的航班。在机场的澳大利亚航空公司柜台的一名男性工作人员将她升到了商务舱，他有预谋地敲击着键盘，嘴里略带同情地发出咯咯声。接着那人微笑着把登机牌递给她，好像知道面前这个人的命运将被他改写。

她选了靠窗的座位，旁边坐着一位身穿黑色牛仔裤和T恤的男人。当他们把座位扶正准备起飞时，他开口问她是不是悉尼人。

"是的。"她的语气有些恼火，没有看他一眼。他自己看不出来吗？他根本就是无关紧要的人。

"啊。"他有些伤心地说，琳恩突然对自己的无礼感到厌恶。

"抱歉，我要回家参加葬礼。所以压力有点儿大。"

"没事，"他说道，"我很抱歉，这对你来说确实太可怕了。"那男人瘦瘦高高的，一头蓬松的黑色卷发，戴着列侬式的眼镜，目光中流露着严肃。

这一切都是因为他的声音。如果他的声音只是平平无奇，那么他们可能会在接下来的飞行中一直保持沉默。但他拥有"那种声音"。"啊，那种声音。"她的姐妹们听到后会心地说。当然这不是她们主观认为的，她们只是代表琳恩承认了这一点。

杰玛肯定会说："我的汽修师傅就是你常说的那种声音，我把你的电话号码给他了,他有女朋友,不过还是收下了,他说有个备胎也挺好。"

琳恩第一次听到"那种声音"来自她上八年级时的地理老师。戈登留着络腮胡子,大腹便便,但在谈论河流和山脉时,他的声音带着一种隐约的甜美。这声音非常男性化,但不知怎的,比一般男性的声音更温和,让琳恩非常有安全感。

"我妹妹的未婚夫因车祸去世了,"她解释道,"他们的婚礼原定在六个星期后,正准备发邀请函。"

他倒吸一口凉气:"太可怕了。"

琳恩来自一个不善于倾听的家庭,说话时总会面临各种干扰、挑战以及令人厌烦的话题——"你继续说吧",还有出其不意的挑刺——"哈!两秒钟前你刚说了相反的话!"只有不厌其烦地与之做斗争,最终战胜它们,你才能说完一件完整的事情。

而迈克尔全程却不慌不忙,兴致勃勃地听着她说话,这对琳恩来说是一种全新的体验,让她也变得能言善辩起来。

这就是琳恩会爱上他的原因,他们的那次谈话给她带来了纯粹的、几乎是纯物理意义上的愉悦——倾听他,并让他倾听自己。

但琳恩并没有对他一见钟情,他们的第一次谈话中没有涉及任何有关调情的暗示。他谈到自己的妻子和女儿,琳恩和他聊了乔的事,但对两个陌生人来说,这仍算得上是一次很亲密的谈话。琳恩后来一直在想,或许是当时的环境造成了这种感觉——悬挂在地球上空呼啸的奇怪真空里,你会有一种特别熟悉的感觉,好像你会一直待在这架飞机里,直到永远。

琳恩和他说了自己对马库斯的看法,她觉得马库斯太蠢了,在婚礼前夕就这么轻率地死了,是他毁了她妹妹的一生!那个蠢货为什么过马路的时候不注意一下呢?

"你一定觉得我很糟糕。"她蜷缩在毛毯里对迈克尔说,喝了太多利口酒让她觉得有些醉了。

"没有啊,"迈克尔说道,"过个马路能有多难?"

"是啊。"

琳恩还告诉他,一想到马上要去见杰玛,自己就会莫名地紧张,即使冲回家和她在一起时也会有一种奇怪的抗拒感,好像杰玛的情感已经上升到一个更高、更复杂的层次,琳恩甚至都无法理解。她不知道这其中的规则,也不知道该说什么才能让事情好转,就好像杰玛藏着一个秘密,一个可怕的秘密,而琳恩除了傻傻地猜测之外,什么也做不了。

"我说话一向都很有分寸,知道说什么能让别人更舒服,但这在杰玛身上却一点儿也不适用,很长时间以来都是这样,这对我来说不公平。"

"我一个朋友的儿子得白血病去世了,"迈克尔说,"所以我很害怕打电话给他。因为这件事我还得了偏头痛,当时我几乎就要放弃了。"

"但你还是给他打了电话。"

"是的。"

接下来的一段时间里,他们就这样静静地坐着,试着感受对方的痛苦,过了一会儿,迈克尔开口道:"我想再点一杯利口酒,你要吗?"

最后,他们都陷入了沉睡。不知过了多久又再次醒来,空气中弥漫着令人反胃的飞机早餐的香味,澳大利亚的烈阳直射进来,他们感觉整个人乱糟糟的,嘴巴里也黏糊糊的。迈克尔给了琳恩自己的名片,琳恩也在他另外一张名片上写下了自己的电话号码,他们相约之后有时间再出去喝一杯。

他站在过道里,毫不费力地从行李架上取下行李,琳恩看了一眼名片上的名字。

"嗯,"她抬头看了他一眼,说道,"你是不是……很有名?"

他低头笑着看着她,琳恩注意到他左边的脸颊上有道酒窝的痕迹,就像是童年的一段天真的记忆。

"是啊,"他说道,"毫无疑问,我确实很有名。"

卡特看了名片后告诉琳恩,迈克尔是一位前途无量的电脑天才,他拥有巨大的财富,娶了曾做过模特的妻子。

他们的第二次见面大约在一个月之后,地点选在市里的一家酒吧。对于这次会面,琳恩并没有抱太大的期望,她知道他们不太可能像在飞机上那样轻松、亲密地交谈,过程中一定会充斥着许多尴尬的停顿,而且他们的心态也会有所变化:我们为什么要花这心思呢?

但事实却出乎琳恩的意料。他们的交谈简直亲密无间,琳恩和他说了葬礼的事,以及杰玛那张奇怪而苍白的脸。她告诉迈克尔,关于马库斯的事,杰玛什么都没说,一个字没有。但平时她完全不是这样的人,她可以像别人谈论天气一样随便分享自己内心最深处的想法。为此,琳恩专门买了一本讲述悲伤的各个阶段的书籍来学习。

迈克尔告诉她,自己带着女儿划皮划艇,以及让他费解的是,妻子已经第三次翻修了他们的房子。

琳恩和他分享了自己的一个想法,做早餐外卖。

迈克尔和她说,自己正计划接触一种被他们称为"互联网"的计算机网络。

当两人起身互道再见时,琳恩心满意足地想,好吧,这证明了和这样一个聪明又有趣的男人(确实相当有吸引力)之间也可以存在纯友谊。

而下一刻,她只知道迈克尔搂住了她,他们不涉及任何纯友谊地吻在一起。

琳恩成了另一种女人——这并不在她的"五年计划"之内。

发件人:奶奶

收件人:琳恩

主题:一个小小的建议

亲爱的琳恩,

听说今年的圣诞午餐会在你家里举办,真的太棒了!我和你的父亲也可以一起参加吗?他好像已经和那个外国小女友分手了,而且他现在的心情也很低落,都不像他自己了。我听说今年的主题是海鲜,太好了,我可以带一只上好的羊腿来。我不清楚你母亲会怎么想,但弗兰克向我保证说他们最近相处得不错,我相信他的话。你觉得呢?玛蒂还好吗?杰玛说她已经能唱出肯德基的所有广告词了,这孩子聪明得很,长得和你们姐妹也很像。

爱你

奶奶

发件人:琳恩

收件人:奶奶

主题:圣诞节

亲爱的奶奶,

非常欢迎您和爸爸过来,人越多越好!(我问过妈妈了,她说现在她和爸爸已经可以很有礼貌地交谈了。奇迹发生了)玛蒂现在连必胜客的广告歌都会唱了!她正在努力地拿下所有的快餐集团,我妈妈都被吓坏了。

爱你

琳恩

发件人:琳恩

收件人:卡特

主题:关于丹

卡特:

你可以别再挂我电话了吗?你不可能就这样躲着我一辈子。我不知道丹和你说了什么,但以下我说的都是事实。

1. 墨尔本赛马日那天我们离开酒吧后,你说亲吻那个男孩就像在亲烟灰缸,如果他打电话约你,你绝不会同意和他出去。

2. 两天后,我和苏西在格林伍德偶遇了丹(一开始他把我认成了你)。后来丹约我出去,我也同意了。不过当时我以为你对他并不感兴趣——详见上一段。

3. 我没有告诉你是因为当时我们在"冷战",具体原因我忘了。(好像是赛马日那天在回去的出租车上因为钱的事吵架了,可能是杰玛的错。)

4. 我们一起出去过三次,几个星期后我就去伦敦了,所以这根本就不算是恋爱。

5. 我第一次意识到你们在恋爱是在马库斯的葬礼上,显然当时的场合也不适合说这些。

6.后来我就因为迈克尔的事心烦意乱,无心顾及其他,再后来你就和丹订婚了,那件事也就无关紧要了,如果再提就太傻了。

卡特,那件事已经过去十年了。我真的特别特别抱歉让你伤心了,但这真的没什么,我们可以翻篇吗?你可以给我打个电话吗?你想要什么圣诞礼物?

琳恩

发件人:卡特
收件人:琳恩
回复:关于丹
我想要的圣诞礼物非常、非常贵。

卡特

琳恩看着电脑屏幕,笑了笑。很好,卡特的语气看起来正常了不少。她拿起笔划掉了"和C聊D的事"这一行。

希望如此。她突然有种奇怪的感觉,好像自己卷入了他们的婚姻问题中,和丹一起联手背叛了卡特。这太荒谬了。

只是三次约会而已,只是很久以前在另一个世界、另一个时代发生的三次约会。那时电视上还没有出现艾滋病预防广告,凯特尔家的女孩们也还没有安顿下来。那是二十世纪八十年代,所发生的一切都是公平的。

琳恩的脑中突然闪现出一个画面,她看到丹那凌乱的、充满男性激素的房间,而自己则躺在他的床上。"我这样你喜欢吗?看起来你很喜欢,嗯?那这样呢?"

是不是因为其实她知道卡特当时撒谎了，所以她才会喜欢？毕竟有谁不会对丹感兴趣呢？他是如此绚烂夺目，虽说不是潜力股，但是足够性感。

天哪，她已经好多年没想过这个了。她最好现在就停下，否则下次见到那个背叛妻子的混蛋，她一定会脸红的。

那天晚些时候，琳恩站在浴室的镜子前，从下到上拍着润肤乳，她直视着镜子里的自己，视线尽量避开旁边正在刷牙的迈克尔。他似乎对刷牙特别有热情，用力搓着自己的牙龈，嘴唇上冒出许多牙膏泡沫。琳恩也很困惑这一幕竟会让自己如此恼火，她第一次想到当年乔治娜是否也和自己有同样的感受。

"你知道我们在一起的时间赶上了你和乔治娜吗？"她说道。这时他终于弯下腰漱口，仁慈地结束了今晚的刷牙。

"真的吗？"迈克尔拿起毛巾擦了擦嘴。

"是啊，"琳恩说，"所以你现在要开始背叛我了吗？"她的声音里有一种出乎意料的严厉。

迈克尔放下毛巾。"不是啊，"他小心地说，"当然不会，其实那不是我的本意。"

"噗，"琳恩说道，"我想背叛乔治娜也不是你的本意吧。"

迈克尔靠在浴室的门上。"又是因为卡特和丹的事吗？"她没说话，"还是因为卡拉？今早的'邪恶少女'表演？"

"没什么，只是开个玩笑。"

"感觉不像在开玩笑。"

琳恩收起润肤乳和迈克尔的牙膏，经过他身边走进卧室。他啪的一声关上灯，跟在她后面进了屋。

两人拉开被子钻进被窝，从各自的床头柜上拿起书，全程没有一句话。他们肩并肩躺着,把书放到面前。

几秒钟后,迈克尔把书平放在胸前。

"你还记得我们第一次去露营吗?"

琳恩的眼睛盯着书。"记得啊。"

"我还记得第一天早晨醒来时,看到你躺在我旁边,当时你蜷缩在睡袋里,我就觉得……见到你很高兴。那种感觉就像小时候你的好朋友来你家过夜,当你睡着时你会忘记他的存在,然后等你醒来看到他睡在担架床上,你就又想起来了,那时的你会非常开心。你会想,噢,对啊,老吉姆在这儿,我们今天可以一起玩!"

琳恩刚想开口,迈克尔把手放在了她胳膊上。

"我的意思是,我不记得自己对乔治娜也有过那样的感觉。我和你感情最差的时候也比我和乔治娜感情最好的时候要好上十倍。当我第一次和你一起的时候我就在想,他妈的,为什么没人告诉我可以好到这种程度?"

迈克尔又拿起他的书,说道:"所以我绝不会背叛你。"

琳恩眨了眨眼睛,看着书上的文字好像在跳舞,接着消失了。

"因为你让我想起了我的朋友吉姆。"

她合上书,拿起来猛地一下捶在迈克尔的肚子上。

第六章

"主啊,你为世人赎罪,怜悯世人。你坐于圣父右侧,求你接受我们的祷告。只因你是唯一的主,只因你是唯一的主——"

"记得提醒我和你说水中有氧运动的事。"

"什么?"杰玛弯下膝盖,低着头,凑近奶奶问道。

"水中有氧运动!"凯特尔奶奶在她耳边低声说道,"我怕等下忘了!"

"好吧。"杰玛忍不住笑了一下,奶奶调皮地看了她一眼。

在凯特尔家的姑娘们还小的时候,奶奶经常带她们去参加周日的晨间弥撒,然后笔直地坐着,慧眼如炬地注视着她们的一举一动,她们偷偷地捏了下大腿也没能逃过奶奶的眼神。

现在,杰玛每隔几周都会带着奶奶去教堂。她的穿着还是一如既往的虔诚——扣紧衣扣的开襟羊毛衫和短裙,不过她的行为标准似乎早已下滑。某个星期天,她们在教堂笑得太厉害,杰玛都担心奶奶会直接笑死在座位上。

"你居然能受得了,"卡特对她说,"为什么要去?你看起来并不信主,对吧?"

"我也不知道。"杰玛说道,这成功地激怒了卡特,"你都没有自己的看法吗?"

"没什么看法。"某种程度上来说确实是这样。意见和看法是留给别人的,杰玛很惊讶她们对于这件事居然会这么困扰。

"请坐。"

会众们拖拖拉拉地坐下了，教堂里不时地响起几声咳嗽和叹气声，奶奶把下巴搁在胸前，打了个盹。

杰玛开始观察前座的人，她很喜欢像这样暗自观察别人，观察他们的小动作。今天前面坐了一对带着宝宝的夫妇。弥撒开始时，孩子一直哭，那对夫妇显然被孩子的哭声吓到了，手忙脚乱地指挥对方。现在孩子终于安静下来，在怀抱中睡着了。杰玛注意到男人伸出手拍了拍女人的膝盖，女人的身体轻轻地向旁边一滑，肩膀抵着男人的肩膀，仿佛在说"好吧，原谅你了"。啊，真可爱。

男人有着一头浓密的黑色头发，和马库斯一样。事实上他的后脑勺和马库斯也很像。

够了，杰玛严肃地告诉自己。他看起来一点儿也不像马库斯，想想查理的脑袋吧，秃秃的，多可爱！

但已经来不及了，马库斯伸出胳膊肘，把查理推开。

"你他妈的在做什么？"这是马库斯留给杰玛的最后一句话，之后他就甩开了杰玛的手走向马路，下一秒就被撞死了。

显然，这是一句不怎么明智的临终遗言。但毕竟他生前已经对她说了够多的好话，那些可爱的、浪漫的、充满激情的话。

只是此时此刻，在杰玛的脑海中出现"我爱你"之前，她必须要记住那句"你他妈的在做什么"。

所以她到底在做什么呢？她当时正在弯腰捡婚礼请柬，请柬本来放在一个方形礼盒里，被她紧紧地攥在手中，但不知怎的却掉了出来。

"啊！"她是不是一路都在发请柬？

马库斯松开了她的手，杰玛伸手去拿信封。一阵刺耳的刹车声，像动物受惊的尖叫。

99

她抬起头，看见马库斯飞了出去。马库斯，那个高大的男人，像个布娃娃一样从空中划过，他的四肢松弛地挥舞着，形成一种可怕的姿势，毫无尊严可言。

他倒地的姿势并不像洋娃娃。他猛烈地撞在路面上，笨重地撞进了混凝土里。

然后他就不动了。

"天哪！"杰玛听到了一个男人的声音。

跑！她知道自己注定要跑向他。

一扇扇车门打开，人行道上布满了焦急走动的人群，相互打电话，做出紧急而重要的指示。几秒钟后，马库斯的身边围满了人群，而杰玛依旧站在那里，手里拿着他们的婚礼请柬。

这可是件大事，这个问题需要成年人去解决，它需要强大的、慈父般的男人，以及有能力的、慈母般的女人，只有有能力的人可以解决。

她小心翼翼地将那叠信封扔进排水沟，双手无力地垂在身侧，等着有人告诉她下一步该做什么。

然后她的身体就自己移动起来，她跑过马路，双手粗鲁地推开人们的后背和肩膀，挤入人群。

她听见自己的尖叫声："马库斯！"他的名字听起来很奇怪，就像是她临时编的一样。

葬礼结束后两周，她便回到学校继续工作，那种感觉仿佛是去了另一个遥远的星球。当时她正在教二年级，当她走进教室，迎接她的是一个怪异的景象——二十四个七岁的孩子笔直地坐在座位上，双手平放在课桌上，大大的眼睛注视着她的一举一动。

即使是班上淘气的孩子也很安静，比如平日里注意力很难集中的"大魔王"迪安。他们一个一个地走向她,将礼物递到她手上:巧克力棒、薯片、手绘贺卡等。

"凯特尔老师,看你这么伤心,我也很难过。"纳森·奇普曼一边说,一边递给她一个湿漉漉的香蕉汽水罐。他俯下身,悄悄地在她耳边说道:"我都哭了。"他温暖的呼吸紧紧地贴着杰玛的脖子。

杰玛把头垂在桌上,感觉身体都被痛苦的抽泣撕裂了。耳边传来沙沙的脚步声,几十只小手安慰地拍着她的后背,抚摸着她的头发。

"凯特尔老师,别哭了,别哭了。"

我一定是出了什么问题,她想,很严重的问题。她才二十二岁,就已经感到精疲力尽,自己就像一副干瘪的旧躯壳,一块肮脏的破布。

那天放学后,由于自己之前的行为,杰玛产生了一种突如其来的冲动,她决定去忏悔。忏悔这件事距离她太过久远,而且她和姐妹们已经成功地摆脱了她们的天主教教育,杰玛感觉自己就像是参加了一场奇怪的邪教仪式。

但当她跪在那个满鼻子灰尘的可怕的空间里,看到神父的侧脸时,她像中了邪一般在身前画着十字,哆哆嗦嗦地低声吟咏:"请保佑我,圣父。我有罪,我已有六年未忏悔。请您听我的忏悔。"

然后她停了下来,想:主啊,我到底在这里做什么?

"嗯。请您听我的罪过。"

天哪。她都忍不住要笑了。

"亲爱的,不着急。"神父鼓励道。他的声音如此友善和正常,杰玛不想让他失望,而且她确实想得到宽恕。她想起在马库斯的葬礼上看见他父亲,老人哭得身体都快站不稳了,突然一股无法消化的负罪感卡在杰玛的喉咙里,让她无法呼吸。

"很抱歉,"她说,"抱歉浪费了您的时间。"

她站了起来,径直走出忏悔室,出了教堂,阳光直射在她身上。

过了一两年之后,她的内疚感也慢慢地消失了。

有时她甚至怀疑自己是否对任何事物都失去了感觉。

按照惯例,弥撒结束后杰玛带奶奶回了家,她们喝了杯茶,帮奶奶修了指甲。

凯特尔家的姑娘们从爷爷那儿继承了给奶奶做美甲的责任。她们的爷爷每周日都会给妻子做一次漂亮的美甲,这个习惯他坚持了四十三年,直到去世的前一周。餐桌上整齐地摆着指甲油、指甲锉刀和洗甲水,这些玩意儿和他屋里的工具一样专业。

"亲爱的,别担心,已经很漂亮了。"每当丈夫把她的小指对着亮光,挑剔地皱起眉时,奶奶总会这样不耐烦地说。

"希望如此。"爷爷低声道。

杰玛不知道爷爷是否会认可她的作品。尽管她弯着腰,专注地盯着奶奶的每根手指,低声咒骂着在座位上扭来扭去,指甲油还是形成了独特的隆起和结块。

其实这些都没关系,奶奶只是想找个借口坐下来聊天。今天她讲了爷爷当年晋升主管的故事,以及他第一天上班打领带的经历。

"他得意地戴着那条可爱的条纹领带,就那样走了。"

杰玛把指甲油的刷子放回瓶子里,边听边用力摇了摇瓶子。

"那天晚上他回来的时候,我看得出他情绪有些低落,但他什么也没说。第二天早上我问他:'你今天不打领带吗?'他说:'噢,鲍勃和我聊过了。他说别人都在开玩笑,说没必要穿得这么正式,毕竟我也不是什么大经理。'杰玛，那些人肯定笑话他了，他真的很伤心，从此就再也没打过领带了。"

杰玛用力嗅了嗅鼻子。那个特别的故事总是让她难过得浑身酸痛。她想到鲍勃叫爷爷去"聊天"的时候，爷爷一定特别尴尬，那种刺进肚子里的感觉。

"我讨厌鲍勃。"她说。

"是的。好吧，他也是个有趣的老家伙，很早就死了。因为前列腺癌。"

"活该。"杰玛满意地说，接着吹了吹奶奶的手指，希望指甲油能快些干，"真希望他死的时候能多吃些苦。"

"你的本性和你爷爷一样可爱。"奶奶说道，她似乎没意识到一切都与之相反。

杰玛哼了一声，试图把奶奶指甲周围沾到的多余指甲油刮掉。"我才没有，我们没人遗传了爷爷，我们的坏脾气像妈妈，好胜心像爸爸。说到这些，我真的觉得我们太糟糕了。"

"不准说傻话！你们开车都开得太快了，我必须要说，这一点绝对遗传了你爸。"

杰玛听到后乐不可支："琳恩绝对得票最多。"

"因为她一直很忙，马修应该多帮帮她。"

"奶奶，是迈克尔。"

"对，我就是想说迈克尔。早餐餐车那事好像都是琳恩一个人在忙，迈克尔应该多帮些忙。"

"那毕竟是琳恩的事业，她肯定要自己负责。"

"傻孩子，"奶奶有些含糊不清地说，"和我说说你那个新的年轻人。那个锁匠，对吧？如果你爷爷在的话，他肯定会喜欢，他对

103

锁匠很感兴趣。"

杰玛把桌上的瓶子和棉签收起来，走向浴室。"他很可爱。"她开始说道。

"你知道，你爷爷一直都不喜欢马库斯，"奶奶突然说，"他曾经说过，'我不喜欢那个家伙！'"

"奶奶？"杰玛的动作在门口停住了，一脸不可置信。

"怎么了？"奶奶正在阳光下欣赏自己的指甲。

"爷爷不喜欢马库斯？"

奶奶把手放回面前的桌上，站了起来。"希望玛蒂长大后的样子不要太像意大利人。"她莫名其妙地转到了一个新话题。

"奶奶！首先，迈克尔是希腊人，不是意大利人，而且就算玛蒂长得很像意大利人又怎么了？你对意大利人有什么意见吗？查理就是意大利人！"

"查理，"奶奶若有所思地说，"你母亲之前交往过一个意大利人，弗兰克过去常拿他的牙齿开玩笑，虽然我觉得他长得不像意大利人。"

杰玛沮丧地抱怨了一声，走进了浴室。她打开带镜子的柜门，看到的是干净整洁的架子，而不是平常那堆乱七八糟的旧瓶子和破罐子。

"琳恩来过！"她大声说道。

爷爷从来都没有说过任何人的坏话，所以这不可能是真的。她走回餐厅，说道："奶奶，爷爷肯定是喜欢马库斯的，对吧？"

她的奶奶微笑了一下。"对啊，你爷爷经常和马修待在一起，他们一直会聊电脑的事情。"

杰玛叹了口气。也许母亲说得没错，是该给奶奶加些小剂量了。

渡　口

在我九岁的时候，父母带着我来到澳大利亚度假。通过这次旅行，我爱上了它！记得当时我做了个决定，那就是有一天我一定要住在这里。

在海滩待了一天后，我们登上了曼利渡轮。当时正处夏季，那个漫长而炎热的典型澳大利亚夏季。日落时分的天空就像粉色的棉絮，处处蝉鸣。我们坐在渡轮靠码头的一侧，船员已经把通道收了起来，这时我的母亲突然说道："快看那些人，他们要来不及了！"那是一个男人带着三个和我一般大的女孩，他们发疯似的跑着，边跑边喊："等等我们！"其中一个女孩在最前面，她跑得很快，手臂不停地摆动，不时回头看着其他人。只见那个男人一把抓住另外两个女孩的腰，像两个麻袋一样夹在腋下，向前跑去。男人的脸涨得通红，而那两个女孩则摆着双腿，笑得前仰后合。

我想船员可能会无视他们，但是乘客们也开始大喊："等等他们！"所以船员转了转眼珠，把通道又放了下去，那几个人一边喘着粗气，一边哈哈大笑，脚步声越来越大，船上甚至响起了游客的欢呼声。他们看起来就像直接从海里冒出来的，小女孩们湿漉漉的马尾辫从棒球帽后面伸出来，光着脚踩在沙子上。父亲把孩子们的沙滩浴巾挂在肩膀上，说了一句"谢了，兄弟！"然后拍了拍那人的肩膀。

他们从我们身边走过，我听到了他们的声音："爸爸，这太好玩了！""爸爸，我们吃冰淇淋吧！"我意识到其中两个女孩是同卵双胞胎,另外一个应该是她们的妹妹。唉,作为独生子女,住在悲凉、潮湿又陈旧的曼彻斯特,她们简直是我的梦想生活了。

我敢打赌,这几个女孩一定不知道她们是多么的幸运。

也是在那时,我决定长大后要在这里定居,这好像是我做的第一个长大后的决定。我记得当时我看着父母,特别伤心,因为当我远渡重洋去澳大利亚时,他们一定会特别思念我。

他们确实也是如此。

第七章

杰玛疯狂地穿过拥挤的购物中心，在圣诞节购物的人群中来回穿梭。"你家人的问题在于他们把你'定型'了。"昨晚查理对她说道，他的指尖轻抚着她的后颈，"通常我是理智的，但我也不介意听一听不理智的声音。"

"没错！"杰玛不禁大喊一声。她的身体因为他的手指而颤抖，仅存的一点儿理智告诉她，在自己缴械投降前还有一个约会。"你说得完全正确！"

今天她决定至少要打破一个家人对她的成见。首先，就是准时参加和姐妹们的约会。要做到这一点很是艰难，但看起来她离成功也不远了。（她们为什么可以坚持不懈地遵守时间？你需要提前计划好一切！这太累人了。）

她摇摇晃晃地穿过拥挤的自动扶梯，一路上连声向那些拎着包给她让路的顾客们道歉。当走到顶之后，她的手提包没拉拉链飞了出去，包里的东西哗啦啦地从扶梯上滚了下去。杰玛惊恐地看着扶梯上的人群，他们挤成一团为她捡掉下去的东西。他们离开扶梯时一个个将东西交到杰玛手中。

一把把零钱、钱包、手机、口红和揉成一团的纸巾。

"谢谢，"她不停地说，"谢谢你，太感谢了。"

一位身材矮小的老妇人把一根卫生棉条塞到她手中。

"谢谢您。"

亲爱的主啊，请保佑不要出现避孕套。

谢天谢地，最终整个包都回到了她手中。她上气不接下气地跑到约定的咖啡店，比预计到达时间晚了五分钟。卡特和琳恩都不在，她是第一个到的！杰玛找了个座位坐下，点了一杯菠萝汁。

她们当时正在为母亲挑选圣诞节礼物，这对她们来说，每年都是一个不小的挑战——确保母亲会收下。按照玛克辛以往的操作，每次收到礼物她都会原封不动地退回去。"哇，好可爱！"她一边说，一边打开她们精心挑选的礼物，拿在手上怀疑地翻来翻去，"以防万一，你们把收据给我吧。"

杰玛无聊地喝着果汁，不禁将目光转向了邻桌，邻桌坐着一个女人，正愤怒地对着一个和玛蒂差不多大的男孩厉声斥责。杰玛想让男孩开心一下，于是隔着酒杯对他皱了皱鼻子，男孩回过头看着她，几乎被吓到了。真是个傻孩子。等玛蒂和琳恩到了之后，杰玛不禁想，她们会告诉你俩什么叫"育儿"。

对于"母亲"这个身份，杰玛还是很佩服琳恩的。当他们第一次把玛蒂从医院带回家的时候，她简直不敢相信琳恩真的生出了一个活生生的宝宝。她看到自己的亲姐姐从医院里走出来，抱着那个脆弱的小生命和迈克尔聊着天，甚至偶尔还把目光从孩子身上移开了！杰玛一直期待有个工作人员跑过来拍拍他们的肩膀说："等一下，你们要把孩子带去哪儿？"如果杰玛生了孩子，她肯定害怕自己不小心把孩子弄丢了，或是喂给孩子一些有毒的东西，甚至可能完全忘了那个孩子的存在，过了几天之后才想起来。

她的脑海中突然浮现出这样一幅画面：她跑上自动扶梯，一个婴儿从她笨拙的双手中飞了出去，在空中疾驰而过，顾客们惊讶地张大了嘴巴，纷纷抬起头，拿棉条的那位女士把拐杖扔到一边，伸出双手去接婴儿。

她用鼻子朝吸管里喷了口气。

杰玛还记得第一次和卡特一起照顾玛蒂的情景。卡特趴在地板上看杂志，杰玛坐在琳恩和迈克尔的床上，怀里抱着那个软软的、香香的小婴儿。突然间怀里的婴儿不动了。

她小心地将玛蒂翻过来。

"天哪，"她说道，"我把这孩子弄死了。"

卡特头也没抬地说："嗯，琳恩跟你没完。"

"卡特，我没开玩笑！"

卡特立刻跳了起来，杂志被扔到一边。姐妹俩一起盯着玛蒂那红红的、皱巴巴的脸，卡特轻轻地戳了下她的肚子，她没动。杰玛用手捂住嘴："我做了什么？"

卡特不死心地又戳了一下，这次加大了力道——哇的一声，玛蒂愤怒地尖叫起来，皱成一团。卡特把婴儿抱起来，轻轻地摇晃："哦哦，宝宝，我知道，杰玛阿姨这个杀人犯，我们不让她抱了。"

这是杰玛活到现在经历的最可怕的时刻。

"杰玛！杰玛！"

杰玛闻声抬起头，只见玛蒂穿过商场向她跑来，琳恩推着一辆空婴儿车跟在后面。玛蒂穿着一条蓝色牛仔工装裤，头上戴着花哨的粉色和银色头饰。杰玛给她买了一顶小公主皇冠，这个礼物她自己也悄悄地觊觎了好久。

"杰玛，在那儿！"玛蒂跑过去，指着杰玛对她邻桌的男孩喊道，好像在对他说：你疯了吗？这么厉害的人坐在旁边，你居然不知道？

杰玛把玛蒂抱到腿上，玛蒂伸出她那海星一样的小手，紧紧地贴着杰玛的脸颊，然后立马开始兴致勃勃地给杰玛讲那些让人听不懂的故事。

琳恩依然站在那里，抓着婴儿车的把手。

"怎么了？"她问道。

"你说什么？"杰玛反问，她转过头，把玛蒂也转了过来。

"今天你怎么到这么早？出了什么事吗？"

"没什么事啊！倒是你们，为什么今天来得这么晚？"

"我没来晚，"琳恩把婴儿车挪开，坐了下来，"我准时到了，一般我们告诉你的时间会比约定时间早半个小时。"

"她们都认为杰玛阿姨是这样的人了，"杰玛对玛蒂说，"就像梅格·瑞恩①，所以那部电影里都没人相信她是个脑外科医生。"

"《天使之城》，"琳恩说道，"很难看，我和迈克尔看了一半就出来了。"

"也没人会相信我是个脑外科医生。"

"那确实，做手术的时候你的仪器肯定会一直往下掉。"

"我觉得我可以成为非常出色的外科医生，既冷静，又冷酷。"

"你脸上沾了点儿东西，好像是睫毛膏。"琳恩舔了舔手指，准备去摸杰玛的脸。

杰玛连忙向后缩，"我自己来！"

"这还只是唾沫，如果你当上了外科医生，你还要去摸那些软绵绵、血淋淋的大脑。"

"好脏。"玛蒂好像也看不下去，同情地说道。她把自己的手指

---

① 美国女演员。

放进嘴里，然后开始擦拭杰玛的脸颊。

"服务员呢？"琳恩环顾四周，手指轻敲桌面，"等一下要应付卡特，我需要咖啡因。丹那档子事之后，这还是我第一次见她。"

"对了！我就说有什么事我一直期待着，原来是有史以来家族最大的独家新闻！"

"算了吧，都多久之前的事情了，我都快忘了。"

"来吧，宝贝，和我说说，我真的不明白，当时你怎么不告诉她？"

琳恩把头发束到耳后，手肘支在桌子上，身体向前倾。

"为什么丹不和她说才是重点好吗？当时我还在地球的另一边！等我回来的时候，他们已经约会一个月了。我本来应该说的，但是当时她那么开心，他们又如胶似漆的，你记得吗？我该怎么说？'对了，我也和他约会过。'是不是太残忍了些？而且——"

"嗯。"杰玛温声附和，今天她对琳恩格外亲切。

"我从没想过他们的关系会长久，因为丹不是有责任心的人，每周我都在期待他们分手，结果呢，你也知道的，我和你都穿着紫色塔夫绸裙子走上红毯。"

"所以你为什么不告诉我？"

"你？"琳恩用不敢相信的眼光看着她，"你这个大嘴巴。"

杰玛的心一下子凉了："这不是真的！"

"这不是真的。"琳恩若有所思地重复，"这像个十六岁的小孩会说的话。卡拉就会和我说：'琳恩，这不是真的，衣服都是我自己洗的。'"

杰玛咬了咬牙，决定发起进攻："所以，你也和卡特的老公睡过了？"

"杰玛！他那个时候还不是卡特的老公！"

"所以睡了没有？"

"如果我说睡了会怎样？"

"不会怎样，我只是想知道，睡过了吗？"

"我把第一次给了他。"

"真的假的？"杰玛一个没注意，玛蒂从她的腿上滑了下去，"你的第一次不是在西班牙和乔吗？"

"好吧，那不是第一次。"

"就是啊！"

"这件事我应该更有资格说吧。"

"不敢置信！"

杰玛和琳恩看着玛蒂跑到邻桌的小男孩身边，把脸凑近他，两人的鼻子几乎要碰到一起。

"所以，"杰玛没有看琳恩，"丹，嗯……活儿好吗？"

琳恩也避开眼神："嗯，非常好。"

杰玛张大了嘴巴，不知道为什么，这个消息好像让她受到了极大的惊吓。琳恩面露骄傲地斜睨着她，两人开始邪恶地大笑起来。

"够了，"琳恩显得很无助，"这一点儿都不好笑。"

杰玛拿起餐巾擦了擦眼睛："对，这太可怕了。你太可怕了，我都不知道你是这样的人。"

"卡特！我的卡特啊！"

玛蒂毫不客气地把小男孩推到一边，穿过咖啡店朝卡特跑去。杰玛连忙用手抚平脸颊，收起自己的笑容，琳恩则坐直了身子。

"敢透露一句的话，你就死定了。"她边说边向卡特挥了挥手。

卡特向她们走来，玛蒂一把抱住她的屁股。那个带着小男孩的女人已经起身，正在整理购物袋。看到卡特时，她明显吓了一跳，直了直身子。

"你好！"她激动地说道，"你是琳恩·凯特尔吗？早餐巴士！太巧了，我今早刚在《她》上看到关于你的报道。"

卡特把玛蒂换到另一边，说道："我是她妹妹，她的不成功版本，不过她本人也在这儿。"她指了指琳恩的位置，琳恩尴尬地向她们挥了挥手，那个女人又看了琳恩一眼。

"原来你说的都是真的，你们真是三胞胎！"

那个女人满意地看着她们三人。

"你和她们两人长得也一样，唯一不同的是你的头发是红色的！"她对杰玛说道。

"没错！"杰玛回答道。

"是啊，我们都没发现。"卡特说道。

女人的笑容变得有些僵硬："哈哈，很高兴遇见你们！"她向琳恩伸出一只手，"你太让我佩服了。"

"谢谢。"琳恩亲切地握了握她的手。

"再见。"卡特说着把脸埋进玛蒂的肚子里，发出咕噜咕噜的声音，逗得玛蒂咯咯直笑。

"你在这里干什么呢？"卡特边说边拉出一把椅子坐下来，并让玛蒂坐在自己腿上。

"她要打破在我们心目中的固有形象。"琳恩说，"你们都要咖啡吗？我准备去吧台点一杯。"

"最近怎么样？"琳恩走后，杰玛问道。卡特双眼下的阴影好像在责备她们刚刚的笑声。

"还好，"卡特回答道，"再好不过了，来的时候我顺路拜访了

113

奶奶。她说你想和她一起做水下有氧运动，真是乱搞。"

"我觉得很有趣啊，你要一起去吗？"

"好啊。你上周把她的指甲涂得一团糟。"

"谢谢。"杰玛回道，脑中突然闪过一个念头。

"当时奶奶说了一件很奇怪的事情。"

"她说的哪件事不奇怪。"

"她告诉我，爷爷不喜欢马库斯。"

卡特的脸上掠过一种紧张而又谨慎的表情。每当马库斯的名字被提起，卡特和琳恩就变得特别有礼貌。

"你喜欢马库斯吗？"杰玛问道，"如果不喜欢，你可以直说，反正他已经死了，你知道的。"

"这点我知道。我当然很喜欢他啊。"

"你觉得我们恩爱吗？"

卡特四处张望起来，好像在寻找琳恩的身影。"嗯，这个我不太清楚。我是说，当然了，你们都要结婚了。"

玛蒂拍了拍桌子，卡特把盐和胡椒粉瓶递给她。为了礼貌地表达惊喜之情，玛蒂下一秒就把它们翻了个底朝天。

"我想起了一件事，"卡特突然开口，"我记得当时是你们的订婚假期，你们刚从加拿大滑雪回来。马库斯说你在斜坡上的时候很胆小。我对他说：'胆小？你到底在说什么，杰玛可是在双黑道[①]上

[①] 滑雪场地中一种高难度的赛道。

以每小时一百万英里①的速度滑行的人。'你怎么看着怪怪的？我还以为你们大吵了一架。"

杰玛不禁张大了嘴巴，好像要说什么。

卡特有些生气地看着她："看吧，我又把你惹恼了。"

"抱歉。"

突然卡特话锋一转："你当时知道丹和琳恩的事吗？"

"不知道。"杰玛十分肯定。

"谢天谢地他们没睡过，不然就太恶心了。"

杰玛还来不及调整自己的表情，卡特望着她。"但是丹说——"

这时琳恩端着两杯咖啡回到座位，她拿走了玛蒂手中的盐和胡椒粉瓶，将她牢牢地放在婴儿车里。琳恩舀起一勺卡布奇诺泡沫，逗着玛蒂。

"怎么了？"当她坐下看到卡特的脸色，她立刻问道，"现在是什么情况？"

下一秒，她立刻转向杰玛，面露怒色地指责她："你都说了什么呀？"

杰玛伴随着大海的气息和声音醒来，卧室的门开着，她可以看到一条铺着米黄色地毯的走廊，走廊直通到一个小阳台，那里放着一张桌子和两把椅子。纱门敞开着，杰玛连头也不抬就能看见大海在晨曦下闪闪发光。

---

① 1英里约合1.61千米。

她一动不动，享受着查理温柔地背靠着自己，她不知道查理是否在装睡。

第一次做爱后的清晨，他的每一个动作都是那么重要，每一句话都是那么意味深长。

她看到自己的内衣散落在米黄色的走廊上，缎子皱皱的，令人赏心悦目。"看，内衣是成套的！"昨晚，在红酒引起的迷雾中她喃喃自语。

"真棒！"查理夸赞道，尽管他没有浪费太多时间去观赏它们。

她感觉到身旁的动静，一只手伸向她的臀部。

"早安。"

"早安。"

她很好奇"事后"的他会是什么样的。你永远都不会知道。

她讨厌看到那些人醒来后警惕的表情，好像在说"别以为睡过就能确定关系了"。就算只透露出一点儿，只要被她看到，她就会当场把他们甩了。

"真美好。"她盯着床边的电子闹钟，看到上面显示的 8∶31 跳到了 8∶32，"我是说昨晚。"

杰玛深知，大多数男人都相信自己绝对是一个绝佳情人，但同时又害怕自己做不到，所以对他们的能力进行褒奖是一件很重要的事，这会让他们心情变好。

杰玛现在回想起来，昨晚确实是非常美好，出乎意料的美好。

"第二次的时候，"她若有所思地继续说道，"我居然高潮了，真的没想到。"

身边传来了一声干笑，突然杰玛发现自己翻了个身，迎接自己的是一个巨大的拥抱。她的脸贴在查理宽阔的胸膛上，他的身体像橄榄球运动员一样健壮，只不过双腿瘦得令人心碎。她呼吸着查理剃须后残留的一点儿气味。

"没想到？怎么了，你是左耳朵高潮了吗？"

"哈哈，不是啊，是没想到这么美妙。"

"所以为什么没想到呢？我是个锁匠，我的手可是经过训练的，专门用于解锁美妙的高潮。你应该能想到啊，就像我想到的那样。"

谢天谢地，事后的查理还是那个查理没错。

他伸出手，使劲地拉了一下床边的百叶窗，阳光立刻洒满了屋子。杰玛连忙捂住眼睛："太亮啦！太亮啦！"

"天气真好，"查理拿开她的手，说，"杰玛·凯特尔，亲爱的，下面是我对今天的规划，请听好。首先，我想我应该再送你一次意想不到的高潮。另外我想在你洗澡的时候为你做早餐，你就等着为我精湛的厨艺倾倒吧，尤其是鉴于你上周的表现，到时候说不定你就只想把我勾引回床上。然后我们可以去沙滩上冲浪，我有一个冲浪板，你会玩吗？结束后回来睡个午觉，醒来继续做爱，然后……可以看个电影？"

杰玛盯着他："天哪。"

"这样的频率还不够？"

"不是，这好像有点儿太多了。"

查理的脸色一下子变了。"当然，你也许有自己的计划，你也可以有自己的计划。我妹妹说我太霸道了，所以你知道的，没事，按你自己的计划去做吧。"

他朝她笑了笑，眼睛另一边的皱纹因那可笑的睫毛而加深了。"对了，我想起来，实际上我也有自己的计划。"

似乎此刻他所能感受的一切都倒映在他眼中——一丝紧张，一抹笑声。

没有秘密,她讨厌秘密。

"我的姐妹们,"她把查理拉到身边,说道,"谁会在乎她们的看法。"

那天他们严格遵守了查理的建议。

发件人:琳恩

收件人:卡特;杰玛

主题:圣诞节

1. 我给妈妈买了代金券,你们每人给我五十元。

2. 不要给玛蒂买任何可以吃的东西,不然她会生病的。

3. 圣诞节那天你们可以带些沙拉和酒过来吗?然后提前确认下你们要带哪种沙拉。

4. 杰玛,你真的要带你的新男友过来吗,你确定?

发件人:卡特

收件人:杰玛;琳恩

主题:圣诞节

圣诞节那天我确定不来。

发件人:杰玛

收件人:琳恩;卡特

主题:圣诞节

天哪,她是认真的?

另,我确定我会带一份非常特殊、非常有异域风情的沙拉。查理会来，这样方便你们欣赏他的睫毛，之后他就要去参加自己家的午宴。

发件人：琳恩
收件人：杰玛
主题：圣诞节
如果她是认真的，那是你的问题，你自己收拾。

发件人：杰玛
收件人：琳恩；卡特
不好意思，但是明明是你。和她老公高潮迭起的人又不是我。

发件人：卡特
收件人：琳恩；杰玛
主题：圣诞节
这样的玩笑有意思吗？
"和我老公高潮迭起"？
杰玛：你这个傻子。
琳恩：你这个婊子。

发件人：琳恩
收件人：杰玛
主题：圣诞节
你自己收拾。

她和查理在一家咖啡店里坐了下来。

"不行,"查理说道,"你离我太远了。"

他把自己的椅子从桌子的另一边移开,这样他的腿就能缠住杰玛的腿。

查理好像有种魔力,能让她瞬间像焦糖一般融化。

他们认识已经三个星期了,约会六次,在查理家过夜两次,在杰玛住所过夜两次,接吻已经多到不记得次数了,同样多的还有美妙的性爱和愚蠢的笑话。

杰玛明白一段感情的开始总是美好的,那这份美好可以持续下去吗?

可以,或许吧。

"没有那种黏稠的红枣布丁,"杰玛看着菜单,语气中有些失望,"可能已经过时了。"

"没事,我们可以自己做。"查理说,"就明天做吧,怎么样?也不指望你能帮上什么忙,你就美美地在旁边给我打下手吧。"

"不过我要先去见我的姐妹们,有事情需要处理一下。"

"我觉得那不能怪你。"

"我还是有错的。"

"你们经常吵架吗?三胞胎是不是更容易吵架?"

"只能说凯特尔姐妹是这样,不过我们不算正常的三胞胎。我记得小时候妈妈常带我们去一家三胞胎俱乐部,其中有些三胞胎就很有爱。我们特别反感他们那副模样,还朝人家扔石子。"

"小时候可真野蛮。"查理用拇指抚摸着她的手腕。

"我们被那家俱乐部禁止进入长达一个月。你会和你妹妹吵架吗?我小时候总是幻想有个大哥哥。"

"她们肯定求之不得,争着付钱让你把我带走。我小时候经常揍她们，我还专门研究过恶性烧伤。"

"不会吧！"

"真的，然后我就成了少年犯，当时没空管她们。"

一想到查理曾经是一名少年犯，杰玛就莫名地兴奋起来，她想象着查理身穿黑色皮夹克，漫步在光线昏暗的小巷里。

"一旦我厌倦了那些违法的事，我和她们就突然又成了朋友。那种感觉真好，就像一夜之间获得了额外的朋友。现在我们还会给彼此的感情生活作参考。"

"真的吗？她们都跟你说什么了？"

"都是些没用的话，我一般不听她们瞎说，但我给她们的意见都很有用。"

"比如说？"

"前几天我一个妹妹很高兴地告诉我们，她正在和一个已婚男性交往。所以我的意见是让她立刻结束。"

"确实，不过实际情况可能要更复杂一些。"

"并没有，"查理四处张望，寻找着服务生，"这些女服务生为什么都不看我？"

"我的一个姐姐之前也爱上了一个已婚男，但他们是命中注定要在一起的，那个男人的前妻就是个巫婆。"

"嗯。"查理不以为意地说道，这时终于出现了一位女服务生，她一直在围裙中摸索着找笔，"对了，你们家那款红枣布丁怎么没有了，我的女朋友看到这个消息都震惊了，现在还没缓过来呢。"

听到"我的女朋友"这个称呼，杰玛感觉自己突然变成了一个十几岁的小女孩，心都要被甜化了，这份喜悦也让她全然忘了"帮琳恩捍卫命中注定"才进行到一半。

第二天凌晨三点，杰玛突然惊醒，大口喘着粗气，好像她已经陷入了一潭又深又黑的睡眠之中。

她忘了一些事，一些非常重要的事。

到底是什么？

她好像被什么东西击中了，突然尖叫起来："查理！"

身旁的人被她的尖叫惊醒，猛地跳下床，像个拳击手一样踮起脚尖，疯狂地对着空气挥拳。

"什么东西？在哪儿？后退！"

杰玛从床上滚了下来，双腿因为恐惧而不停地颤抖着。"查理，我们忘了！怎么会这样！"

她跑到五斗橱前，开始乱翻柜子里的衣服，一件件全都扔到地上。"我们还有个孩子，我忘了！他还在抽屉里！"

已经太晚了，孩子会死的。孩子需要食物，或者牛奶，或者其他什么东西！她能想到一具皱巴巴的尸体带着责备的眼神看着她。太可怕了！他们怎么连这个都会忘？他们就是杀人凶手。

查理站在她身后，把她搂进怀里。"小傻瓜，我们还没有孩子。"他说道，"快回来睡觉吧，这只是个梦。"

"不，不！"她打开了另一个抽屉，"我们一定要找到他。"

但就在她说这些话的时候，她开始对自己产生怀疑，或许根本就没有孩子？

"亲爱的，我们没有孩子，这是个梦。天哪，你真的吓死我了。"

"对不起。"她已经完全清醒过来，觉得自己太蠢了，"我和你说过我有时会做噩梦吗？"

"你没说过。"他搂着她的肩膀，带她回到床上，"不过，你多久会做一次？"

第八章

"听起来确实很不好。"丹说这句话的时候似乎鼓足了勇气,就像一个已经被打得嘴角流血的拳击手跌跌撞撞地站起来,准备再战一轮,"不过我好像有点儿不记得了。"

"对,你不记得和我姐姐上过床。"

"我确实忘了。"

"你忘了?"

"对。"

"怎么可能?"卡特突然将自己代入了琳恩的立场,这绝对是一种侮辱,"那是她的第一次!"

"已经是很多年前的事了,我根本就不会去想,"丹坦白道,"当时是因为安妮问了我。我只记得和她出去过几次,不过如果琳恩说发生了,那就算发生了吧,我不想和琳恩争论,她是会把所有事都记录在电子表格上的人。"

卡特笑不出来。

"当时我还年轻,四处晃荡,感觉像待在另一个世界。"

"现在你不是也一样吗?"

他向后缩了一下,还是接受了这个事实。

卡特相信丹的话。他可以清楚地记得十五年前澳大利亚国家橄榄球联赛总决赛的比分,还能引用《辛普森一家》中的整段对白,但他对私事的记忆力是出了名的差,已经到了令人震惊的程度。以前这根本不算什么,如果这件事发生在安杰拉事件(黑色长发散落着，内衣肩带慢慢滑落……停！不准再想了）之前，也许卡特还会哈哈大笑，是的，她可能真的会笑。她会夸张地表现出震惊，让他讲出事情的来龙去脉，但内心不会真正在意，因为她一直觉得丹会理所当然地对她忠诚。在卡特的认知里，生活里的一切都可能会出错，但只有她和丹是命中注定的。

太天真，也太可悲。

"你知道吗，如果我当时知道这事的话，那我绝对不会和你出去约会的。琳恩吃剩的东西，我不会要的。"

"所以幸好我没有告诉你。"

"是吗？"

她本可以过上不一样的生活。

有一次，卡特在等腿部脱毛的时候随意翻看杂志，其中一篇文章研究了两个一出生就被分开的同卵双胞胎。多年后两人重逢，他们发现彼此的生活竟然惊人地相似，尽管两人的成长环境截然不同，但他们都有相同的工作、爱好和习惯，养一样的宠物，有一样的车和衣服，甚至连各自孩子的名字都一样！文章作者认为，人的性格就和头发的颜色一样，在受孕时就已经确定了。你的命运早已刻进了基因，无法磨灭。

一派胡言。卡特生气地翻着书，心想这个该死的美容师还要让她等多久。看看琳恩和我，再看看学校里那些双胞胎，谁和你写得一样！但作者早有准备，他在书中反驳道，从小一起长大的同卵双胞胎性格也会大不相同，那是因为他们有意识地想要彼此不同。

"哼。"卡特嘀咕了一声。在她看来，作者的观点中有一个根本矛盾，如果环境对于被分开的双胞胎来说并不重要，那么为什么它对于那些被迫生活在一起的可怜的双胞胎来说又是如此重要呢？

但当美容师用力地扯掉她的小腿汗毛,还向她推销润肤露的时候,卡特还是将鼻子埋进了薰衣草香的毛巾里,思考着她和琳恩到底谁过上了"正确"的生活,也是她们命中注定会过的生活。有一次奶奶的邻居对她说:"你就是优秀的那一个吧?"

"贝福!"奶奶大叫一声,"这是卡特!会潜水的那个!"

又或是她们都在过着中和版"正确"的生活?

也许嫁给丹的本该是琳恩?那么,杰玛呢?再加一个异卵双胞胎,这套理论还是否适用?

"好了,亲爱的,全部搞定!"美容师拍了拍卡特的腿,热情得让人害怕,"我敢保证现在你一定会觉得焕然一新!"

卡特不太客气地说:"我也敢保证我没有。"

那是一个星期一的晚上,天还亮着,卡特下班后刚把车开到私家车道上,就看见杰玛那辆破旧的绿色迷你车从拐角处呼啸而过。

凯特尔家的女孩们都是急速狂魔,而杰玛则是将追求速度和摒弃技术完美地结合在一起,她开车很容易撞到东西——撞车、撞墙,偶尔还会撞电线杆。

卡特放下公文包,把太阳镜推到头上,双手交叉倚在车前,看着杰玛在对面的街道上逆向停车。

对面的人一共尝试了四次,每次伴随着嘎吱嘎吱的声响,汽车都一头撞进了排水沟。卡特终于看不下去,她把眼镜重新架回鼻梁,径直穿过马路。

当她靠近汽车,耳朵突然被一声刺耳鼻音所侵袭,像是磁带发出的声音。杰玛众多的前男友中有一个是乡村音乐迷,这就让她不幸对塔米·温妮特产生了浓厚的兴趣,这感觉就像她被前男友传染了疱疹。

杰玛一见到卡特就露出了灿烂的笑容，她一边哼着歌，一边随着音乐的节拍拍打着方向盘。"支持你的男人！"

"下车，让我来！"卡特扯着嗓子才能盖过音乐的声音。

"你好呀！"杰玛关掉了磁带，"最近怎么样？"

"还行吧，"卡特拉了拉门把手，"快点。"

杰玛从车里跳了出来，手里拿着一个棕色的纸袋，里面装着一瓶红酒。

很显然，这是一次调停任务。

"要我指挥一下吗？"

"不用。"卡特坐进驾驶位，拉动了手刹，"这里的空间停辆卡车都足够，更别说你这辆'小火柴盒'。"

她只用了两步就把车停好了。"你开车的时候就像个男人，"丹总是对她说，"非常性感。"

卡特砰的一声关上车门，把钥匙递给杰玛："女司机的名声都是被你害的。"

"好吧，我知道，我也很惭愧啊。你最近怎么样？"

"你刚刚已经问过了，那首歌是在讽刺我？"

"什么意思？"杰玛有些慌了。

"支持你的男人。"

"我的天，当然不是啊。我是想说，如果你愿意，可以站在他这一边，这由你来决定。"

"杰玛！"卡特向下瞥了一眼，看见杰玛脚上正穿着自己的黑底凉鞋。"我前几天正在找呢！"

"啊，对不起，你确定这是你的？我好像记得我在巴尔曼市场上为了买这双鞋还和店家还价了。"

"当时还价的人是我。你不信可以翻开我的备忘录看看,你就知道这不是你的鞋。是我借给你在迈克尔四十岁生日宴上穿的,记得吗?"

"好吧,确实出了点儿问题,"杰玛说道,"我本来要去修理东西的,整套话术我都准备好了。"

卡特从她手中接过酒瓶,说道:"你还是先把我灌醉吧。"

她们一起进了屋,卡特去卧室换工作服,杰玛打开了那瓶酒。

"冰箱里有不错的布里奶酪,"卡特在房间里喊道,"还有点儿橄榄。"

她穿好短裤走出来,发现杰玛毕恭毕敬地盯着冰箱。

"你在干吗?"

"这是查理的号码,"杰玛扯下一块钥匙形状的彩色冰箱贴,上面印着广告,她把冰箱贴递给卡特,说道:"我都忘了谢谢你,我能认识他真多亏了你。记得那天我在花园浇花的时候被锁在门外,然后给你打了电话。你怎么会有这块冰箱贴的?这简直是命中注定!"

"应该是扔进邮筒里的,或是丹拿到的。你那位俏锁匠怎么样?"

"简直棒极了。"

"这句话说得我耳朵都起老茧了。"

"他不一样。"

"这句话我每次也能听到。"

杰玛拔出了红酒的瓶塞,说道:"真的吗?好像确实是这样。"

卡特不确定自己的五十元是否安全,当查理一出现,她和琳恩就按照惯例打赌,赌这次的这个男人可以坚持多久。卡特赌他在三个月内就会拜拜,琳恩赌他至少能撑六个月。

"很搞笑的是，只要看到他，我就会想起爷爷，"杰玛说道，"他身上有一股可爱的老派气质。"

"我的天，这听起来可不太性感。"

"当我和他在一起的时候，一切都变得简单了。"

"哈，是有点儿笨吧。"

"闭嘴。"卡特看着杰玛自然地往两个杯子里倒入了相同的酒，这个算是她们的传统技艺，小时候要和两个眼尖的姐妹分蛋糕、巧克力棒和柠檬水，时间一长，就锻炼出来了。

"你会见到查理的，"杰玛说，"圣诞节那天他会去琳恩家和大家打个招呼。"

"圣诞节聚会我不会去的。"卡特回应道，她不清楚自己之前是不是已经和她们说过了。

"你必须要去，"杰玛说，"本人的精彩演讲你怎么可以缺席。对了，丹呢？"

"可能又去酒吧钓马子了吧。"

"那挺好啊。"

"他应该在打壁球吧。这件事对我来说最糟糕的是，他让我变成了一个疑神疑鬼的妻子，时刻注意着他回家的时间，我很讨厌现在的自己，我之前不是这样的，好像一夜之间我就变成这样一个老调的人。"

"一切都会好起来的。"杰玛吃了一颗橄榄，把核吐在手心上，"我知道的，丹真的很喜欢你！和琳恩那件事真的没什么，至于和那个女孩，那只是个愚蠢的错误。每个人都觉得你们是天生一对。"

卡特握紧了酒杯。天哪，过去一个星期她哭的次数比她之前的所有时间都要多。

"我从没想过这种事会发生在我身上，"她说话的时候显得有些吃力，"这只会让我觉得很脏、很恶心。你明白吗？我觉得这方面我做得有点儿太好了。"

"卡特。"杰玛把手搭在卡特的肩膀上，卡特只觉得身体一阵僵硬，进而充满了尴尬。她呼吸着杰玛身上熟悉的味道，那么柔软，有肥皂的香味。

琳恩身上是一种清新的柑橘香，那自己身上也有独特的香味吗？也许并没有，她闻起来可能是硬纸板的味道。

卡特拨开杰玛的手臂。"我没事。走吧，去阳台喝一杯，体验一下我家的绝佳视野。"

"我就爱你家这一点。"杰玛屁颠屁颠地跟在后面。

卡特和丹住在罗泽尔的一套公寓里，那是一套二十世纪二十年代建造的老房子，后来经过了翻修。房子有着令人心动的层高，屋内华丽的天花板配上抛光的地板。从阳台望出去是一片狭长的海湾，能看见安萨桥漂亮的弧线和茂密的桉树丛。夏日的清晨你可以在阳台就餐，身旁鲜艳的玫瑰花在栏杆上随风摇曳。

这套房子购买于一年前，他们把握住了最近一次房价上涨前的时机，当时也有足够的积蓄进行房产投资。按照悉尼"购房上瘾"的标准，作为一对时髦、专业的年轻夫妇，他们还算过得去。事实上，他们这样做是明智的。

杰玛和卡特坐在帆布椅子上前后摇晃，大脚趾缠在阳台的栏杆上，这样可以保持身体平衡。

她可以学着她们母亲的语气说道："小姐们，想要脖子断了的话，你们就这么坐吧！"杰玛也用玛克辛式的强调口吻回应道："这位小姐，等你坐上轮椅再用另一边脸笑！"

"你说我们会不会也像这样对我们的孩子说话,"过了一会儿,杰玛说道,"前几天我听到琳恩对玛蒂说要不要来记耳光,玛蒂蔑视地摇了摇头,她好像在说,怎么会有这么愚蠢的问题!"

卡特都能想象出玛蒂那张小脸上的表情,这让她觉得特别不可思议,这么一个还在蹒跚学步的小娃娃就已经是个真正意义上的"人"了。有时候只是看着玛蒂,卡特的心就被扭紧了。玛蒂是唯一一样卡特毫不掩饰地想要而琳恩已经拥有的。琳恩的怀孕也在她的时间安排表内,正是在计划好的那个时刻。明明和琳恩的一样,为什么卡特的子宫对指令就没有反应呢?这不公平。月复一月,你得到的消息永远是:你没能成为一名母亲,你没能成为一名母亲,然后再一次,你没能成为一名母亲。

现在她的经期在任何一天都可能会来,这只是给自己的阴郁和厄运进行最后的润色。

杰玛向后一靠,椅子重新稳定下来。她喝了一大口酒,然后把杯子放到脚边。"好了,"她深吸了一口气,说道,"我来说两句。"

卡特轻轻地晃着手中的玻璃杯,想着自己下次月经什么时候来。

杰玛站起身,像一位站在演讲台后面的政客,她张开双臂,说道:"卡特,这段时间对你来说是艰难的,甚至是可怕的……"

"我的月经推迟了三个星期。"

"什么?"杰玛一屁股坐下来,再次端起了酒杯,"你说真的?"

卡特能感觉到自己的下腹在莫名其妙地颤动。

"我记得就是丹坦白他的一夜情的那天。我下巴上长了一个粉刺,就在这里。当时我觉得是月经快要来了,一般这个时候都会长粉刺。但是它一直没来,后来我也就没再去想了。"

"你怀孕了!你有孩子了!"杰玛激动地在椅子上上蹿下跳,

杯子里的红酒溅了她一身。

"别激动,可能只是我的月经推迟了。"好像只要她想起来自己月经推迟,就能让自己怀孕一样,哪有这种好事。

"让我看看你的肚子!"杰玛一把掀开卡特的T恤,还伸出手轻轻地戳了戳。

"你好呀,小宝宝,"她张口道,"你在吗?"

"就算有也才三周好吗,能看出什么?"卡特说道。

杰玛一只手平放在卡特的肚子上,另一只手摸着自己的肚子。

"哇,你的比我大!"

"我的房间里有根验孕棒,"卡特尽量让自己的声音听起来很随意,"自从我上次月经推迟之后,我一从药店回来保准会来。"

她感觉杰玛现在已经有些动摇了,她知道杰玛在想什么:如果她发现自己没怀孕,我还是走为上计。

"我打赌真的没怀,"卡特说道,"可能只是最近压力太大了。"

"来吧,"杰玛站了起来,"验一下。"

她们坐在浴缸边研究着说明书。

"好像有点儿复杂。"杰玛说道,但卡特的想法恰恰相反,这简直不能再明显了,为什么这根自以为是的小塑料棒就可以轻易决定她的未来?

"已经很简单了,两根蓝线就证明怀孕了,一根就是没怀。所以,你现在可以给我一点儿私人空间吗?谢谢。"

浴室的门被关上了,然后又迅速地打开,杰玛紧紧地交叉着手指,向门内用力地挥了挥手。

卡特站在镜子前,看着面前的自己,突然感到一阵迷茫。你要当妈妈了?过了一会儿,眼前出现了琳恩的脸,她正平静地看着自己。

琳恩曾经和卡特说过,她经常在商场里以为自己在和卡特打招呼,其实只是对着镜子里的自己挥手,反应过来之后,琳恩觉得自己简直就是个白痴。但这从来都不会发生在卡特身上,她对自己的影像了如指掌,她恨它。她最厌恶在镜子里偶然看见自己的身影,特别是在微笑的时候,那张傻乎乎的笑脸突然出现,显得如此赤裸裸,如此可悲。

她们姐妹并不完全一样,琳恩身上有一些特别的东西是无法言喻的,也是卡特所错失的。

"你好了吗?"耳边传来杰玛的声音。

"马上。"

卡特看着眼前这根小塑料棒。我倒要瞧瞧你有什么好说的。

她和杰玛靠着浴缸坐在冰冷的地砖上,手上拿着酒杯,静静地等待结果。

卡特摘下手表,定好时间,扭头对杰玛说道:"你帮我看吧,我不敢。"

"好。"杰玛抱着膝盖,"我现在好激动,感觉这个孩子的诞生我也有份!"

"好吧,但愿你不是说你也和丹睡过了。"卡特说道。

"当然没有,我对他可是一点儿都不感兴趣。"

听到这话,卡特突然有一股无名火:"我看没什么不可能的,他在我看来已经足够好了,对琳恩来说也是这样,还有那个谁,安杰拉。"

"好吧,如果你要明码标价的话,我肯定会选他,而不是选迈克尔。"

"那当然了，"卡特显然很满意，"迈克尔的床上功夫一看就不行，看他那骨瘦如柴的样子，而且心急火燎的。"

杰玛大喊一声："可怜的琳恩！如果他过来的话，我都能想象出他的样子，得意洋洋地对着空气挥一拳，就和我们打网球的时候一样。"

话音刚落，卡特就没忍住喷了，红酒都喷到了鼻子里，杰玛连忙拍了拍她的背。

卡特拿起手表，还有一分钟。她莫名兴奋起来，"丹的床上功夫很有一套，你懂的，"她说道，"简直浑然天成。"

"是的，我也有所耳闻。"

卡特看了看杰玛，见她仰着头，似乎正大口大口地喝着酒。"你说什么？是琳恩告诉你的？"

杰玛放下酒杯，擦了擦嘴。"我一直记得你第一次和丹上床的时候，当时你还溜下床给我打了电话。"她说道，"你说那是你这辈子最赞的经历，我和马库斯还为此大吵了一架。"

"嗯嗯。"

卡特突然陷入了回忆，丹的足球衫的袖子性感地划过手腕，电话里传来的低语，一直缠绵的温柔的嘴唇，黏黏的大腿。

"不过你和马库斯为什么要因为这个吵架？"

杰玛看向别处，说道："我不记得了，时间到了吗？"

卡特看了看手表。"到了。"她说，现在她已经完全冷静下来了，"两条线说明怀孕，一条线说明没有，别看错了。"

杰玛起身从柜子上拿起验孕棒，卡特全程坐着，盯着自己的手。房间里一阵沉默。杰玛又坐回地板上，紧挨着卡特。

"没事，"泪水模糊了卡特的双眼，"我没事，算了。"

杰玛端过卡特的酒杯,把剩下的酒倒进自己杯中。"别再喝了。"
"你的笑话一点儿都不好笑。"
杰玛摇了摇头,傻乎乎地笑起来,双眼闪闪发光。
"是两条线。两条非常、非常完美的直线。"
平生第一次,在卡特还没反应过来的时候,她就已经激动地一把搂过自己的妹妹。

发件人:杰玛

收件人:琳恩

主题:卡特

我都搞定了!!

神奇的焦糖圣代

那时她离开我们已经快一年了。当天，在两场会议的间隙，我去了一家麦当劳，时间大约是下午四点，麦当劳里挤满了下课的学生。我旁边坐着三个看上去有十四五岁的女孩，她们都很漂亮，就和其他这个年纪的女学生一样，瘦瘦高高的。

我们两桌靠得很近，近到她们说的每一个字我都能听清。一个女孩正因最近分手而难过，另外两个人则试图安慰她，但显然都无济于事。所以其中一个从书包里拿出一本笔记本，说道："好吧，那把他所有令人讨厌的点都写下来，这样你就会好受些。"那可怜的女孩蔫蔫地拿着一个芝士汉堡，说道："我才不要，这主意还能更傻一点儿吗？"

但拿着笔记本的女孩好像没听到似的，自顾自地说起来："第一，他长湿疹，特别恶心。"她对面传来了愤怒的声音："他没有！"但此刻女孩唯一关心的就是，"湿疹"这两个字该怎么写？

这时第三个女孩起身去了柜台，拿来一个焦糖圣代。她用略显激动的声音说道："这款圣代有神奇的治愈功效，只要一小口，包你药到病除！"她边说边尝试挖起一勺送进女孩的嘴里，一时间，三个女孩都笑了起来。最终那个失恋的女孩还是尝了一口，另外一个则拍了拍她的前额，学着信仰疗法术士的口吻说道："悲伤恶灵退散！"她们的笑声实在太有感染力了，我不禁跟着一起笑出声来，这让我自己都觉得不可思议。

这是她死后，我第一次如此痛快地笑。

也是从这时开始,我意识到自己还具备笑的能力。

说来有趣,我敢肯定那几个女孩甚至都不记得那天发生的事了,但对于我而言,那确实是个神奇的焦糖圣代。

第九章

起初，丹似乎一时无法接受这一切，他站在客厅里，盯着卡特，发梢还挂着明显打完壁球后的汗珠。

他看起来有些不知所措。"孩子，"他嘴里不断地慢慢念叨着，"我们有孩子了。"

"是的，丹，孩子——头软软的，不断制造噪音，还费钱。"

接着，他似乎终于明白过来，手上的壁球拍啪的一声掉在地上，一把抱住眼前的人，卡特的肋骨被他紧紧地勒着，以至于几乎双脚离地。

罗布·斯潘塞充满爱意地抚摸着自己的领带。"自慰，有意思。"

"想表达的是一种愉悦，"卡特回复道，"自我放纵的愉悦。"

"我知道，但她确实是在自慰，是吧？我的意思是，我们现在看到的是一个女人躺在浴缸里，自慰。"

其他人开始不安地在椅子上动来动去。原本在做记录的玛丽安扔下笔，双手捂住耳朵。"罗布，你能不能别再说那个词了！"

这天是赫林达勒巧克力公司圣诞假期停止营业的前一天，卡特正在介绍她为明年情人节所设计的广告企划，房间的大屏上投着一整幅广告页面。画面中一个女人躺在浴缸里，闭着双眼，脸上带着邪魅的笑容。一只手慵懒地一挥，任由印着赫林达勒巧克力品牌标志的糖纸飘落，另外一只手并未显现。标题上写着：这个情人节，给予他特殊的诱惑。

卡特对这个创意很是满意,这个想法来自杰玛,她将自己在彭瑟斯特家的浴室里吃巧克力时颓丧的心情告诉了卡特。其中的某个人贡献了"自我愉悦"这一元素。"太赞了!"当杰玛听到这个创意时,她激动地说道,感觉颇受启发。

"销售讨论组都觉得很好。"卡特说道。

"所以呢,我们永远正确吗?哈!"罗布愉快地环视了一下会议室,降低了音量,"我只说四个字:榛果天堂。"

卡特把目光投向办公室里的其他人,只见他们紧紧地捂着胸,一副即将要被枪毙的模样,其他人也纷纷把头埋在手心里。赫林达勒巧克力公司总经理格雷厄姆·赫林达勒坐在会议桌的另一端,他咬着笔盖,脸上写满了心烦意乱。

"榛果天堂"可以说是公司去年的灾难新品,产品失败后整个公司都疯狂地推卸责任,大家像扔手榴弹一样把指责一个个地扔在办公室的墙上,如此猛烈而成功,以至于到现在都还未停止。十二个月后的今天,回忆起那段经历,一股友谊的暖流涌上心头。

卡特敷衍地苦笑了一下,说道:"罗布,你说得没错,现在确实没有任何保证。但我还是坚持认为我们具备了所有适合目标受众的元素。"

"很有工作热情,不错!"罗布说。他身体前倾,一根手指压着嘴唇,"不过说实话,我还是有些担心。"距离她在运营会议上指出罗布的错误已经过去好几个星期了,他一直在等待时机,抱着自己那可怜的自尊心,等待着一次突袭。如果此刻的情况发生在昨天,她的肾上腺素肯定立马飙升。但在今天,这一切看起来就像是一场有趣而幼稚的游戏。这只是一份工作——为了赚钱罢了,而且她就要当妈妈了。一想到婴儿会神奇地蜷缩在自己的子宫里,卡特就感到一阵美妙的喜悦感。"这个概念我们一个月前已经达成了一致，"她平静地说道，"你当时说很喜欢。"

"好吧，虽然我不想承认，但我也不是永远都对！卡特，这应该是个公开的讨论，不会互相指责，也无关政治，只有开诚布公。"

卡特忍住没有笑出声来。"行，"她说道，"那让我们再看一下这个创意理念。我们想要一鸣惊人，它做到了；我们想要吸引三十岁以上的单身女性，它也做到了。"

罗布抬起双手，掌心向上，好像在衡量两样东西的重量。"自慰。赫林达勒巧克力。还有人担忧我们的品牌价值和品牌传承吗？格雷厄姆，你觉得呢？"

罗布转动椅子，面对着总经理。格雷厄姆疲惫地叹了口气，更用力地咬着笔盖。他这个人很奇怪，让人捉摸不透。他有一个习惯，每当下属说话的时候，他的眼皮就会像乌龟那样耷拉着，别人说话的时间越久，他的状态就越像是陷入了深深的睡眠，这让人很不安。

罗布苦大仇深地盯着他看了几秒，接着又将自己的椅子转向卡特。"卡特，我不觉得这次会很成功。我知道在创意方面你是天才，但现在我来说说我的想法。可不可以让她躺在浴缸里梦见她的恋人呢？这边可以有一个她脑海中浮现的小泡泡，来告诉观众她在想什么。"

"可以，是个不错的折中方案！"德里克第一个跳了出来，当然他就是个白痴，"给她创造一个恋人！"

"她并不想要恋人。"卡特一边说着，一边在笔记本上随手写下了"7月23日"，这是她的宝宝的预产期。

"为什么？格雷厄姆突然开口，"为什么她不想要？"

房间里的所有人都转过身惊讶地看着他。卡特望着他伸长的下巴,有种说不出的尴尬。她心想,或许格雷厄姆只是有点儿害羞,或许他的怪癖也不是傲慢。可能这份普通而又老套的少年式的笨拙被眼前这个秃顶的中年领导的权威所掩盖了。

她朝他笑了笑——是杰玛式的笑容,坦率、灿烂而真诚。

"在某个程度上,她可能会爱她的恋人,但这幅广告所传递的信息是,在情人节,你不需要依靠恋人来给自己带来快乐,你只需要泡个澡,以及吃块赫林达勒巧乐力。"

她看向罗布。"你没必要觉得这是个威胁。"

罗布转了转眼珠。"我是在思考它对于公司品牌的影响——"

"还是按照原计划进行吧,"格雷厄姆开口,"我喜欢这个方案。"

"太好了,"卡特砰的一声合上笔记本,"之后我会把所有的电子文档都发你。"

"行。"格雷厄姆靠着椅子,又回到了睡眼惺忪的状态。

罗布一直低着头,拿一支金色的圆珠笔在信纸上戳戳点点,那些邪恶的小蓝点形成了一条直线。不出意外,他还是这个老样子。

"祝大家圣诞节快乐!"卡特的声音格外热情,说完便带着肚子里的宝宝离开了会议室。

那是平安夜的前夜,他们的婚姻顾问安妮挂着两个巨大的圣诞树形状的耳坠,上面闪着红绿两个颜色的灯,忽明忽暗,令人不安。

"你的耳环真好看。"丹说道,他和卡特坐在对面绿色的躺椅上,大腿挨着大腿,手牵在一起。

"谢谢。"安妮轻轻地晃了下头,"你们别介意,现在你俩看起来似乎比上次见的时候开心多了。"

"我们有好消息了。"丹捏了捏卡特的手。

"我怀孕了。"卡特说道。

"哇!"安妮紧握双手,"恭喜呀!"

"但这并不意味着一切就突然变好了。"卡特说。她可不想让安妮认为听一个小时颤抖的嗓音就值得他们付一百二十元。

"当然了!"安妮的笑容随着两耳边闪烁的灯光消失了,"但在你们努力了这么久之后,这确实是个好消息。"

"是的,"卡特向前伸出头,严肃地看着安妮,"我希望我们的关系能在宝宝出生前修复,我讨厌单亲家庭,也讨厌父母谈论彼此的那种方式,所以我不想我的孩子也这样。"

她说完又靠回了座位,表情有些尴尬。她不知道刚才为什么那么紧张,那些感觉直到真的说出口时自己才意识到。事实上直到现在,她还一直告诉别人,她一点儿也不在乎父母的离婚。

所以他们现在需要在孩子出生前修复彼此的婚姻,就好比把书房改造成育儿室,在车上安装婴儿座椅,这是一项必须在接下来九个月的某个时间点完成的任务。

安妮是这方面的专家,所以他们愿意为此付费。"对于丹所做的那些事,我依然会生气。"卡特说,"我真的太生气了,有时候我都不忍心看他。实际上有时候我一看他就觉得恶心。"

"你确定那不是晨吐吗?"丹问道,"这个反应有些极端了吧。"

卡特和安妮无视了他的声音。"所以,"卡特说道,"宝宝出生前我肯定要停止那样的感觉。"

她看着安妮,带着一丝期待。丹清了清嗓。安妮像个办公室白领一样打开了一个牛皮纸文件夹。

"嗯,确实是这样,你的状态也很积极,那我们开始吧。"

"好。"

卡特握紧了丹的手，没有看他。

平安夜当天，卡特主动提出在琳恩和玛克辛去鱼市的时候照顾玛蒂。

她到达的时候，发现琳恩夫妻俩正踮着脚尖夸张地在房间里走来走去。"我们刚把她弄下来，"琳恩解释道，"简直是场噩梦，游戏组的女孩们说你只可以缺席一两次，现在好了，午睡全泡汤了，再也回不来了！"

卡特发现，在她怀孕后，琳恩可以更轻松地和她谈起玛蒂，好像是一种母亲对母亲的口吻。一想到琳恩故意或者说是下意识地打断了她的谈话，卡特感到一丝羞辱以及感激。

"你和妈妈说了吗？"趁她们的母亲去浴室重新涂口红的时候，琳恩问道。

"还没，我准备明天午餐的时候在全家人面前宣布。"

"卡特！这件事爸爸知道，奶奶知道——只有妈妈不知道，这样算什么向全家人宣布？"琳恩说道，"现在就告诉她。"

卡特叹了口气，每一次和母亲的交谈都很危险，她们母女俩就像是两支竞争球队的前球员，曾经有过一段漫长而暴力的对抗史。当然现在看起来确实有点儿傻，但过去这么久之后，对于以前不公平的罚球的恨意仍然存在，和平的表面下暗潮涌动。

在整个二十世纪七十年代，玛克辛和弗兰克的斗争就没停过，直到八十年代他们签订了和平协议。当然，他们的三个女儿也加入了这场战斗，表现得忠诚和勇敢。琳恩站在玛克辛这一边，卡特支持弗兰克，而杰玛则充当和事佬。一场持续十年之久的战争确实很难结束。

玛克辛走了出来，浑身散发着喜悦和发胶的味道。

"史密斯一家很快就会收到那件衬衫了。"她对卡特说。此刻卡特正躺在琳恩的休息室里，光着脚晃来晃去。

卡特低头看了看她有些褪色的T恤，开口道："我觉得他们收礼物的门槛应该提高。"

琳恩掐了下她的胳膊。

"妈妈，我怀孕了。"卡特说道，眼睛盯着天花板。

"哇！"玛克辛惊呼，"不过你和丹之间不是出了些问题吗？"

"妈！"琳恩连忙喊道，脸上流露出痛苦的表情。此时卡特从脖子后面拉出枕垫，盖在自己脸上。

玛克辛说道："好吧，不好意思，琳恩，当时杰玛和我提到了情感咨询的事。"

卡特都不需要看她妈妈的脸，就能知道当她说出"咨询"这个词时脸上厌恶的表情。咨询是其他人做过的事。

卡特把垫子从脸上拿下来，然后坐了起来。"妈妈，怀孕取决于做爱，而不是取决于一段完美的婚姻。这一点你应该知道。"

听完后，玛克辛的鼻孔突然张开了，但她立刻挺直了身子，修剪整齐的指甲插进手提包的带子里。她的母亲一直具备一种能力，可以将难看的情绪打包带走，这一点总是让卡特感到惊讶，同样她也可以将笨重的床单摇身一变，成为锋利的正方形亚麻布块头。

"对不起，亲爱的。刚刚我只是被吓到了，就听你躺在躺椅上突然这么说，真的让人难以置信。我特别为你感到高兴，当然了，还有丹。你的预产期是什么时候？来，让妈妈亲一个。"

当玛克辛冰冷的嘴唇贴在她脸颊上时，卡特就这么笔直地坐着，紧紧地抱着垫子，像个倔强的孩子。

"恭喜！"她说，"你应该记得要少喝酒。"

琳恩和玛克辛关上门出去了。卡特躺在躺椅上，想着琳恩宣布怀孕的情景。她记得那是一场特别的家庭聚餐，玛克辛一只手骄傲地搂着琳恩的肩膀，另一只手举着香槟杯，对着迈克尔的镜头露出了灿烂而自豪的笑容。

卡特温柔地抚摸着肚子。

"你和我的关系会好很多，是不是？"

圣诞节就以这样的承诺开始了。

他们一直睡到上午十点，卡特醒来时能感觉到空气中的热量。像往常一样，她悄悄地拍了拍肚子。"宝贝早上好，圣诞快乐。"

"今天感觉很热。"她大声说道，伸了个懒腰，伸腿踢掉了床单。

丹趴在床上，双手抱着枕头，脸埋在里面。

"我们今天要去大宅子了。"他的声音显得有些低沉。丹从枕头里稍稍抬起头，睁开一只眼看着卡特。

"卡特里奥娜，圣诞快乐。"

"丹尼尔，圣诞快乐。"

这是他们之间的小秘密，无论何时喊对方全名，在他们看来总是带着些有趣和装腔作势，而且特别可爱。这个默契是从他们婚后开始的，用以纪念他们的结婚誓言。"我，丹尼尔，愿娶你，卡特里奥娜为妻……"不过在他们的蜜月旅行中，这句誓言大概率就变成了"我，丹尼尔，愿把你，卡特里奥娜干到脑袋开花"。

当然了，最近也没有谁被干到脑袋开花。在丹睡了三天沙发之后，卡特就让他回到了床上，特别是在有了孩子之后，他们的关系缓和了一些，如果丹的胳膊不小心碰到自己，卡特也不会像之前那样猛地往后缩。不过床中央仍然横亘着一条看不见的、永无交点的线，对了，也不是完全的中央，卡特的那一半——也就是受委屈的那一半——要更大一些。

像往常圣诞节的早晨一样，卡特和丹躺在床上交换礼物。

今年他们在送礼物这件事上似乎有些过于热情了，丹送给卡特一只精致的金手镯，一本最新的《嘉人》杂志食谱，以及一个打理花园的工具包。卡特送给丹一瓶须后水和一只新的壁球拍。

"还有这个——"当床上已经铺满包装纸时，丹从床头柜的抽屉里拿出了另外一个袋子。

卡特看着礼物卡片大声读道："即将出生的女儿或儿子，圣诞快乐。我爱你，也爱妈妈。爸爸留。"

通常丹的卡片上都会写："祝卡特女侠快乐，蝙蝠侠留。"礼物是一只毛茸茸的迷你足球。

"无论是男孩还是女孩，他们都要知道怎么踢球。"丹解释道。他低下头对着卡特的肚子轻声说，"你听到了吗？我们家可以男女平等。"

卡特盯着丹的后脑勺，突然有了些奇怪的想法，恍然大悟的感觉。他会成为一名父亲。"那是我爸爸。"有一天他们的孩子会这样对别人说，而别的小朋友甚至头都不会抬一下，继续玩游戏，因为他们都有自己的父亲。这位父亲会朝他们走来——这位父亲就是丹。

不知什么原因，这样的想法极度性感。

当丹坐起来的时候，卡特倾身将他压在身下，跨坐在他的肚子上，包装纸在他们身下嘎吱作响。丹眯着眼，绿色的瞳孔格外显眼，他看着她，下巴上留着未刮的胡茬。"她过线了。"

"没错，我过线了。"卡特脱掉身上的T恤，屈身对着他，"兄弟，所以你别再过线了。"

"不会。"丹喃喃自语,他的舌头已经迫不及待地探入卡特的口中,双手在她脊背上来回游离。

她原以为性爱会被那件事永远地摧毁,但她和丹都太擅长了。过去几个星期积攒的痛苦似乎只会让它来得更加激烈,她感到一种强烈的脆弱感,仿佛随时都会忍不住哭出来。高潮来得很快,而且很强烈,这样的感觉以前只有过两次,而且那两次她都是在吸大麻。这种感觉就像是脑袋里的彩色玻璃窗被打碎了,每一块都映着不同的记忆、想法或感觉。有那盘砸向墙壁的意大利面,有杰玛眨着亮晶晶的双眼说道,"两条非常、非常完美的直线",有丹径直走向一个孩子,那个孩子抬起头说"那是我爸爸",还有卡特童年里的那棵圣诞树,一夜之间它的周围就堆满了礼物,金色、银色的金属片在晨光中闪闪发光。

几秒钟后他们终于喘过气来。

"哇。"

"哇。"

"所以,把你父母都接过来,不用再去悉尼看望他们,一下子搞定。"在他们开车前往琳恩家的路上,丹说,"这样今年的圣诞节就可以轻松一些。"

丹出生在一个关系比较淡薄的家庭,亲人之间来往不多,他的父母在几年前搬到了昆士兰州,而唯一的妹妹梅尔和他的关系也比较随意,这一点确实值得羡慕。幸运的是,每年圣诞节都和凯特尔家族一起过,因为他们自家的事情都处理不过来,根本无暇顾及他人。

"这样只会更紧张,"卡特说,"和父母一起过圣诞节太奇怪了,我妈会过度紧张,我爸只知道炫耀自己,我真的不想看到这些。"

"而且你也不能放纵自己喝得烂醉。"

"我以为你为了我早就戒酒了。"

"梦里什么都有,宝贝。"

"别忘了你现在还在试用期,别因为早上运气好点儿就得意忘形了。"

"我一向运气爆棚。"

路口红灯,他们停了下来,卡特望向窗外,看到一家人把车停在了某户的房子外面。一群孩子匆匆忙忙地下了车,冲进屋内,一个男人站在那儿,张开双臂,女人从后备箱里拿出礼物,一个个地让男人抱着它们。男人假装承受不住重量摇晃了两下,女人轻拍了下他的胳膊。

绿灯亮起,丹踩下油门。

"总有一天我会原谅你,"她说,"我会的。"

"空调坏了,"迈克尔把他们领进屋内,边走边说,"我妻子因为这个不太高兴。圣诞快乐。"

他把手里的螺丝刀递给丹。"兄弟,是时候该让你体会一下做父亲的乐趣了。"

丹盯着螺丝刀。

"你会拿到一个盒子,上面有一张图,上千个小螺丝还有一份完全没有逻辑的说明书。很有趣,对吧。今天我们要来搭一座三层的小屋,我想圣诞老人一定是疯了。来吧,别想逃。"

"去喝一杯吗?"在迈克尔抓着他的胳膊把他拉走的时候,丹看着卡特，绝望地问道。

卡特张开嘴，用唇语跟他比画了一句"试用期"。

她在厨房找到了琳恩，琳恩正站在水槽边洗生菜，她穿着一件无袖背心裙，露出的肩膀显得格外瘦。灶台是亮闪闪的花岗岩，上面整齐地摆放着一排排切碎的食材。

"你一定是这个星球上最有条理的厨师，"卡特说，"什么声音？"她弯下腰，在桌底下看见了玛蒂，只见小姑娘坐在地上，眉头紧锁，手上正不停地敲着一把小木琴，发出刺耳的响声。

"卡特！"玛蒂大叫一声，手上敲得更用力了，好像是一种欢迎仪式，"瞧！玛蒂吵！嘘！"

"噢，这东西能让我看看吗？"卡特一脸期待地问，但玛蒂太聪明了，她显然不会上当。

"不能！"

"没用的。"琳恩用还湿漉漉的手背擦了擦前额。

"这是她最喜欢的礼物，你知道是谁送的，是乔治娜，那个贱人。她肯定把街上的商店都跑遍了，找了一个声音最大的玩具。我今天早上真是糟透了，先是空调——我们找不到修空调的人，然后天气预报说今天有三十四度，奶奶肯定会抱怨一整天。迈克尔已经花了两个小时在搭那个神经病的玩具房子，妈妈在阳台上摆桌子，她太紧张了，你都能听到她身上噼里啪啦的静电声，你最好离她远一些。卡拉在楼上，不肯出房门。杰玛刚打电话过来，说了些不着边际的话，还问我怎么做土豆沙拉。爸爸和奶奶应该要迟到了。噢，什么东西，太恶心了！"

琳恩吓得当场来了一小段奇怪的"拍拍舞"，然后指着厨房地板中间的一只蟑螂。它似乎抓住了琳恩的恐惧神经，停在那里想着该往哪儿走。

"杀虫剂!就在你旁边!你还有心情笑?快杀了它!"

卡特拿起杀虫剂。"小混蛋,去死吧!"说着朝蟑螂一阵狂喷。

"好恶心。"玛蒂从桌底走了出来,双手叉腰站在那儿,活像个讨人厌的小主妇。

"我杀蟑螂的时候就是这么说的。"琳恩一边说着,一边用纸把地上的蟑螂尸体包起来。

"说什么,好恶心?"

"小混蛋,去死吧。也是那样的语气。"

"我是在模仿施瓦辛格。"

"对啊,我也是。"

她们相视一笑,对彼此的表现很是满意。

"我们得问问杰玛,她是不是也这样。"琳恩说。

"她可能不知道你的意思是想杀掉它们。"

"虫子帮你除掉了,还有什么我可以帮你的?"

"你可以把卡拉从她的房间里拽出来吗?她觉得你很酷,会听你话的。"

"行。"

"对了,你现在简直容光焕发。"琳恩一边说着,一边继续洗生菜,玛蒂也重新回到了木琴旁,"看来这个孕怀对了。"

卡特笑了笑。"既酷,又容光焕发,那岂不是酷酷地满面红光。"

"是啊。玛蒂,走开,我求你安静点!"

卡特敲了一下卡拉的房门,径直走了进去。卧室里一片漆黑,空气中弥漫着香水味和不正当的烟味,地板上堆满了丢弃的衣物。这和卡特年少时自己的卧室如出一辙,当时,每年她有四个月的时间可以拥有这个卧室,后来她不得不搬出去,和姐妹们轮流住。卡拉趴在床上,卡特能听到她耳机里传来的微弱的音乐节拍,卡特坐在床尾,握住卡拉的脚踝。

卡拉的肩胛骨愤怒地扭动起来,她翻了个身,脸上的睫毛膏花了,顺着眼泪形成两条黑色的泪痕。

"噢,"看到眼前的人,卡拉把脖子上的耳机摘下来,说,"是你啊。"

"嗯,"卡特说,"圣诞快乐。你怎么了?"

"没事。"

"那为什么看起来一副想不开的模样?是收到什么特别烂的礼物了吗?"

"你不会明白的。"

"你怎么知道呢,你可以试着告诉我,看我是不是真的不明白。"

卡拉叹了口气。"好吧。今天早上我妈妈送给我这些短裤作为圣诞礼物,然后让穿上试试。我不想在大家面前穿,但是她还是一直说,所以我只能照做。而且还要像个模特一样走秀,太尴尬了,奶奶还在一旁说'她太可爱了!'然后我妈妈就在大家面前很大声地说了一句话,你知道她说什么了吗?"

卡拉的声音开始颤抖。卡特心想,乔治娜,你这个贱人。

"她说什么?"

"她说那些短裤根本就不适合我!"

卡拉的脸一下子垮了。"你敢相信她居然那样说?"

"嗯……好吧,我猜可能——"

"她是说我的腿又胖又丑,还很恶心!"

"不,我觉得她不是那个意思。"

"你不明白,因为你的腿很漂亮!"卡拉恶狠狠地掐了一下自己大腿上的肉,"你敢说我的腿没问题?如果你真这样说,就证明你是个骗子。我都知道,因为有一次游泳嘉年华上,马特·海斯在桌上指着我说他见过更好看的腿,他那些蠢货朋友都在讥笑,分明是同意他的看法!"

卡特心想,难怪这么多青少年最后会犯下枪击案,她现在倒是开开心心地朝马克和他那些满脸粉刺的可怜朋友们开了几枪。

"而且别和我说那些媒体试图让女性产生身材焦虑,这关乎女权主义问题这些有的没的,我都知道!这些一点儿用都没有。"

卡特很快就闭上了嘴。卡拉重新躺回床上,她们沉默地坐了几秒钟。

卡特疯狂地在脑中搜索,找一些看起来很酷的话题。"我很讨厌我的胸。"最后她无力地说道。

"什么?"卡拉哼了一声。

"凯特尔家的姑娘们都和大胸无缘,这些年来你应该听到过那些自以为幽默的男生们拿我们开玩笑。"

"对琳恩也这样?她没炸毛?"

"当然,有一次,有个男孩对她说她的胸就是蚊子咬出来的两个包,为此她哭了一整个星期。"

"真的?琳恩居然会这样?"卡拉突然来了精神,坐了起来,"我真的无法想象年轻、心烦意乱的她是什么样子。"

"而且显然你不需要因为这个部位心烦。"

"拉倒吧,"卡拉用手拉了拉自己的T恤,说,"男生不关心胸部。"

卡特站了起来。"当然关心了,胸大即正义。行了,我待在这里都快热死了,小白痴,你的腿能把我们弄下楼吗?"

"好啊,我也快要饿死了。所以那个男生怎么说得来着?两个蚊子叮,是吧?"

"千万别和她提这事,行吗?"

卡拉现在看起来兴奋极了。"我不会说的,这段回忆可是会有创伤性的。"

"有可能。"

《红鼻子的驯鹿》的歌声飘来,卡拉表情痛苦地缩了下身子。"天哪,别!"她立刻走下楼梯,心急得一次踩两级台阶。她大喊道,"爸爸,把它关了!别在这儿出糗!"

卡特跟在她后面,思考着"蚊子叮事件"是否真的发生过。对了,三十岁那年她终于和自己的乳房和解了。

这时杰玛、凯特尔奶奶和弗兰克已经到了,他们坐在琳恩家的餐桌旁,一边剥虾,一边喝香槟。三人的头上都系着俗气的拉花蝴蝶结,一看就知道是杰玛的作品。

"你们最好都到阳台上去。"琳恩说。

"我们在帮你。"杰玛回道。

"你们只会给我添麻烦。"

弗兰克看到卡特后连忙起身,抱住她的腰,卡特感觉整个人被他甩来甩去。

"瞧瞧这是谁!要当妈妈了!圣诞快乐,我的小天使!怀孕了要注意多坐,让双腿放松。丹知道这些事吧,他有没有尽心照顾你?我找他聊聊。"弗兰克让卡特坐在他的椅子上,尽管卡特的双脚都很抗拒。

"不要碰到食物!"奶奶警告道。

琳恩说："爸爸，妈妈怀孕的时候你肯定也是这么无微不至。"

此时门铃响了。

"应该是查理。"杰玛高兴地把一只剥好的虾塞进嘴里，"他是来让你瞅瞅他的。"

琳恩说："你能不能别再吃虾了！"

"啊，这些虾不就是给我们吃的吗？"

"能不能让查理去看一下空调？"奶奶一边拿着餐巾纸扇风，一边说。

"奶奶，他是个锁匠。"

"不过我觉得他应该可以派上用场，这是我们的问题，这里一个有用的男人都没有。"

"杰玛！"玛克辛走进厨房，她后面跟着一男一女，"你朋友来了。"

"给大家介绍一下，这是查理！"杰玛兴奋地挥舞着酒杯，然后跳起来一把搂住查理的肩膀。查理身材矮壮，和杰玛一般高，胸肌很发达。杰玛从未提过查理的身高，卡特猜这对于矮个男人来说很有吸引力。和查理握手时，卡特故意身体前倾，想看一下他那著名的睫毛，但在她看来，它们很是一般。"这是我妹妹。"查理对着屋子里的人说，"今早她的车坏了，所以午餐就跟着我混了。"

卡特看向查理的妹妹。女孩一头乌黑的长发从脸向后撩起，身穿一件红色 T 恤，宽大的领口露出迷人的乳沟曲线。她很美，和模特一样，也很熟悉。

"大家好。"女孩笑了笑。但卡特的耳朵里嗡嗡作响，"我是安杰拉。"

琳恩不知道什么时候出现了，她把手轻轻地放在卡特的肩膀上。

153

"你好。"杰玛说道,脸上的笑容瞬间消失,酒杯从手中滑落,在地上摔得粉碎。

我的胸确实是蚊子叮的。卡特想。

第十章

琳恩的圣诞节是从凌晨五点昏暗的光线中开始的。她一睁眼，只见距离她的脸几英寸的地方有一双棕色的眼睛，眼珠一动不动。玛蒂站在他们床边，仿佛被催眠了一样，一边吮着拇指，一边看着琳恩。琳恩吓了一跳，手肘冷不丁地撞到了床头柜。"我靠！"她抱着胳膊肘，笔直地坐起来，"你站在这儿有多久了？你不是应该三个小时后才醒吗？"玛蒂小心翼翼地擦了擦嘴，接着号啕大哭。

这时迈克尔也醒了，看起来心情不错，立刻精神抖擞。他抬起头看着玛蒂，说："看来有人在找圣诞老人哦。"

"她这个年纪懂什么圣诞老人，你记得吗，她说过自己讨厌圣诞老人。"

"亲爱的，圣诞快乐。"

"我的手肘受伤了。"

"啊。"

他掀开被子，下床走到玛蒂身边。琳恩看着他瘦长的身躯，褐色的皮肤，他穿着一条米老鼠图案的拳击短裤，那是卡拉送他的四十岁生日礼物。新发型让他的头看起来更小，也更脆弱，就像一个在公交车上被戏弄的学生。

"妈妈的手肘受伤了，"他对玛蒂说，"你的手肘也伤到了吗？"

玛蒂不哭了，她难过地点了点头，指了指自己的手肘。

迈克尔表情很开心。"你看见了？"

"小说谎精。"琳恩表情骄傲。

迈克尔抱起玛蒂，把她放到床上，放在两人中间。

"她不会睡的。"琳恩说。

"你妈妈真是个悲观派。"

但几分钟后三人又都陷入了熟睡，琳恩和迈克尔都面向玛蒂蜷缩起身体，玛蒂平躺在床上，四肢张开呈星星状，还吮吸着手指。

几秒钟后，他们被刺耳的电话铃声惊醒了。琳恩接了电话，一个梦境模糊地在她的脑海中回荡。

"你没在睡觉吧？"玛克辛的声音又尖又细，听起来很难过，"现在已经快九点了。"

"不是还没到吗？"琳恩回忆起刚刚的梦，惊恐万分。梦里她在吃枞果，光着身子坐在浴缸里，而身边的人是……乔。

黏稠。甜蜜。顺滑。乔的舌头在她的乳头上画着圈圈。

天哪，圣诞节的早晨，她和丈夫、女儿睡在一起，却做着和前男友的春梦。她看着迈克尔，他已经醒了，心满意足地挠了两下肚子，新发型已经被压塌。

"已经到了！"玛克辛说，"一切都准备妥当了吗？烤鸡放进烤箱了没？"

做着春梦，但现实生活却丝毫提不起"性趣"，其实这也挺可悲的。

所以今年她筹备这个圣诞午餐又为了证明什么呢，甚至连累了血淋淋的火鸡。她不但没能给她母亲减轻压力，反而给她增加了压力——她残忍地剥夺了一个控制狂的控制权。"你就爱这样，"卡特总是对她说，"你一直爱这么光荣赴死，那你去呗。"

她本来可以整个上午都泡在浴缸里吃枞果的。

"这只是个家庭聚会，"琳恩告诉母亲，"来的都是自家人，根本不会有人在意我们是不是准时上桌。"

"琳恩,你是不是得了感冒?"玛克辛问,意思是,"你是不是神志不清?"

"我很好,妈妈。我只是想说我们没必要压力那么大。"

"正如你所说,我们当然需要'压力'。如果开饭太晚,大家就会喝多,一喝多就完了,你们姐妹会开始打架,你奶奶会在桌上直接睡着,你爸就开始闷闷不乐,而且玛蒂也经不起这么折腾,她还会吃太多棒棒糖。"

以上都有理有据,合情合理。"而且,午餐的时候我还有些事想和大家说。"玛克辛继续说道,"我有点儿紧张。"

"你紧张?怎么了?出什么事了?""我有点紧张"这句话对于她的母亲来说有着很重要的意义。几周前她不是就想和琳恩说什么事吗,肯定是不好的事,例如,在圣诞午餐上宣布自己是癌症晚期病人。

"是好事,我很开心。"

开心?那就更不妙了,琳恩伸出两根手指按住前额。她隐约感觉到剧烈的头痛即将袭来。

迈克尔从床上坐起来挥了挥手臂,就像一只鸡在扇动自己的翅膀,脸上带着不耐烦。

琳恩点了点头。

"说话!"玛蒂一边说,一边伸手去拿电话。

"玛蒂想和你说话,一会儿中午见。"琳恩说,"别那么早来。"她把手机递给玛蒂,然后又拿了回去。

"妈妈圣诞快乐。"

"你也是,宝贝。"

157

楼下的门砰的一声关上了。

迈克尔抬了下眉毛。"这可不是个好兆头。"

卡拉昨晚在她妈妈那儿过平安夜,今天应该要到吃午饭的时候才回来。

过了一分钟,卡拉的头探了进来。

"宝贝圣诞快乐,"迈克尔开心地跳下床,张开双臂,"回来得这么早呀!"

卡拉看起来不太情愿。"爸爸,你还没穿衣服。我只是来和你们说一下,我等下就待在自己的房间里,我没什么好说的,也不想吃东西。就……让……我……一个人。这个要求是不是太过分了?"

迈克尔笨拙地把拇指从四角裤的松紧带处插进去,然后在肚子凹进去的部分稍微伸出来一点儿。"哈。"

"爸爸,你在干什么?"

"我也不知道。"迈克尔说,表情痛苦,把手放了下来。

"我恨圣诞节!"卡拉大喊了一声,便转身回了房间。

琳恩说:"我也是。"

迈克尔看着她。

"也不是,"琳恩起身去冲澡,"我只是不相信。"

弗兰克和玛克辛离婚后的第一个圣诞节,也是凯特尔姐妹第一个分开过的圣诞节。

它以一本小册子拉开序幕,那是一本精美而诱人的小册子。

"姑娘们,你们觉得怎么样?"弗兰克问道。他把小册子放在麦当劳餐厅的桌上,他来回挥着手,就像二十世纪的女促销员。

他——她们的爸爸太搞笑了。

当时她们六岁，充满了在幼儿园当小霸主的信心。三胞胎的身份让她们在圣玛格丽特小学也很出名，每当吃早茶和午餐时，总有一群充满母性光辉的六年级女生特地跑来看她们姐妹玩，大多时候她们排成一排，坐在长长的木凳上。"哇，她们好可爱！""那个是卡特，还是琳恩？""琳恩！""不对，那个是卡特！""亲爱的，你是哪一个？"卡特充分利用了她们姐妹的名气，对那些年纪大的女生们哭穷，描述了她们晚餐只能共享一块羊排的悲惨经历，这样她每天都至少能获得五十分的捐款。

原来上学这么容易。

而此时，父亲正带着她们在一家新开的麦当劳里吃着圣代，她们把勺子翻过来，舔着上面的奶油冰淇淋和热焦糖。奇怪的是，她们的父亲却非常不喜欢圣代。"爸爸，就尝一小口嘛，"杰玛总是想让他尝试，"吃进去的感觉就像是一朵云，或者是一片雪花，你一定会喜欢的。"

玛克辛从不准女孩们吃麦当劳，所以她们也不会让她知道爸爸带她们去吃了这些"垃圾食品"，同时玛克辛也不知道每两周的周末对女孩们来说都是一场奇幻之旅，旅程中充满了惊喜，不需要遵守规矩，也没有蔬菜。

但她们知道她肯定会怀疑。

"你们知道这是什么吗？"爸爸说着递给她们一本小册子，"这是一条全世界最快的水上滑道。"

"真的吗？"卡特惊呼，"你没骗我？"

她们盯着小册子惊叹不已，其中有一张照片，一个女孩从巨大的漏斗状出口直冲而下，水花飞溅。卡特看了十分心动，那一瞬间她仿佛就是那个女孩，心怦怦直跳，双手被高高甩起，甩向一望无垠的蓝天。

"嗖！"杰玛用手顺着滑梯弯曲的滑道，模拟冲下去的过程。

"到时候你会比汽车的速度还要快。"卡特说

"绝对比不过老爸的车速，"琳恩说，"怎么可能呢。"

"相信我！"卡特说，她用力拧了下琳恩的腿，"肯定可以。"

"嗖！"杰玛又模仿了一遍，她用勺子在空中画出一道弧线，"你会滑得这么快！"

"这个水上滑道在一个很特殊的地方，它叫黄金海岸。"她们的父亲说，"你们知道吗？"

"什么？"

"今年我打算带你们去那儿过圣诞节！"

哇！太好了！杰玛的勺子直接飞到了空中，卡特也高兴地直拍桌。父亲说完后笑了笑，接受每个女儿在自己的脸颊上留下激动的唇印。

回家路上，父女四人也一直在谈论这件事。

"这样我能跑得更快，"琳恩说道，"手像这样的话。"

卡特说："没用的，要像我这样把手伸出来，当成一支箭。"

杰玛接过话："你们看我施个魔法，这样我能跑得更快。"

"傻不傻，傻不傻！"琳恩和卡特异口同声道。

四人到家后，父亲进屋告诉母亲关于圣诞假期的事情。

当时琳恩正巧去厨房倒水，所以只有她看到了母亲的反应。

母亲的脸上写满了吃惊，好像刚被眼前的男人扇了一耳光。"圣诞节？"她问，"不能节礼日再带她们去吗？"

"我只有那段时间有空，"父亲说，"你知道做帕丁顿项目，我的压力有多大吗？"

"但圣诞节我真的很想和孩子们在一起,你换一天不是一样吗?"

"你自己说过,孩子们的幸福是最重要的。"

"我没说她们不应该去。"

琳恩沿着玻璃杯口盯着她的父母。

母亲抬头看了看天花板,深吸了一口气,好像马上要打个大喷嚏却没打出来。

这画面很怪异。

她的妈妈好像正拼命地忍住眼泪,下一秒琳恩就意识到,这是真实的。她感觉到有什么东西咔嗒一声滑进了某个地方。她们的妈妈就站在那儿,那个普通又讨人厌,脾气还很坏的妈妈,现在却是另一副模样——居然也会和她的女儿们一样,感到沮丧。

"圣诞节我想和妈妈一起过。"琳恩脱口而出,但说完她就后悔了,因为她的内心是拒绝的。

面前两人听到这句话,表现得好像并不知道琳恩的存在。

"琳恩,说什么傻话,"母亲说,"圣诞节你们要和爸爸一起去度假。"

琳恩看向父亲,说:"我们为什么不能过了圣诞节再去?"

弗兰克把琳恩拉过来,坐在自己的膝盖上,他轻柔地抚摸着琳恩的头顶,说道:"宝贝,因为之后爸爸要工作呀。"

琳恩伸出手指绕着他的衬衫纽扣边缘:"我不信。"

她抗拒地扭了扭身体,从父亲的腿上滑下来,这时卡特和杰玛跑进厨房,手上挥舞着芭比娃娃被剥离的四肢。

"圣诞节琳恩想留在这儿和妈妈一起过,"父亲说,"那么你们俩呢?"

卡特看着琳恩,好像她已经疯了。

"你是不是傻?"

"为什么妈妈不能和我们一起去?"杰玛笑着问。

"爸爸和妈妈已经离婚了,笨蛋。"卡特说,"所以他们就不能再待在一起了。这是法律规定的。"

"噢,"杰玛的下嘴唇在颤抖,"我知道了。"

"我要和爸爸一起去度假。"卡特说。

"我留在这儿陪妈妈。"琳恩说。这就是所谓的纯洁和善良,就和朱迪丝修女在课上说的一样。琳恩可以想象自己的灵魂,没有罪孽,闪着亮光,它是一颗心的形状,像钻石一样闪闪发光。

惊恐的泪水从杰玛脸上滑落。"我们不是要在一起迎接圣诞老人吗?"

当然,这没能实现。

接下来的一个星期里,琳恩和卡特都费尽心思地想拉拢杰玛加入自己的阵营,为此双方都使用了一些阴招。

"如果我们不和妈妈过圣诞节,她一定会很伤心的。"琳恩说,"她会一直哭啊哭啊哭。"

"妈妈才不会,"杰玛说,表情很惊恐,"她从来不哭。你不会哭的,是吧,妈妈?"

母亲听了很生气。"我当然不会。琳恩,别老干这些傻事。"

"我们要去世界上最快的水上滑梯玩,如果你不去的话,爸爸会哭的!"卡特也劝她。

"爸爸你会哭吗?"

父亲用力吸了吸鼻子,假装擦了下眼睛。"肯定会啊。"

琳恩一点儿机会也没有。

问题是,玛克辛几乎并没有注意到琳恩的善举,她还是像往常一样易怒,一样讨人厌。所以过了一段时间,琳恩也意识到她的灵魂根本就不像钻石一样闪闪发光,她的心也不纯洁、不善良,因为内心深处她还是会怨恨妈妈。

一想到自己错过了滑道,琳恩就觉得难受,当然了,想到母亲坐在餐桌旁,肩上搭着一条茶巾,这让她一样难受。

所以只能这样了,她错过了水上滑梯,也错过了耶稣的奖赏。

也是在那个圣诞节,琳恩发现了苦肉计的乐趣。

琳恩一进厨房就认出了安杰拉。她的脸还是记忆中的样子,杏仁眼,一头乌黑浓密的秀发,充满异域风情,还有焦糖色的皮肤。

琳恩脑海中的画面从早餐车跳到托儿所,再到迈克尔的工作——坐在卡特的车里,看着安杰拉轻敲车窗,她的脸垂下,马尾辫甩到一边。

天哪,天哪,天哪。

杰玛是怎么策划出这场灾难的?琳恩悄悄地躲到卡特身后,一只手搭在她肩上,好像在保护着她。卡特认出来了吗?

"我是安杰拉。"

琳恩感觉卡特的肩膀突然僵住了,她自己的胸也猛地缩了一下。当然了,杰玛没能控制住自己,在此时非常多此一举地摔掉了一大杯香槟。琳恩呆呆地看着地上的碎玻璃,努力让大脑保持思考。目前出现了一种很可怕的情况,一个房间里的三个女人都和丹尼尔·惠特福德上过床。

这好像……不太卫生。

"我去拿簸箕,"玛克辛连忙说,此时查理和安杰拉正弯着腰,小心地在地上捡玻璃碴,一只手弯成杯状,用来放捡起来的碎片。

一旁其他凯特尔家的人正饶有兴致地看着。

"笨手笨脚！"凯特尔奶奶倾身拍了拍查理的肩膀说，"杰玛总是这么笨手笨脚，我们老说她！"

"对不起，"杰玛低头站在那儿，惊恐地看着安杰拉，仿佛看到了可怕的幽灵。

"没事，就是个杯子而已。"弗兰克一边说，一边欣赏安杰拉的腿，"琳恩不会介意的。"

琳恩深吸了一口气，她看不到卡特的脸，只能看到她的头顶。"当然不介意，你们别管它了，查理，还有……安杰拉，我来弄吧。"说出安杰拉的名字好像都是一种背叛，她要想办法把这些人给弄出去。

"这小屋我们是真的搭不了。"迈克尔的身影出现在厨房里，后面跟着丹，"喝点儿东西吧。"

"这是我们今天的'首碎'啊，"丹说，"让我猜猜是谁干的。"

安杰拉闻声抬起头。"丹尼①！"

丹尼？

卡特耸了耸肩，躲开了琳恩的手，跨过地上的玻璃碴径直走出厨房。她全程没有看丹一眼。

"暴脾气！"凯特尔奶奶耀武扬威地对查理说，"我们平时就叫她暴脾气。"

丹背靠着冰箱，表情看起来很想吐。

---

① 丹尼是丹尼尔的名字昵称。

"嘿。"

"所以你们认识？"迈克尔问。下一秒他撞上了琳恩的目光，立刻明白了过来，支支吾吾道，"怎么回事？"

杰玛看着琳恩，脸上写满了哀求。琳恩揉了揉额头，看着卡拉给自己倒了满满一杯红酒，注视着自己的父亲。

"游泳！"这时玛蒂冲了进来，她光着身体，手上挥舞着一个救生圈。

"琳恩——她光着脚！"玛克辛朝琳恩喊道，与此同时，查理一把抱起玛蒂，让她远离了地上的玻璃碴。

"谢谢。"

"别客气。"

玛蒂心满意足地拍了拍眼前这个人精心剃过的头顶，好像在摸一只毛茸茸的小动物。

"游泳吗？"她像小鸟一样歪着头，开心地说，"一起游泳吧。"

"宝贝，要不改天吧。"查理说。

这时安杰拉从刚才的惊险中平复了心情。"我和丹是在格林伍德酒吧认识的，"她对查理说，"那天晚上我们聊了一会儿，我还把印有你名片的冰箱贴给了他。"

"啊！"杰玛惊呼，"就是那个……啊！"

"怎么了？"查理伸手搭在杰玛肩上，困惑而不失温柔地看着她。玛蒂用手指在查理的鼻尖上敲了两下，咯咯地笑了起来。

"有天我没带家门钥匙，就给卡特打了电话，"杰玛紧张地看了一眼原先卡特的座位，"她当时说：'冰箱上正好有一个锁匠的号码。'"

"哈！"显然丹想接过安杰拉的话继续说，保持愉快的语气，但他现在看上去就像个狂躁症患者,一只手握拳不停地拍着另一只手掌,"对哦,那个冰箱贴是个钥匙的形状,我从酒吧回家之后就把它贴在冰箱上了。我根本就……没再注意了。这想法真好,做成吸铁石,是啊,这样大家都能注意到。哈哈,杰玛,看来你还欠我一个人情!"

琳恩真想上去揍他。

"我才是真的欠你一个大人情,"查理说道,一只手摇着怀里的玛蒂,另一只手搂着杰玛。他若有所思地看了丹一眼,接着目光转向凯特尔奶奶,"杰玛是上天给我的最好的礼物。"

凯特尔奶奶笑眯眯地看着他,眼睛透过镜片闪闪发光。

"多可爱的小伙子啊!弗兰克、玛克辛,你们说呢?"

玛克辛起身,手上拿着装满玻璃碎片的簸箕。"是啊,"她说,眉毛的形状像是两个问号,"你刚刚还救了玛蒂。"

"小伙子反应真快。"迈克尔也热情地夸赞。

"哼!"卡拉的方向传来一声不满。

"行,我们该走了。"查理把玛蒂抱给琳恩,"见到大家很高兴。"

"大家再见,"安杰拉说,忽然,她滴水不漏的动作好像有一丝停顿,"再见,丹。"

"嗯,"丹看了一下自己的手,"拜拜。"

"我送下他们。"杰玛说道。

三人走后,厨房里一阵安静。此时主演都离开了,只剩下几位没有剧本的配角。

"这到底是怎么回事?"玛克辛一边把玻璃碴倒进垃圾桶,一边问,"你们一个个跟疯了一样,还有,迈克尔,你看到你女儿在那儿酗酒了吗?"

迈克尔不可置信地看向玛蒂。

"爸爸,她说的应该是我。"卡拉开心地举起酒杯。

"别忘了,你有两个女儿。"

"丹,你还不出去看看卡特?"玛克辛吩咐道。

"对。"丹打开冰箱,站在那儿盯着冰箱里的东西,看起来像是患了创后应激综合征。

"我带她去喝杯啤酒吧。"

"什么?"

"对,那我就自己拿一瓶吧。"

说完,他慢慢地走出厨房,差点儿迎面撞上回来的杰玛,杰玛面露凶光地瞪了他一眼。

"琳恩,我们能聊一下吗?"她有些紧张地说。

"现在?"

琳恩跟着杰玛进了自己的办公室。"好吧,可真有趣。"她靠着桌子说。

"我太难受了。"杰玛一屁股坐在椅子上,手足无措。

"这也不能怪你,只能说运气不好。不过,当然啦,如果你当时没有找卡特,而是自己找了个锁匠……"

如果你不是每次都那么没用的话。

"我知道,这真的太糟糕了。"

"是。"

"之前有天晚上查理提到过他妹妹,他说她谈了一个——不对,他说她和一个已婚男人有关系,听起来好像不止一次。"

"可能说的是另一个已婚男人,说不定她就喜欢找已婚的男人。"

"但是她喊他丹尼。"杰玛的声音有些颤抖。

琳恩拿起一盒回形针，用力地敲在桌上。"如果他们还搞在一起，那为什么一开始要把安杰拉的名字告诉卡特？"

"不知道。"

"我要杀了他。"

"我明白，当时我看到他从厨房里走出来，我就在想，我要狠狠地给你一拳。"

琳恩低头看着她的文件筐，上面贴了一张黄色的便利贴，她的营销协调员留了一句足以让她抓狂的话——琳恩！有问题！请在圣诞节前看！然而她到现在才看到。琳恩本能地缩紧了身子。

"琳恩？"杰玛抬头看她，一脸信任的表情，来回转着椅子，"我们该怎么办？要告诉她吗？"

琳恩扭了扭头。我现在有压力，她想，巨大的压力。

不知为什么，这个想法反而让她好受了一些。

"你觉得我们该怎么做？"

授权，迈克尔经常这么说，你需要学会让渡权力。

"我不知道。"

所以说授权根本没用。

琳恩说："我觉得我们还是过完圣诞节假期再说吧。你也可以再问问查理。"

"好。"

"你们在干吗？"这时卡特猛地推开门，走进来靠在琳恩身旁的桌子上。她从琳恩手上拿过回形针盒，挑衅地摇了两下，脸颊两边挂着几缕湿漉漉的头发。她刚才肯定去洗了脸，抹去了早晨所有的好气色，现在她眼下的皮肤看起来既粗糙，又阴郁。

"你还好吗？"杰玛问。

"还行。"卡特拿出一个回形针,先是压弯,而后又扳直。她没有看杰玛,"你现在只能和他分手了。"

"抱歉,你说什么?"杰玛立刻起身。

"反正你迟早也会和他分手。"

"但是我喜欢他,我真的很喜欢他。"

"杰玛,他只是个开锁的。"

"所以呢?"

"所以,不知道什么原因你开始和……不知道,和一些男生上床,但看起来你也不会想要嫁给他们。"

"天哪,"杰玛说,"不敢相信这话从你嘴巴里说出来,你怎么这么势利!就好像……像妈妈一样!"

这是最大的侮辱。

"我不是说你比他们好,而是说你比他们都聪明。"

"卡特,"现在琳恩感受到了压力,仿佛有毒的化学物质充斥着她的血液,"你不能指望她——"

"只需要五分钟,她就能找到下一个,找到一个更好的。他太矮了,根本配不上她,而且他们能遇到也是因为丹。"

"我知道,但是——"

"我想忘掉那一切,忘掉那个女孩。现在杰玛在和她哥哥谈恋爱,你说我怎么忘?这就是个笑话。"

说到"笑话"这个词,卡特稍微停顿了一下,看上去有些悲伤。

一时间,房间里安静下来。

"我会考虑的。"杰玛说。

琳恩的指关节抵着嘴唇,深吸了一口气。

"杰玛,但是——"

169

"我说了我会考虑。"杰玛把椅子推回桌前,"她说得对,反正最后我们都会分手。我去带玛蒂游泳。"

说完,她走出了房间。

"虽然这么问有些过分,"琳恩说,"如果他就是那个和杰玛走到最后的人呢?"

卡特开始弹那些弄乱的回形针。"我敢保证,不可能。"

第十一章

完了，我毁了卡特的圣诞节。杰玛一边在琳恩家的浴室里换泳衣，一边想。我真的什么事都做不好，我就是个讨人厌的巫婆，就是个婊子。

"杰玛，知道你的问题是什么吗？"马库斯曾经对她说过，"你不专心。"

她拉起泳衣的肩带，看了看琳恩放防晒霜的柜子。房子里变得越来越热，奶奶把衣服脱得只剩下衬裙，玛克辛实在是看不惯。杰玛站在镜子前，看着镜子里的人，脸蛋粉扑扑的，那片拉花还歪斜地系在头上，她给了自己一个呆滞又充满希望的眼神。

她突然意识到，其实查理和她说起过自己的妹妹安杰拉，但是她从未把那两个名字联系在一起，一个是查理亲爱的小妹，另一个是恶心的小三，这怎么可能会是一个人？

现在最正确的事就是分手。

这将是一个妹妹的牺牲，换取姐妹三人高贵的团结精神。

就像是参与绝食抗议一样。

"我为什么不再见你？查理，问你自己的妹妹吧，问问她为什么不找个人嫁了，而是要和有妇之夫调情，伤透我姐姐的心！"

啊，但是，查理。

查理，查理，查理。

前一晚的平安夜，他们一起做了饭，两人在查理家的阳台上共进晚餐。"看来你确实不会做饭。"查理说。"做饭有什么难的。"她心想。事实证明，当晚她有些醉意，又恰逢CD里播着动人的旋律，所以她做饭的时候一手拿着酒杯，一手拿着木勺，身体情不自禁地随着音乐舞动起来。好吧，当时她才发现，原来自己还是个当厨师的料！

当晚，查理送了她一瓶香水和一本书。

凯特尔家的姑娘们有一个共同点——都对香水过敏，但杰玛还是勇敢地把香水抹在手腕上。幸运的是，这次她只连续打了十一个喷嚏，并且每个喷嚏之间还断断续续地夹杂着"啊！空气里！有！花粉"！

当她终于缓过来之后，杰玛翻开了那本书。"哇，我一直想看这本！"她说。当然了，这也不全是假话，她确实一直想读这本书，在几个月前她还没有读过的时候。

"事实上，"查理说着拽了拽自己的耳朵，他一般在尴尬或者害羞的时候就会这样（这一点杰玛很了解，觉得很可爱），"我没看过这本书，当时买它只是因为封面上的女孩让我想到了你，我也不知道为什么。"

封面上的女孩看起来像一位古怪的公主，看到她的表情，杰玛竟也想起了自己。那是她最美好的样子，身穿一条飘逸的长裙，也许还会戴一顶草帽，身处一个热带岛屿。那天她没有打喷嚏，也没有酗酒，没有人生气，也没有人匆匆离场，所有人的笑话都不会冷场，一切都是那么有趣而迷人。关于那天，杰玛就只剩下美好的记忆，这也正是它该有的样子。

杰玛很开心查理能认出那个最好的她。

这世上怎么就没有一则这样的法规呢？杰玛突发奇想，规定你一定要嫁给那样的男人。

她穿好泳衣走下楼,在客厅里看见了玛蒂,她仍然光着身子套了件救生衣,胡乱地敲着木琴。奶奶坐在玛蒂身边,光脚在一桶水里荡来荡去。

"天哪,杰玛!"奶奶说,"我刚才一直在想,如果我今天被热死了,你记得让他们不要把葬礼选在下周三,那天俱乐部宾果节游戏,大家肯定都没空,就选周四吧。"

"您活得好好的,就别操心了。"

奶奶感觉被这句话冒犯到了。"这位聪明鬼小姐,你又知道了?"

"你怎么不来跟我和玛蒂一起游泳?"

"因为我不想,谢谢。"

只听咣当一声,玛蒂把手中的木琴扔到一边,伸出胳膊搂住杰玛的腿。"游泳!"

好吧,至少还有个人心情不错。

琳恩和迈克尔家的游泳池简直可以称得上宏伟,绿松石的外沿蜿蜒曲折,加上眼前闪闪发光的景色,让人仿佛身处海港之中。

"看!杰玛!"玛蒂叫起来,她身体向前倾,屁股向后撅,双臂伸直夹在头两侧,模仿起大人的俯冲动作。接着只见她纵身一跃跳进泳池,肚子压在水面溅起一阵水花。身上的救生衣让她在水面上下浮动。

杰玛随后跳入水中,紧挨着玛蒂在池底游着。她感觉自己沉浸在一个寂静、寒冷、充满氯化物的世界里,竟有一种令人陶醉的解脱感。

但在此时此刻,她有一种感觉,感觉自己似乎并没有爱上查理,甚至都没有和他谈恋爱。

他们没有互相取昵称,没有彼此才能懂的笑话,没有那些定格美好瞬间的照片,也没有会为他们感到震惊和伤心的朋友,没有即将到来的社交活动,也没有一起购物的场合。一切归于纯净,所有的痛苦都随之消失,只剩下一把锋利的刀:"查理,我相信你能理解。毕竟你是意大利人。毕竟家人是第一位的。"

"看,杰玛!快看!"

玛蒂费力地爬上台阶,走出泳池,水珠滴滴答答地从身上落下。她站在泳池边,高举双臂,像只滑溜溜的小海豹。

接着她像个明星选手一般跳入水中,然后再浮出水面,喘着粗气,头发全贴在脸上。她似乎觉得别人游泳都是为了欣赏她那些令人惊叹的表演。

"噢!"杰玛在一旁鼓掌,"下次你可以试着把嘴巴闭起来,"她建议道,"这样不太会呛水。"

玛蒂伸出手掌拍了拍水面,水珠飞溅进杰玛的眼睛里,此时玛蒂还发出了响亮的笑声,可能想说明现在自己的样子真的很滑稽。

"啊!"杰玛叫起来,用同样滑稽的方式拍水,同时她又想起卡特在琳恩办公室里说的那句话:"反正她迟早都是会和他分手的。"

她不是在开玩笑,也不是想讽刺,她好像认定了那就是事实。她认为那是注定的结果。当然,这么多年来,琳恩和卡特一直都会取笑杰玛对于男友的挑剔,琳恩甚至送过她一本书,名叫《女人会做的十件蠢事》,还贴心地将其中她认为与杰玛行为相符合的章节用便利贴标明。尽管如此,杰玛还是认为当自己每次又和一任男友分开的时候,她们还是会和自己一样感到惊讶。

也许她们已经洞察了杰玛的内心,知道她真正害怕的是自己已经失去了认真恋爱的能力。她也会迷恋上别人,就像她正迷恋着查理,但她们是对的,这种迷恋不会持久。

通常这种感觉会持续几个星期，有时是几个月，然后突然有一天就变了。那个男人在她眼里不仅不再迷人，而且会变得很讨厌。她还记得有一次和一个水管工坐在沙滩上，那个男人很喜欢乡村音乐。

"开瓶器在哪儿？"他问道，皱着眉在篮子里翻找。

就是这一刻。我不喜欢你了。她心想，就像一股冰冷的风吹过她的骨头。

有些人会缺乏眼手协调能力，有些人是音痴，而杰玛缺乏持续爱人的能力。

"快看，杰玛！"

"噢！"

大家都坐在琳恩家露台的长桌旁，准备共进午餐。餐桌上布置了雅致的圣诞节装饰，不远处的海港闪耀着光芒，阳光在玻璃杯上反射出一道道美丽的彩虹图案。

在杰玛看来，这样的环境似乎需要搭配一个穿着更得体、合适的家庭——尤其是在今天，每个人的脸都被太阳晒得红彤彤，表面之下是暗涌的歇斯底里。

当大家过于用力地扯下夹心软糖的时候，现场响起了大声的辱骂和噼里啪啦的响声，卡特和丹几乎一点儿就要把对方的胳膊拧下来了。每个人都会拿到一顶纸做的皇冠，里面写着一个笑话，这时大家开始阴阳怪气地朗读各自的笑话，结果只有迈克尔一个人捧场，而且凯特尔奶奶还总是错过笑点。"啊？大家说了什么？"

今天玛克辛和弗兰克居然坐在了一起，杰玛已经不记得上次看到两人坐在一起是什么时候了,这画面确实有些尴尬。他们好像两个用力过度的演员,看上去过于礼貌,却让人不适。

卡拉有些喝醉了,当弗兰克准备把那只断指伸进鼻孔的时候,她不禁恶心地尖叫起来。

"爸爸!"

"卡拉!"

琳恩和迈克尔几乎异口同声地喊道。

玛蒂坐在她的高脚椅上,悠闲地给自己开演唱会,大声唱着不着调的歌。玛蒂头上那顶绿色的纸皇冠实在是太大了,几乎都盖住了她的鼻子,所以她只能全程抬着头。

杰玛能感觉到自己一直在说话,喋喋不休,此时她又变成了那个小傻妹。够了,她心想,别再说了。但毫无作用,她好像困在了自己的"派对人设"里。

吃了一会儿,琳恩和迈克尔就忙着给大家交换餐食,根本顾不上自己的空盘子。他们等候在座位上方稍高一些的地方,双手摆好姿势,活像两个售票员,确保能在大家有任何需要的时候胜利地迎上去。

"奶奶,再来点儿沙拉酱!"琳恩命令。

"卡特,把火鸡递给你爸!"玛克辛喊道。

杰玛一直很迷惑,她们为什么这么在意这些。

大家根本就不饿,天气实在太热了。

"还有人要来点儿酒吗?"弗兰克问。

"好的,请帮我再倒一点儿,谢谢你,弗兰克。"此时卡拉已经有些口齿不清,她假装用优雅的语气说道,但很快就开始歇斯底里地傻笑,接着瘫在桌子对面。

"谁能把她的酒杯拿走？"迈克尔只能求助桌上的各位。

玛克辛说："几个小时前我就警告过你，她喝得太多了。"

"少喝点儿没事的。"弗兰克拿着酒杯弯下身说。

琳恩连忙厉声道："爸爸！她才十六岁！"

"好吧，你们仨十六岁的时候都懂得藏酒了。"

"你看，我一直对麻风病人很有兴趣。"凯特尔奶奶和丹说。

"您说什么？"丹看上去有些茫然，他的前额被头上的纸皇冠勒出了一道红印。

"麻风病人！"杰玛在一旁说，"奶奶一直对麻风病人很感兴趣，所以你的礼物很有可能会以你的名义捐赠给麻风病基金会。这就是她去年送给迈克尔的礼物，你忘了吗？当时我们还笑个不停。"

"杰玛！我准备的惊喜全被你毁了！"凯特尔奶奶生气道，"天哪，迈克尔，别听她瞎说！"

"我是丹。"

"丹，我知道，我怎么可能不认识你。"

凯特尔奶奶转向杰玛。"我告诉了你那个新男友，说你毛手毛脚的，当时你听到了没？"

"听到了啊。"

"看起来他也这么认为，他应该是个聪明人，你说呢，丹？"

丹的手紧握住刀叉。"是啊，很聪明。"

"他的妹妹也很好看，"凯特尔奶奶开始评论道，"是个漂亮姑娘，那一头黑发太美了。你觉得呢，杰玛？"

杰玛的内心开始无声地尖叫：快闭嘴吧，奶奶！看来我只能和他分手了，只有这样了。她不禁看向卡特。

"奶奶，她确实很迷人。"卡特绷着脸，"可真迷人啊，你觉得

177

呢,丹?"

"天哪。"丹放下刀叉,双手捂住脸。

"怎么了,亲爱的,头痛吗?"奶奶同情地问。

这时,一阵嘈杂的声音从桌子的另一端传来,弗兰克站起身,小心地用叉子敲了敲酒杯。

大家闻声都转过身去面向他,只见弗兰克有点儿难为情,像个孩子一样咧嘴一笑。"我有件事想要和大家宣布,可能也会是一个惊喜。"

"希望是个好消息。"迈克尔说,表情中带着一丝绝望。他的新发型看起来很有弹性,紫色的皇冠在上面摇摇欲坠。

"当然了,迈克尔,肯定是好消息。"

杰玛几乎没注意她父亲说什么,她一直在想丹和安杰拉的事情,如果他们真的有什么事,该怎么办?一想到这么大的秘密就这么一直拖着,杰玛就觉得难受。她死死地盯着丹,用眼神表达:"如果你真的有外遇,这一切我都知道,劝你最好现在收手。"这时她父亲的声音打断了她的思绪。

"玛克辛和我重新开始约会了。"

玛克辛和我重新开始约会了。

现场鸦雀无声。屋子里传出圣诞节音乐光盘里矫揉造作的歌声。雪橇铃声响起,有人梦见了白色圣诞节。

"你们在约会。"卡特倾身向前,看着桌子另一头的弗兰克和玛克辛。

"我们当然会在一些场合上碰面,已经有段时间了。"玛克辛的声音听起来有种与她年龄不符的怪异,就像在模仿那个在超市对她很粗鲁的年轻女孩,"然后几个月前,我们就开始——好吧,就是你们说的恋爱。"

"我感觉有点儿难受。"卡特推开自己的餐盘。

"我们不想太早和你们说,想等到确定下来。"

弗兰克亲切地把一只手搭在玛克辛肩上,玛克辛抬头看着他,脸上泛着少女般的红晕。

"确定什么?"琳恩无力地问道。

"嗯……确认我们相爱了,当然了,再一次相爱。"

"我真的难受。"卡特说。

"不好意思,"琳恩起身,"失陪一下。"她扔下餐巾,用力地拉开玻璃门,走出阳台。

"你们这些姑娘今天一个个可真奇怪!"凯特尔奶奶说道。

"不过这确实是个好消息!"弗兰克放下酒杯,他双手紧紧地握住桌子两侧,身体向前,困惑地皱起眉,"杰玛,你会为我们感到高兴的,对吧?"

"我为你们开心。"这确实是杰玛的真心话,但她心里还是有些不平衡。这种感觉让她仿佛又回到了上学的时候,卡特或琳恩给老师的答案和她想说的不一样。不,她想,那不对,但是我们怎么会搞错呢?

父亲第一次离开时,杰玛才六岁,她看着父亲搬出他们在基拉腊的家,搬进了城里的新公寓,那时的杰玛并不是特别在意。

不知怎的,她一直觉得父亲这次搬家与狂欢之夜他被炸掉的手指有关,就好像她或者姐姐们生病了,她们就得搬到父母隔壁的小房间,那里的躺椅就变成了她们的床。这样你身上的病菌就不会钻进姐妹们的鼻孔里了。

所以,父亲可能也是因为不想把手指病毒传染给别人才会搬出去住啊。

"但是当时爸爸、妈妈把我们叫到客厅,和我们说他们离婚了。"多年以后,当杰玛把童年的想法告诉了两个姐姐后,她们却和她说了一个残酷的事实。"这你都能忘记?妈妈的手就一直那样奇怪地扭来扭去,爸爸一下子从座位上跳起来,在房间里走来走去,然后又坐下去。当时真的太可怕了,我们都要被他们气疯了。"

"当时我可能在想别的事情。"杰玛说。

她的生活中会经常出现这样的事:某件具有重要意义的社会事件、政治事件或是私人的事,不知怎的,就从她身边溜走了。

在她十岁的时候,杰玛问姐姐们:"'abba'是什么意思?"对面的人一个趔趄,显然是被她的话震惊到了。

"和别人说话要注意措辞。"震惊之余,卡特不忘提醒她,"你说话之前最好先问下我们。"

杰玛第一次用"离婚"这个词,就是他们全家准备去世界上最快的水上滑梯玩的那天。当时全家人都在厨房,妈妈正弯腰坐在烤炉旁,掀起铝箔纸的一角,查看火鸡熟了没有。不久前刚发生了卡特和洋娃娃那档子事,杰玛刚准备把整件事好好讲一讲,就听到爸爸的声音:"这个假期琳恩留在这里陪妈妈。"

杰玛看了一眼琳恩,看到她脸上略带神秘的表情就立刻明白了。就在前几天,学校里也发生了同样的事。当时杰玛去饮水口喝水,等她回来后就发现自己最好的朋友罗茜"叛变"了,因为罗茜最好的朋友已经变成了梅琳达。联盟的改变只需要两秒。

显然,妈妈选择了琳恩做她最好的朋友。杰玛也一直能察觉到妈妈很偏爱琳恩,因为琳恩在铺床的时候会把床单角掖得很整齐,而且也不会丢三落四。可想而知,这个假期妈妈和琳恩可能会单独过,她们还会在餐桌上窃窃私语,一起开怀大笑。太可怕了,现在唯一的办法就是让妈妈和琳恩一起去度假,这可是世界上最快的水上滑梯,妈妈肯定也很想去!

等等,不对,这不行,这个想法可真"杰玛",太可笑了,爸爸和妈妈已经"离婚"了,这个词就和"西葫芦"一样,丑陋至极。

就在这时,杰玛内心最害怕的一件事情也浮出了水面。

最近卡特和琳恩决定告诉杰玛,她是被收养的,她们还有些惊讶,杰玛自己居然都没有意识到。

"如果你真的是我们的妹妹,那你应该和我们长得一样。"卡特的逻辑不容置疑,"三胞胎看起来都是一样的。"

"我们仍然会像亲姐姐一样爱你,"琳恩友善地说,"这不是你的错,但你必须照我们说的去做。"

"我发誓,杰玛,你绝对不是我们领养的。"玛克辛安慰着趴在她膝盖上哭泣的杰玛,"姐姐们都是骗子——和你爸爸一个样。"

不过杰玛从来都没有真正地说服自己,再加上她在厨房听到"离婚"这个丑陋的字眼,她突然意识到接下来会发生的事,整个人都惊呆了。就像她们在奶奶家看过的那部电影《天生一对》,电影里离婚的父母将一对金发的双胞胎女孩分开带走,电影里从没出现过一个红发女孩。

显然,妈妈会带走琳恩,爸爸会带走卡特。没人会带走她,因为她是个被领养的小孩。所以,她该怎么办?她要住在哪儿?吃饭要怎么解决?她根本就不知道怎么烹饪鸡肉,甚至不知道该怎么买!她要怎么说?"我要一只鸡,谢谢。"这样她会不会被笑话?不过一只鸡到底多少钱?她的存款只有三澳元,那大概只能买十只了。吃完十只鸡后,她就只能饿肚子了!

六岁的杰玛感到头晕目眩,她努力让自己不被这些莫名其妙的重压给压倒。她的妈妈、爸爸和姐姐们都离她越来越远,她就像一张巨大的白纸上的一个水笔点,孤身一人,最远能触及的只有自己的指尖和脚趾尖,再远处便是一片虚无。

她甚至没有注意到此时芭比娃娃的头从松开的手里滚了出来,落在地板上。

第十二章

"嘿,"查理说,"节礼日快乐!"

他一脚把房门踢开,双手捧上她的脸颊,给了她一个吻。

"嗯……"每次亲吻查理的时候,杰玛都会情不自禁地发出这样的声音,就像尝到了意想不到的美味甜点。

真的有可能和尝起来这么可口的人分手吗?

过了一会儿,查理终于放开了她,把她拉进屋。"我在家待了一上午,"杰玛说,"给我们准备了一次像样的野餐,东西我都放在背包里了,这样我就可以背着它欢快地出门啦。"

说着她转了一圈,隐隐约约意识到自己是在故意装出可爱迷人的模样。

现在的计划是坐着查理的摩托车到北角观看从悉尼到霍巴特的快艇比赛。

琳恩还给杰玛想了另一个计划,让她去确认丹和安杰拉是否还有一腿。"弄清楚到底发生了什么,"琳恩说,"但是不要分手,她没有权利让你分手。"

查理后退了一步,打量起眼前的人。

"没想到你居然这么开心,而且你坐摩托车居然穿这么短的裙子。"

杰玛低头看了看自己光溜溜的大腿。"啊。"

"抱歉,献出这两条性感的腿,我可不干。"

她抬起一条腿,像芭蕾舞演员一样踮起脚尖。"腿可是我们的骄傲,都是遗传我妈。"

"我们?"查理眉毛一扬,"类似王室说的我们?"

"我是指我们姐妹。"

"说实话,我只对你的腿感兴趣,你的姐姐们就算了。"

"说到我的姐姐们——"

他的语气突然变了。"还是算了吧。"

"世界可真小。"

"是啊。"

"这确实有点儿尴尬。"杰玛紧紧地抓着双肩背包的背带。

"好吧,那我们说点儿不太尴尬的。"

"卡特让我和你分手。"

查理异常平静。"卡特是当时生气走掉的那个人?她是丹的妻子吗?"

"对。"

"那你想分手吗?如果不把这个……这件事当借口的话。如果你想结束,那就结束。"

"我当然不想,一切都这么美好,我可喜欢你的睫毛了。"杰玛看到查理的肩膀放松下来。

"很好,"他笑道,"我可喜欢你这双腿了。"

"安杰拉和丹现在还有染吗?"

查理的脸皱成一团,显得很痛苦。"我真的不太想聊这些,我们能不能忘了那些兄弟姐妹,就这样单纯地出去野餐呢?"

"我们必须要面对。"一种令人愉快的琳恩式威严。

他叹了口气。"我和她也不太聊这些事,说实话,因为我不想听。很明显,那天厨房里的气氛很奇怪,不过确实,我妹妹和他是有关系，我不知道他们见了几次面，但是他确实是在他老婆，也就是你姐姐怀孕后才分手的。"

他老婆。此刻卡特的角色是某人怀孕的妻子。杰玛眼前浮现出坐在浴室地板上的卡特，抬头看着她，假装不在意验孕棒上的结果，但全身都在颤抖。她甚至都没意识到自己发抖的身体。而此刻她却仅仅被丹描述成一个怀孕的妻子。

混蛋。

"她发誓一切都结束了，"查理继续说，"她没想过破坏别人的婚姻，这一点我信她。"

杰玛什么都没说。她的脑袋里正忙着对准丹的肚子来上一拳。

"要不给她来一拳？"查理说道。

"哼。"

"如果这样你们会好受点儿……其实这件事她也很难过。"

"她还难过？"

"老天，"查理连忙举手投降，"我知道。你看，罪魁祸首应该是丹，第一眼见到他时，我就对他没好感。"

"真的假的？"杰玛问，话题暂时被转移了。

"对啊，自大的混蛋。"

"你确定一切都结束了？"

"我确定。"

"千真万确？"

"千真万确。你看，我们俩都不需要介入，对吗？"

"对。"

上天……和卡特都会原谅我的。

"因为我觉得我们现在这样就很好。"查理伸出手指缠绕着她的

185

背带，将她来回地摇晃。

"是吗？"如焦糖融化般的感觉再次涌上心头。

"对啊，我觉得我们可以去很多地方……比如现在就去北角。"

"好，现在就去。"

"啊。"查理正从走廊上拿起两个头盔时，他停了下来，"我有件事想问你。"

"什么事？"

"安杰拉说记得在她公寓外面见过你们三姐妹。你们不是在跟踪她吧？"

杰玛感觉到自己的耳尖开始微微发热。

"只有那一次。"

"那就好。虽然她做了蠢事，但她毕竟还是我的妹妹。"

"明白。"

空气中闪过一丝尴尬而充满怨恨的火花。

出门前杰玛穿了一条查理的牛仔裤。每遇到一处路口的红灯，查理就会松开手，抚摸着她的腿。杰玛的大腿夹着查理的臀部，头盔也不时浪漫地撞着他的头盔。到了北角后，他们在人群中找到一块空地铺上毯子，海面变成了一条充满泡沫的高速公路，上面是往来不绝的快艇，航线弯弯曲曲，船帆在微风中张扬。见此情景，杰玛和查理不禁欢呼。

"真的太棒了！对吧？"声音从坐在他们身旁的一个男人那儿传来。

"嗯，还行吧。"杰玛若有所思地说道。

"不，兄弟，你说得太对了。"查理打断她，像哥哥一样捂住她的嘴。她一直幻想能有个可爱的、有保护欲的、霸道总裁式的哥哥，虽然这听起来有点儿乱伦的感觉。

他们一直等到快艇纷纷从海平线上消失,才决定去雪莱海滩浮潜。天气朦胧而昏热,海水呈现斑驳的绿色。他们在海底见到色彩斑斓的小鱼群猛冲而过,以及昏昏欲睡的石斑鱼神秘地从岩石后的藏身处进进出出。查理的脚蹼有节奏地拍着水,形成了一团团半透明的泡泡。杰玛心想,此时此刻,我真的太开心了。她能感觉到肩上查理手的重量,于是便一边踩水,一边抬起头。查理拿下呼吸管,向下指了指,只见他那张生动活泼的脸被面具压扁了,活像个十岁的孩子。"看,黄貂鱼!"接着他又戴上呼吸管,潜到更深处追寻黄貂鱼的踪迹。杰玛随后跟上他,她看到这个巨大的外星生物在沙地底部拍打着鱼鳍前进,当然,代价是自己吞了一大口海水。

那天晚些时候,他们在厨房里做香蕉沙冰,杰玛问:"你一直都住在澳大利亚吗?"

"差不多,除了二十岁那年我和我妈妈的家人在意大利生活了一年。"他把冰淇淋舀进搅拌机,"他们住在意大利东海岸的一个小村庄,之后有机会我带你去,我的阿姨们会尽力把你喂饱,哈哈,表兄们会尽力把你摸饱。"

他总是会这样——话语中提及他们的未来。

杰玛看着他按下搅拌机的开关。她舔了舔嘴唇,尝到了咸味。

"你知道你什么地方最好玩吗?"她突然说道,"你好像随时都在度假,就像个游客,开心的游客。"

查理的衣着永远是那么不服帖,他每次都像是直接跳进了自己的牛仔裤或是短裤。但杰玛没有告诉他这一点,她不想让他觉得不自在,也不想让他改变。

"那是因为和你在一起,是你影响了我。"

"并不是,我敢打赌你一直都是这样,从出生开始就是这样了,从你还是一个胖小子,还是小查理的时候!"

"不是我打击你,那时候我甚至都不叫查理,我的真名叫卡卢乔。是我朋友保罗最开始叫我查理的,我和你提过他吗?"

他脸上的某种表情让杰玛有种感觉,嗯……他要开始和你分享故事了。当然,这很可爱,但她有个坏习惯,当男朋友开始跟她推心置腹的时候,她总是会不合时宜地发笑。

她努力让自己的表情显得真挚。"没有,和我讲讲呗。"

查理递给她一只满是泡沫的高脚杯。

"他以前住在我家对面,我甚至都不记得我们是什么时候遇到的。当时我和他形影不离,你知道的,孩子们会一起冒险,骑上车到处逛,发现并建造各种东西。后来在我们十五岁的时候,保罗去世了。"

"啊!"杰玛尽量不让自己杯中的奶昔掉下来,"天哪!"

"他是半夜走的,哮喘发作。他妈妈发现的时候,他手里还拿着呼吸器。十几岁的男孩通常都不擅长处理悲伤的情绪,他的葬礼那天,我把自己卧室的墙打出了一个洞,当时我的手一直在流血,是我父亲给我上了药,还轻轻地拍了拍我的肩膀。"

"查理小可怜。"她能想象他那张支离破碎的稚气的脸。

"没事,你快喝沙冰吧。保罗对所有事都充满了热情,而我是个比较懒散的人,很难给人留下什么印象。他以前总说,'天哪,这也太酷了!'看到一只有蓝色舌头的蜥蜴,他会跪在地上双手撑地,眼睛像鳄鱼猎人一样鼓起来。而我表现得漠不关心,但私下里会同样兴奋。他走后我真的很怀念那样的感觉,所以有一天我就决定,我要假装保罗。每当我看了一部好电影,或者抓住了一个绝佳的浪头,我就会对自己说:天哪,查理,这也太酷了!这种感觉就像我穿上了保罗的旧衣服,一开始我确实是假装的,只是为了让自己好受一些,但时间久了,好像已经成了一种习惯。所以,这一切都怪保罗,我的名字和性格都是他给的。"

"无论名字还是性格都很可爱。"

查理将杯子里的沙冰一饮而尽,望了望杯底,好像在找什么。

"你那位去世的未婚夫呢?"他问道,没有看她。

"肯定很难受吧。"

"是啊。"杰玛说,心想查理会怎么想她,年轻、恋爱、伤心欲绝,"我是说,确实很难受。"

"除他之外,没人能为你戴上戒指,是不是因为没人能与他匹敌呢?"

"是没人能与我匹敌。"

"明白了,所以每次都是你提的分手吗?"

"是的,我好像没办法打破六个月的魔咒。"

"我知道了。"查理聪明地点了点头,假装透过玻璃杯盯着她,同时抚摸着不存在的胡须,"有意思,我们不妨去办公室讨论一下。"

他拉起她的手,把她带到会客厅。她平躺在沙发上,却发现自己的心理医生正压在她身上,并解释道他已经诊断出她的病情,准备进行治疗。当然,这在某些圈子里被认为是相当不正统的方式,但他向她保证这相当奏效。

她只需要静静地躺着。

"说句意大利语听听。"

"Io non vado via."

"什么意思?"

"意思是我即将打破六个月的魔咒。"

发件人：琳恩

收件人：杰玛、卡特

主题：父母

你们俩想找个时间聚一聚吗，讨论下他们的问题？去吃早午餐怎么样？星期三迈克尔的妈妈会带玛蒂出去，你们有空吗？

我真的惊呆了。

琳恩

发件人：卡特

收件人：琳恩，杰玛

主题：父母

我可以，享受完婚姻咨询，我直接过去。他们这场恋爱盛会真让人恶心。杰玛，你把那个锁匠甩了没？

收件人：杰玛

收件人：琳恩，卡特

主题：父母

他不是"那个锁匠"，他叫查理，而且我当时说的是"我会考虑"，我现在正在考虑。

另，我可以周三吃早午餐。我觉得爸妈重新约会挺好的，你们俩怎么了？

在马库斯的身体飞越军事大道那天之前，杰玛已经和他同居了近两年，他们住在马库斯位于帕兹角的一套又贵又整洁的公寓里。那里从来都不是家，她只是每个星期的每个晚上睡在马库斯的房子里而已。

葬礼的前夜，卡特和琳恩过来陪她。

琳恩是临时结束欧洲的度假赶过来的，她晒得黑黑的，脸上还有倒时差留下的黑眼圈。她去欧洲已经快一年了，这次回来头发变长了，穿着一套杰玛从未见过的衣服，甚至连鞋子也换了。

"我喜欢这些鞋子，是在意大利买的吗？"杰玛问。

"想都别想，"琳恩不假思索道，接着她又沮丧地说道，"算了，你想借的话就拿去吧。"杰玛说："好啊。"然后穿着琳恩的鞋子在公寓里走来走去，等着她蹦出下一句"好好走路！你这样奇怪的姿势等于在毁掉这双鞋！"但琳恩只是勉强一笑，杰玛心想，天哪，她们要这样撑多久？

两位姐姐对杰玛的好意让她觉得恶心，她们说话的声音很奇怪，她还发现两人在盯着她看，好像在害怕什么。

也许因为未婚夫去世了，她的某些行为会很奇怪，可能是吧，因为她觉得自己很奇怪，非常奇怪。

她一直不能理解他的离开，马库斯这样一个又高又强壮、这样真切的一个人怎么会不在了呢？她不停地思考，就想弄明白。马库斯死了。马库斯死了。我再也见不到他了，他已经走了，永远地离开了。一只巨手伸入她的世界，将她现实生活中的一大块撕成碎片，她感到头晕目眩。

此前杰玛唯一一次面对死亡是伦纳德奶奶的去世，但当时她是那么脆弱、安详，她只是悄悄地走了，不带走一片云彩。但马库斯呢？他是如此的伟岸而迷人，果断而坚定，这也正是她爱他的地方。

面对马库斯,你永远都不会问出"你确定吗"这句话,因为这个问题太过愚蠢,他永远有自己的想法和规划,还有车和家具。同时,他有很强的生命力和政治观念,一百个俯卧撑对他来说也不在话下。

如果他知道自己不在了,马库斯肯定会很生气。

"好吧,兄弟,我不这么认为。"通常他在电话里反驳别人的时候就会这么说。当然,他肯定也会反驳死亡,"好吧,兄弟,我不这么认为。"他会在天国之门说同样的话,"把你们经理叫来,把事情弄清楚。"

如果马库斯不在了,那杰玛为什么还要在这里?

她低下头,看着自己脚上正穿着琳恩的意大利皮鞋,只觉得异常奇怪。

"我觉得很奇怪。"她说。

"确实。"卡特接话。

"很正常啊。"琳恩说,她们两人的表情似乎都呆住了。

看着姐姐们用相同的方式捏着自己的下嘴唇,杰玛意识到,那个想法自己始终无法向她们坦白,那是一个可怕的、有辱神明的想法,在她穿过马路去查看马库斯之前突然出现在脑海中。这只会让她们徒增痛苦,即使她们会说:"啊,这没什么,别担心了!你只是被吓到了。"但杰玛知道她们在说谎。

她们两个人对自己的看法永远都不一样,杰玛一直希望她们能改正这一点,但她们做不到。她们当然不会做到。

杰玛伸出双手捂着脸,到现在为止,她终于做出"该有"的举动了。两个姐姐几乎是跳到了她身边。

"喝杯茶吧?"琳恩仿佛把杰玛当成一个孩子,捋了捋她耳后的头发,"再吃点面包?"

"不用了,谢谢。"

卡特紧张地拍了拍她的胳膊说:"要不一醉方休?"

"行。啊,要不算了,我知道了,我们来嗨一下。"

"你说什么?"

"马库斯有些好东西,在炉子上面的橱柜里。"

所以马库斯葬礼的前一晚她们是这么度过的。

琳恩卷了一整根漂亮的大麻,她们盘腿坐在马库斯干净的奶油色地毯上,相互递着烟卷,没有人说话。杰玛感到一股虚无感涌上心头,大脑瞬间充实了起来,这让她很满意。

"现在婚礼也没了。"她把烟卷递给琳恩,开口道。琳恩眯起眼睛吸了一口,烟卷的尖端燃烧得很亮。"是啊,没了。"

杰玛说:"你的伴娘服也穿不了了。"

"是啊。"琳恩表示同意,一边咳嗽,一边把大麻递给卡特。

"你们不喜欢那些伴娘裙吧?"

她们直起背,相互交换了一下严肃的眼神。

"对,不太喜欢。"卡特语速很慢,"我们确实不喜欢。"

话音刚落,她们就开始疯狂地开怀大笑。她们的身体情不自禁地前后摇晃,歇斯底里的泪水顺着脸颊流下。杰玛看到卡特将一块烟灰撒在马库斯的新地毯上,不禁想起他的脸因愤怒而扭曲的模样。她跪在地上,爬到那块灰烬面前,用指尖在奶油色的羊毛上使劲地摩擦,而她的脸上一时分不清是在哭,还是在笑。

"你这样只会弄得更脏。"琳恩说。

"我知道。"她继续来回地搓,越来越用力,地毯上留下了一块黑色的污渍。

193

她从来没有把那个想法告诉过任何人,那是在马库斯撞到地上之后,在她等待别人告诉她怎么做之时,在她迈开腿之前,脑海中出现的想法。

听到的瞬间,她甚至没想太多,那声音如钟声般清晰,仿佛一个清醒的人走进了酒气熏天、气氛喧闹的派对,他突然关掉音乐,在一片震惊的寂静中,宣布了这件事。

她听出那是自己的声音,五个字,清晰、冷静而精确。

"希望他死了。"

第十三章

在两岁到三岁之间,凯特尔姐妹开始掌握一项技能:叽叽喳喳地说一些听不懂的方言,这是她们之间秘密的沟通方式,而在和大人交流时又可以轻松地转换成英文。

多年以后,玛克辛发现这是一种在多胞胎中相对普遍的现象,被称为"孪生交谈"或者"自语症"(当时,她真正关心的是她们并没有试图淹死、掐死或者打死对方)。

后来,秘密语言被她们使用的频次越来越低,最终,如同某种遗失的古老部落的语言,彻底地从她们的记忆中消失了。

双胞胎和三胞胎之间的精神联系是另一种有充分证据表明的现象,这令人欣喜。然而,在这一方面,凯特尔家的姐妹们则显得不尽如人意。毕竟这一概念是感受兄弟姐妹的痛苦,而不是在一旁哈哈大笑。比如猫王在上台前就能够感受到他去世的孪生兄弟的存在,而九岁的杰玛沉浸在伊妮德·布莱顿的新书中,连姐姐们从她手中偷走一袋棒棒糖都感觉不到。

她们十一岁时,卡特开始痴迷于研究三胞胎之间的心灵感应,并为此花了很长时间进行复杂的实验,但不幸的是,每次都以失败告终。由于她有两个无能的姐妹,卡特既不能发送,也不能接收连贯的信息。

好吧,凯特尔家的姑娘们并不存在心灵感应(很多时候即使是面对面交流,她们也都听不懂对方在说什么)。

所以:

十九岁那年,琳恩在斯比特桥上遭遇一场车祸,肇事司机酒驾,她的下巴狠狠地撞到了方向盘上。那时的杰玛正在牛津街的一个酒吧,在烟雾缭绕的黑暗空间里,她手上夹着烟,耳后戴着一朵素馨花,在舞池中热舞。她并没有任何感应,甚至连一丝疼痛感都没有。而同一时刻的卡特正抓狂不已,她的作业已经迟交了,偏偏电脑还一直死机,她对着电脑疯狂大叫,没有任何感觉,就连停下来喘气的工夫都没有。

二十二岁那年,马库斯在杰玛耳边轻声说着那些恶毒的威胁的话语,此刻的卡特什么都感觉不到,因为她正在和丹进行着紧张的搏斗,门外丹的室友放声大笑,嘿,嘿,今天是星期六!而处在另一个时区、另一个季节的琳恩正在伦敦的一家药店里,疑惑地盯着一罐除臭剂的标签,头都没抬一下。

而三十三岁,卡特只觉得肚子像打结了一般,她不停地摇来摇去,内心尖叫道,怎么还不结束,快点结束,快点结束!此刻,天空中轰鸣的烟花在玛蒂的脸上照映出斑斓的色彩,琳恩看着她充满惊叹的小脸,只觉得幸福不已。而杰玛唯一能感觉到的就是查理的舌头和味道,因为此时她正在享受一场走廊上的热吻,地点是某位朋友的朋友举办的新年派对。

好吧,她们确实什么都感应不到,直到新年的第一天,丹打来电话:"卡特的孩子没了。"

第十四章

"告诉她们,我谁都不想见。"卡特对丹说。杰玛、琳恩、玛克辛都对此表示理解,但身体却很诚实,于是她们三人在十五分钟内分别赶到,她们跑上公寓楼,快步走进房间,个个满脸通红,上气不接下气。她们一见到卡特就停了下来,整个人也瘫了,仿佛只要她们人到了,一切就都迎刃而解,见到卡特也让她们意识到,此刻说什么、做什么都已是徒劳。

她们四人挨着挤在卡特厨房的小圆桌旁,一边喝着茶,一边享用凯特尔家族专属的慰藉食物——涂满黄油的厚片冰核桃面包。她们上两回吃分别是在凯特尔爷爷去世的时候以及马库斯去世几个月后。

唯一的区别是,每个人都认识爷爷和马库斯,但没人认识卡特的孩子。它没有名字,甚至没有性别。

它什么都不是,卡特深爱着的是一个虚无之物,太傻了。

"我们再试试。"在医院里,丹严肃而坚定地如是说。在他眼中,婴儿就好像他们刚刚错失的一球,只要下定决心,下次一定能成功。婴儿可以再换一个。

"我要这个孩子。"卡特说。一旁的护士和丹纷纷点头,耐心而温柔,仿佛在看一个疯子。

"亲爱的!这是大自然母亲在提醒你呀,这个小家伙是不健康的。"凯特尔奶奶的声音从电话那头传来,"还好发现得早。"

卡特绷着下巴道:"奶奶,我先不说了。"

她心想，大自然母亲要生的话，就自己生，这是我的孩子，关她什么事。

卡特往嘴里塞了块面包，看着琳恩起身给大家倒茶。

玛蒂脸颊的线条真好看。她又想起自己的孩子，那些揉成一团的带血的纸巾，可真丑。

那些人把它拿走了，脸上带着医生惯有的表情，高效而冷漠，仿佛是面对什么恶心的东西。它就像某些科幻电影里的情节，从卡特身体里取出了一样东西，为了新鲜，立马就被拿走了。

他们中没有一个人好奇宝宝的样子，发出"啧啧"的声音来逗它，这让卡特觉得很不公平，她的手不禁颤抖起来，只有她知道自己的孩子有多漂亮。

很多时候她都会怀疑，自己的内心深处有一条裂缝，里面藏满了丑陋的、不体面的、错误的东西，而那正映照出琳恩的另一面。现在，就连她可怜的宝宝也被那些东西玷污了。

"玛蒂呢？"

"在迈克尔那儿。"琳恩几乎不假思索地说，一边俯身给卡特倒茶，"你明天别去上班了，你有休假吗？"

"不知道。"

杰玛吞了一大口茶，焦急地看着卡特。

"吃东西声音太大了。"卡特对她说。

"抱歉。"

杰玛的脸上有些时候会呈现出一种特殊的表情：像小狗一样颤颤巍巍的可怜的表情。每当这时，卡特的心中就会产生一种强烈的冲动，想要踢她、扇她，或者辱骂她，但随后她又会深感内疚，这就让她更生气了。

我不是什么好人,她心想,从来都不是。"卡特里奥娜·凯特尔,你这孩子,恶毒又可恶。"这是小学时伊丽莎白·玛丽修女在操场上对她说的话,当时修女又红又肿的脸上箍着黑色的面纱。突然一股不知哪里来的勇气涌上心头,卡特感觉此刻正站在泳池最高的跳板边上,下一秒就要一跃而下。"行,那你就是个邪恶的胖修女!"听闻这话,伊丽莎白修女一把抓住卡特的大臂,伸手就开始扇她的后腿,一下、两下、三下,修女健壮的肩膀随着动作不断地起伏,面纱在空中飘扬。操场上的孩子们纷纷停下手中的事情,入了迷似的盯着她们,琳恩和杰玛从操场的另一侧飞奔而来。"啊!"修女每打一下,杰玛就会同情地叫唤一声"啊",修女最后再也受不了了,停下了动作,用颤抖的手指指着凯特尔三姐妹,算是警告她们,随后跺着脚走了。

"说真的,卡特,你明天不能去上班。"玛克辛说,"别傻了,你现在需要休息,丹可以帮你打电话请假,对吧,丹?"

丹的嘴里塞满了面包。"嗯?"他用手捂着嘴,含糊地说,"当然。"

昨晚的丹是那么温柔,无微不至地照顾她,仿佛她得了一场重病,或是受到了什么痛苦的伤害。他完美地扮演了一个善解人意、默默支持她的丈夫,那么帅、那么体贴。但他演错了,卡特多希望那时的他能够表现出愤怒,不那么理性。她希望听到他轻蔑地挑衅医生:"等等,这是我们的孩子,这他妈到底怎么回事?"但他却没有,当那两个看似逻辑清晰而又通情达理的医生告诉他们这个再正常不过的悲剧时,丹成熟地点了点头,表示理解。

"我想出去一下,可以吗,卡特?"

丹起身,把杯子放到水池里。

"好,"卡特低头看了看自己的盘子,"随便。"

"你去哪儿?"杰玛问。

"出去一下,办点儿事。"丹在卡特的头顶落下一吻,"宝贝,你还好吗?"

"很好,我非常好。"

杰玛刚刚的语气是不是有点儿尖锐?她为什么要问丹去哪儿,这有些反常。卡特看着杰玛,见她盘腿坐在椅子上,手上捻着一缕长发。她是不是知道些什么?那个锁匠是不是告诉了她那次一夜情的一些肮脏的细节?那么,卡特在乎吗?现在看来,这一切都显得那么幼稚,那么无关紧要。她甚至不在乎杰玛是否还和她哥哥约会,那又怎么样呢?说到底,又有什么事情是真正重要的呢?

"杰玛。"她说道。

"嗯?"为了配合大家,杰玛正在"埋头苦吃",突然听到自己的名字,她嘴里的面包差点儿掉了出来。杰玛拿起一杯牛奶,透露出一丝希望,"要牛奶吗?"

"圣诞节那天的话就当我没说,关于查理的那些话,你知道的。当时我整个人都乱了,是我不应该。"

行吧。现在她终于不用自责自己曾想朝卡特踢上一脚的冲动了。

"啊,没事。我想说,这也不好说。你们都知道,这段时间以来,我的每段恋情都不会超过几个月,所以现在这个也说不准。不过目前来说一切都很顺利,所以如果你——"

"杰玛?"

"嗯?"

"闭嘴,又说个不停。"

"对不起。"

杰玛垂下脸,端起茶杯啜了一口。

天哪。卡特深吸了一口气,那个邪恶的想法再次占据她的大脑。反正她也不是什么好母亲,她爱挖苦人、絮絮叨叨,而且吹毛求疵。

"是凯特尔奶奶打来的?"琳恩问。

"对。"卡特费了好大的劲让自己的声音保持正常,"她告诉我'大自然母亲'什么都懂。"

玛克辛不屑地轻哼一声:"垃圾,那她有没有告诉你,主的花园里还需要另一朵玫瑰?"

"没有。"

"我孩子没了的时候,她就是这么和我说的。"

琳恩立刻放下了茶杯。"妈妈,我都不知道你流过产!"

"没错。"

"什么时候?"琳恩显然认为这件事需要征得她的同意。

"你们姐妹才三岁的时候。"玛克辛起身到水槽边灌水,背对着她们。她的三个女儿趁机分享了一下彼此扬得很高的眉毛和惊讶的嘴型,"你们当时都知道我怀孕了,当时你们经常把小脸蛋贴在我的肚子上,还拍拍它,和小宝宝说话。"

她转过身,手里拿着水壶。"卡特,其实当时你是最感兴趣的,你经常坐在躺椅上和我肚子里的小宝宝说悄悄话,也只有那时你才会拥抱我。"

"我们原本会有一个妹妹或者弟弟。"杰玛惊讶地说。

"当然了,那是个意外。"玛克辛说,"起初我很害怕,甚至想过去堕胎,这样你们爸爸在接下来的一年里的每周都会来忏悔。但后来我渐渐习惯了,我猜可能是激素的作用。当时我想,这次只有一个孩子,我肯定能搞定。我真的太蠢了,你们三个人还在学走路,我根本没有其他时间。"

琳恩说:"妈妈,我们竟然都不知道这些。"

"是啊,我是在第十三周的时候流产的。"玛克辛打开了水壶的开关,"之后我就不再提宝宝了,你们似乎都忘了这件事。没必要让你们伤心,你们自己都还是孩子。"

卡特看着眼前的母亲,她身穿时髦的宽松长裤和衬衫,身材苗条,活泼又优雅。一头红色短发气质非凡,她每三周都会让理发师做一次造型。她流产的时候也不过二十四岁,还是个不成熟的小女孩。卡特不禁想到,如果她和玛克辛在同一所学校,自己会不会喜欢她。

那是玛克辛·莱纳德,一头飘逸的红色长发,穿着超短裙,露出两条修长无比的腿。"你们的妈妈,"莱纳德奶奶过去常说,"之前还挺狂野的。"

她们姐妹盯着那些旧照片兴奋不已。"真的吗,奶奶?妈妈,那是妈妈?"

她也许会和玛克辛成为朋友,毕竟卡特身边的朋友都是坏女孩类型。

"你当时难过吗?"卡特问(这可能是她至今为止问过母亲的最私密的问题)。

"当然了,非常难过。而且你爸爸——算了。那段记忆并不美好,我还记得当时我经常一边晾衣服,一边哭。"玛克辛笑了笑,表情很尴尬,"我也不知道原因,可能只有在晾衣服的时候我才有机会思考。"

"啊。"卡特心里不禁悲伤地发出一声呜咽。她深吸了一口气,试图平复下来,如果自己没控制住,可能下一秒就会跪倒在地,像个疯子一样号啕大哭。

玛克辛走到卡特身后，试探着把手放在她肩上。

"亲爱的，你完全有权利为失去的孩子而悲伤。"

卡特坐在椅子上转身，有那么一瞬间，她将脸贴上妈妈的肚子。

随即她站了起来。"马上回来。"

"琳恩，算了。"她听到身后玛克辛的声音，"让她去吧。"她走进浴室，把两个水龙头开到最大，接着坐在浴缸边，哭了出来。止不住的眼泪是为了那个她未曾谋面的孩子，也为了那段她未曾参与的记忆——女孩站在郊区后院的晾衣绳旁，嘴里咬着一个塑料夹子，眼泪顺着脸颊落下。

她敢肯定女孩晾衣服的动作一刻都没有停过。

阳光刷过脸颊，将她唤醒。昨晚忘记拉窗帘了。

"早安，宝贝。"卡特闭着眼，伸手去摸自己的肚子。

这时她突然想起之前的一切，袭来的痛苦将她击垮，她被压在床上，动弹不得。

这比丹和安杰拉上床更糟糕，比知道琳恩那档子事更糟糕。

没有比这更糟糕的事了。

她好像有些反应过度，也有点儿自私，流产对女性来说是常有的事，其他人也没有这么大惊小怪，就这样接受了。

而且，人们每天都在经历着更糟糕的事，远远比这更糟糕。

小孩子的死亡，或是可爱的小孩子被奸杀。

电视里一直会报道那些失去孩子的父母，卡特总是受不了看到他们凹陷的苍白的脸和充血的眼睛。他们看起来不像是人类，更像进化成了其他物种。"换台，"每次她都会对丹说，"看看别的。"

她有什么资格用换台来逃避他们的恐惧，又有什么资格躺在这里，因为这种三分之一的女性都会遇到的小事而无病呻吟？

她翻了个身，脸紧紧地压在枕头上，直到鼻子开始疼才松开。

这是一月的第二天。

她一想到接下来的日子，就感到筋疲力尽。日复一日，想要熬过一年几乎不可能。早晨起床上班，洗澡、吃早餐、吹头发；赶早高峰，加速、刹车、加速；穿过公司迷宫一样的小隔间。"早！""你来啦！""早啊！""今天怎么样？"开会、打电话、吃午餐，然后又是开会。"噼里啪啦"地敲键盘、发邮件、喝咖啡，开车回家。健身房、吃晚餐、看电视、记账、做家务。晚上和朋友们聚聚，哈、哈、哈，聊天、聊天、聊天。做这些有什么意义？然后一直反复，每月在正确的时间做爱，仔细数着日子，直到月经来了。万一她要再过一年才会怀孕呢？万一她又流产了呢？

她一个同事前后流产了七次，最后放弃了。

七次。

卡特做不到，她知道自己做不到。

她感觉到丹的大腿抵着她的，但一想到和他做爱又觉得很奇怪，甚至有点儿蠢。无非就是在那"啊啊啊""噢噢噢"地叫，先从上面开始，然后再到下面，你这样做，我这样做，然后我继续。

不觉得无聊吗？

她翻了个身，盯着天花板，手隔着被单摸到了床垫上的一小粒纽扣。

她根本就没那么喜欢他，实际上，她谁都不喜欢。

闹钟的声音响起，丹下意识地伸长手臂按掉了闹钟。

我就这样待着，卡特心想，我就这样躺着，躺一整天，躺一辈子，也许躺到永远。

"所以！我带你去高级餐厅吃大餐怎么样，就我们两个人，你喜欢吗？肯定很有意思，嗯？笑一个。"

"不用了，爸爸，谢谢。"

"那去吃午餐吧，这样是不是好一点儿，嗯？特色风味午餐怎么样？"

"算了，下次吧。"

"那叫上你妈妈，我们三个一起？那就不一样了，对吧，哈哈哈哈！"

"没错，是不一样，哈哈哈。但是真的不用了，我真的很累，爸爸，我要挂了。"

"啊，好吧，行。那就下次吧，你如果感觉好一点儿了就打给我。宝贝再见。"

卡特的手臂一下子垂下来，手机重重地掉在床边的地毯上。

她打了个大大的哈欠，想抬头看下表，但似乎费了好大劲也不会成功，算了。她还没起床，这是她躺在床上的第三天，感觉她的下半辈子就要这样度过了。大块的时间就这样消失在一个漆黑的沉沉的睡梦里，像流沙般将她拖入迷幻的旋涡。醒来时，她感到无比疲惫，眼睛干涩得像覆盖了一层沙，嘴巴里只有苦味。

卡特的身体面向一边蜷缩起来，把枕头重新摆好。

刚才电话里父亲的声音听起来像个二手车推销员，他总是这样，每当事情不对劲的时候，他就会装出一种很做作的开心的声音，好像这样就可以强迫你开心起来。

在那些开心的时光里，爸爸还挺好的。

卡特的脑海中浮现出一段清晰的记忆，她甚至能闻到那时的味道。寒冷、清爽的周六早晨夹杂着篮球网的味道，还有甜得令人恶心的止汗喷雾，橙色的包装，妈妈买来放在特百惠塑料盒里，她们三个人经常会用。她们总是迟到，车里充满了紧张的气氛，玛克辛把车开得很慢，直到停在球场——爸爸在那儿。

她们已经一个星期没见爸爸了，而他就等在那儿，随意地举起一只手和她们打招呼。见爸爸在和其他家长说话，卡特穿着运动鞋咯吱咯吱地踩着石子，走到他身边，把脑袋塞进他的胳膊底下，爸爸给了她一个拥抱。

他很喜欢看孩子们打无挡板篮球，而她们在塔勒马拉区无挡板篮球俱乐部的名气也让他很欣慰，A级球员，杀伤性极强，三人无一例外。"只要哨声一响，就连那个呆头呆脑的红头发女孩也会变成一个冷酷无情的杀手。"人们羡慕地说道。"她们只是腿长而已，她们只是个子高一点。"个子矮些的女孩们总是会发出嫉妒的声音。

卡特是防守，琳恩负责进攻，而杰玛是中锋。她们三人的职责有攻有守，但各不相干。这是她们迄今为止唯一一次担任如此不同的角色，但同样重要。

"漂亮，姑娘们！"弗兰克会在球场边开心地大喊。

他的声音永远是那么清爽而柔顺，顺带微微竖起大拇指，不像一些家长那样热情地让人尴尬。他穿着厚实的羊毛衫和牛仔裤，看起来既温暖，又舒适，就和须后水广告中的父亲一样。

这时玛克辛在哪里呢？她在球场的另一边，端坐在折叠椅上，两只脚上优雅的鞋子排列成整齐的平行线。她紧绷着脸，面色苍白，耳朵也冻得生疼。但她是不会戴那种暖和的帽子的，不像克里的妈妈达尔梅尼夫人，戴着一顶大红色的毛线帽，在场边欢快地上蹦下跳，一边呐喊道："加油，塔勒马拉，漂亮！"所以那时卡特很讨厌妈妈，甚至可以说是恨她，连看都不想看她一眼。她讨厌在两队各进一球时，玛克辛那戴着手套的手谨慎地拍两下，讨厌她和其他家长说话的方式，那么生硬又小心翼翼，她那么有礼貌，反而感觉是在奚落对方。

当然了，卡特最讨厌的是妈妈和爸爸说话的方式。

"玛克辛，最近怎么样？"弗兰克说道，他的眼睛藏在一副时髦的墨镜后面，语气和他身上厚实的针织衫一样温暖而性感，"还是和以前一样漂亮！"

"我好得很，谢谢，弗兰克。"玛克辛会毫不客气地回应道，鼻孔微张。

弗兰克的牙齿闪烁着幽默的光泽，他会说："我想球场那边会更暖和一些。"

"她为什么非要像个泼妇一样？"事后卡特会和琳恩抱怨，而琳恩会说："那他为什么要这么腥腿？"所以接着她们大吵了一架。

二十年后，卡特汗流浃背地躺在乱糟糟的床单上，心想，如果当时她们三个人只是平庸的无挡板篮球选手，或者更糟，只是D级，那些最笨的选手，爸爸还会每周都在那里，戴着墨镜对她们微笑吗？

也许不会。

不，不是也许不会，他根本就不会来。

好吧，那又怎样呢？爸爸喜欢赢，卡特也是如此。她能理解这一点。

但妈妈还会在那里，坐在她的小折叠椅上，一脸愁容，瑟瑟发抖，然后打开特百惠的盖子，里面装满了细心切好的橙子。

不知怎的，这种特别的想法现在实在是太让人恼火了。

卡特又一次沉沉地睡去。

"卡特，亲爱的。可能……可能你起来冲个澡会感觉好一点儿。"

卡特听到窗帘被拉开的声音，夜晚的亮光照进卧室。她没有睁开眼睛。"我太累了。"

"我知道，不过我觉得你起床之后就不会这么累了。我们一起去吃个饭。"

"我不饿。"

"好。"

"好"这个字里稍微带了些"我放弃了"的意味。

卡特睁开眼，翻过身看着丹。他背对着她，面向衣柜，正在脱工作服。

他耸了耸肩，穿上T恤，以一种漫不经心的稚气的方式把衣服拉下来的时候，卡特看见他完美的性感后背。

很久以前——是很久以前吗——看丹穿T恤总是让她欲火焚身。

现在，她……什么感觉也没有。

"你记不记得我们刚开始约会时，有一次我以为我怀孕了？"

丹转过身，说："记得啊。"

"当时都准备去堕胎了。"

"是啊，那时我们还很年轻。"

"我想都没想。"

丹坐在床上，靠着她，说："嗯，所以呢？"

"所以我是个伪君子。"

"当时我们才……我不知道，十八岁吧。我们还有事业要考虑。"

"是二十四岁,我们是想背包去欧洲旅行。"

"好吧,随便,当时我们都太年轻了。不过这些也没什么意义,你当时又没怀孕,那又有什么关系呢?"

他伸手去摸她的腿,她挪开了。

"这很重要。"

"好。"

"那时候我不适合怀孕,所以我会把它处理掉。我甚至为自己对此的态度感到自豪,堕胎就好像在发表某种女权主义声明,我的身体我做主,以及所有乱七八糟的东西。内心深处我可能认为堕胎是件很酷的事情。而现在……所以,我是个伪君子。"

"天哪,卡特,这真的太可笑了,这一切从来都没有发生过。"

"不管怎样,这个孩子可能是我打掉的。"

丹大呼:"你在说什么?"

"你的公司举行圣诞派对那晚,我在植物园喝了一整瓶香槟。那时候我就怀孕了,天知道那有多大的伤害。"

"卡特,我确定——"

"在那之前,每次我觉得自己有可能怀孕的时候,我都会非常小心。但是你和那个荡妇的一夜情让我分心了。"

丹突然从床上站起来。

"好吧,我明白了。是我的错,是我害你流产的。"

卡特坐了起来。战斗是件好事,这使她感到清醒。"我流产?不应该是我们流产吗?孩子是我一个人的?"

"你知道我不是这个意思。"

"我只是觉得你说'你流产'这句话很有意思。"

"天哪,你这样我没法和你说话,我不喜欢你现在的样子。"

"我现在的样子？什么样子？"

"你为了斗而斗的样子，你是乐在其中，但我受不了。"

卡特没说话，丹的声音听起来有些陌生。

他的愤怒本来应该是炽热的，但现在却是冰冷的。他们的斗争不是撕咬，也不是轻蔑，他们应该充满了暴力和激情。

两人沉默地看着对方。卡特摸了摸自己的头发，想着自己在床上躺了三天是什么样子。

她在做什么，想想自己现在是什么样子？这是她的丈夫，她不该去想和他打架时自己是什么样子，现在的她应该对着他大吼大叫才对。

"我知道这对你来说很难，"丹换了一种冷静、平和的语气，"我知道，我也难过，我真的很想要个孩子，真的很想。"

"你为什么要那样说话？"卡特真诚地发问。

他的脸色变了，好像受到了攻击。

"算了，我没办法和你沟通，我去做晚饭。"

他朝门口走去，然后突然转过身来，看到他的脸都气歪了，她几乎松了一口气。

"对了，还有一件事。她不是荡妇，别那样叫她。"说完他重重地关上门。

卡特突然感觉自己无法呼吸。

她不是荡妇。

你用的是现在时，丹。现在时态。

你为什么要帮她说话？

一想到丹在护着那个女孩，她就感到一阵突如其来的痛苦，她几乎惊讶得呜咽起来。

"你要去哪儿？"杰玛那天这样问他，好像她有权知道一样。杰玛从来没有那样，眼神犀利地、直勾勾地看着丹，带着一丝指责。大多数时候，杰玛甚至都不会注意到有人离开了房间，丹总说杰玛的注意力集中时长和金鱼不相上下。

然后是圣诞节那天。"丹尼！"安杰拉这样叫，声音里充满了惊喜。见到一个和自己上过一次床就再也没有联系的人，这个反应正常吗？这是那个在夜里羞惭地偷偷溜走，甚至连一句"再联系"都懒得说的人吗？

她不是荡妇。别那样叫她。

卡特拉起床单，盖在腿上。

所以。

所以。

所以。

所以，当年她没有怀孕。

所以，她丈夫很有可能和一个漂亮的黑发大胸女人搞在一起。

所以，那个黑发美女的哥哥正好在和卡特的妹妹约会。

而卡特已经离异的父母再次上了床，而不是像正常的离异父母那样，礼貌地鄙视对方。

而且病假也不是长久之计。

据她所知，罗布·斯潘塞还活着，嘴里还是些陈词滥调。

而这一切都毫无意义，毫无意义。

卡特下了床，摇摇晃晃地走到梳妆台的镜子前。

丑，太丑了。

她龇牙咧嘴地笑了笑，大声地对自己说："好吧，新年快乐，卡特。真他妈的新年快乐。"

"你为什么不跟爸爸道歉？"

弗兰克搬出去后的几天里，六岁的卡特不停地跟在妈妈身后问，她的小拳头握紧，一脸沮丧地唠叨个不停。就像你很想推开一块巨石，一次次尝试，它仍然纹丝不动——而你真的、真的需要它动一动，才能打开一扇门，让一切恢复正常。

她不在乎爸爸和妈妈当时在客厅里说了什么。无非就是那些话，什么仍然会爱她们，不是任何人的错，事情就这样发生了，只是爸爸和妈妈不住在一起而已，一切都将一如既往。卡特知道事情的真相是毋庸置疑的，这都是她妈妈的错。

爸爸总是笑脸盈盈的，还会讲很多笑话，有很多有趣的主意，但妈妈的脾气却很暴躁，什么都做不好。"不行，弗兰克，她们还没有涂防晒霜！""不行，弗兰克，还有五分钟就吃饭了，她们不能吃冰淇淋！""不行，弗兰克，明天还要上学，这么晚了她们不能去看电影！"

"上学，上学！玛克辛，放松些，宝贝，你可以放松一点儿吗？"

"对啊，放松，妈妈，放松！"女儿们附和道。

这就是爸爸要搬出去的原因，他再也受不了这个家里早已没有了乐趣。如果当时卡特成年了，也许她也会做出同样的选择。

所以，妈妈必须要为这一切道歉。

玛克辛拖着一篮子洗好的衣服进了休息室，卡特跟在她身后。

"每次我们吵架的时候，"卡特的小脑袋瓜转了转，"你都告诉我们要学会道歉。"

她看着妈妈把干净的衣服整齐地分类，这件是琳恩的，这件是卡特的，这件是杰玛的，那件是妈妈自己的，没有爸爸的衣服。

"你爸爸和我没有吵架。"妈妈掀起一件杰玛的T恤，皱了皱眉，"这里怎么有个印子，她是怎么搞的？"

"不知道。"卡特说，她对这个话题不感兴趣，"我只是觉得你应该去道歉，即使你不是真的心甘情愿。"

"我们没有在吵架，卡特。"

卡特无奈地惨叫一声，双手拍着脑袋："妈妈，我快要被你逼疯了！"

"我明白你的感受。"妈妈说道，正当卡特想换个策略，好声好气地和妈妈说"妈妈，我觉得你应该放松一点儿"，她好像按下了妈妈额头中间的某个按钮，妈妈突然变了一个人，像疯了一样。

"卡特里奥娜·凯特尔！"妈妈猛地扔下手里的衣服，脸变得通红，卡特见状准备逃跑，"如果你现在不走，我就让你见识见识木勺的厉害，打得你找不着北！"

卡特都懒得指出来这句话有多蠢，因为她已经开溜了。"我讨厌你、讨厌你、讨厌你！"她低声嘟囔道，"讨厌、讨厌、讨厌！"

几天后，父亲带着她们去城里看他的新公寓。

房子位于一栋高楼的二十三层，透过窗户，你可以看到海港大桥和歌剧院，平静的蓝色海面上一艘艘小渡船发出"咕嘟咕嘟"的声响。

"怎么样，姑娘们？"爸爸张开双臂，拉着她们转圈圈。

"太漂亮了，爸爸！"杰玛说道，她开心地在各个房间之间来回穿梭，不时停下来抚摸着各式各样的东西，"我太喜欢了！"

"我的房子里也要有一扇这样的窗户。"琳恩把鼻子贴在窗户上，若有所思地说，"我长大以后也要买一套这样的公寓，爸爸，这需要多少钱？很贵吗？"

她们两个人也太蠢了,她们没看到吗?这里的一切都让卡特感觉很不舒服。爸爸拥有了自己的一切,自己的冰箱、电视、沙发——这证明他已经不需要原来的一切了,他再也不会回来了,永远都不会。

"我觉得住在这里真的太蠢了,"卡特坐在爸爸的新沙发扶手上,双手交叉在胸前,"这里又小又潮,还很无聊。"

"你说它又小又潮,还很无聊?"弗兰克显然被她这话吓到了,瞪大了双眼,"那么,如果有一个房间可以给小猫咪荡秋千,它还会又小又潮又无聊吗?我去哪儿找一只小猫咪呢?嗯……让我想一想。"

卡特还是紧紧地抱着手臂,用力抿着嘴唇,但爸爸的玩笑就好像一只羽毛在她脸上来回挠,让她的表情十分有趣。

这时爸爸从腋下把她抱起——"等等,原来小卡特在这里[①],还是只脾气暴躁的大家伙!"然后带着她在房间里转圈,卡特没忍住笑了起来。

跟爸爸生气是没有用的,这一切都要怪妈妈,她会一直生妈妈的气,直到爸爸回来。

"你起来了。"丹站在门口,手里拿着车钥匙。

"嗯。"

"那就好。"

[①] 卡特的名字 Cat 与 cat(猫)相同。

"嗯。"

卡特身上穿着睡袍,刚冲过澡,头发还是湿漉漉的,四肢沉重但又觉得轻松。她想象着自己的双臂像两块舒展的橡皮泥一样垂直落在地面。

真希望有人能把她揉进一个漂亮、整洁又光滑的球里,然后一键重启。

他说:"我正准备去科尔斯超市,买块牛排回来当晚餐。"

丹习惯晚餐吃牛排。

"不错。"

"你也想吃吗?"

"可以啊。"一想到牛排她就想吐。

"好,我很快回来。"他打开门。

"丹。"

"嗯?"

你还爱我吗?为什么你的语气是那么冷漠、生硬?

你还爱我吗?你还爱我吗?你还爱我吗?

"再买一些茶。"

"好。"他关上了门。

她想好了,等他回来的时候,她会学着他冷漠的腔调,问道:"你和那个女人是什么情况?"当然,她会保持尊严。

她坐在厨房的餐桌旁,双手平放在身前,低头端详起指关节上的毛孔和皱纹。

在眼睛的特写镜头里,她的手显得很苍老。

三十三岁。

她曾经以为,在三十三岁的时候,自己会成为一个合格的成年人，做任何自己喜欢的事，有一辆时髦的车，可以开到任何自己想去的地方，而生活中所有的烦恼都会得到解决。但事实上，现在的她有着一辆不怎么时髦的车，十二岁那年的她能解决更多烦恼，真希望那个专横、无所不知的十二岁的卡特·凯特尔能来到她身边，告诉她现在该怎么做。

厨房的桌上有一堆今天寄来的账单，丹很厌烦这些账单，一看到就扔在了桌上，其中有一半都从信封里露了出来。

无论生活中发生了什么，账单还是会源源不断，这很好，因为正是这些账单让你有了目标。你工作赚钱是为了还它们，周末休息又会产生更多的账单，然后你再工作去还掉，这就是明天早上起床的理由，这也是生命的意义。

电费账单、信用卡账单、话费账单。

丹的话费账单。

她几乎是迫不及待地拿起来，同时内心涌入一种恶心的满足感，肾上腺素飙升的快感，这种感觉前所未有。十二岁那年的卡特一直想成为一名侦探。

拿着账单的手忍不住颤抖。她并不想发现什么自己无法面对的事，但她已经在这样做了，只为了享受攻克难题的满足感，享受"抓到你了"的快感。

有许多熟悉的号码，家里的、公司的，还有她自己的手机号码。当然，也有许多陌生的号码。她为什么要一个个去核对？太蠢了，真的。她一边嘲笑自己，一边浏览着，然后看到了：

12月25日 11：53 0443461555 25：42

圣诞节那天有一个时长为25分钟的拨出电话。

那天从琳恩家回来后，卡特就直接上床睡觉了。回来的路上一切安好,他们平静地谈论着当天发生的事,并没有争吵。安杰拉出现在琳恩家的厨房里。弗兰克和玛克辛复合了。他们甚至还笑了——丹笑得小心翼翼,卡特笑得歇斯底里,笑这一切有多可怕。奶奶和麻风病人们待在一起,迈克尔跟着难听的圣诞节音乐用手打节拍,最终卡拉还是脸朝下瘫在了桌上。

当然,那时她还怀着孩子,孩子就像一道神奇的护身符。

"明年,"她舒服地倒在凉爽的床单和枕头上,叹了口气,对丹开口道,"我们可以过一个没有凯特尔的圣诞节,去别的地方,只有我们一家三口。"

"那就完美了,"他说,"我等下就过来,现在出去走走,消化一下。"

他在她的前额落下一吻,像是在亲孩子一般。随后卡特便进入了梦乡。

在那之后,他和一个人打电话打了近半个小时,一直聊到后半夜。

当然,电话那头可以是任何人,可能就是他的一个朋友,比如肖恩。可能就是肖恩。

尽管他和肖恩一般不闲聊,每次谈话都言简意赅。没错,兄弟。不是的,兄弟。那三点见。

也许卡特不在场时,他们就会长时间地聊天,分享彼此的感情生活。

她继续看账单,寻找着相同的号码。

这个号码在十二月里一共出现了八次,大部分都是长时间的通话,很多次都是在深夜。

十二月一日上午十一点,有一次长达一个小时的通话。

那是卡特发现自己怀孕的第二天,当时她正在琳恩家照顾玛蒂。

她怀孕了,我现在不能抛下她不管。

不,应该是和肖恩。应该是和工作上的朋友,也可能是丹的姐姐梅拉妮。没错,肯定是梅拉妮。卡特起身,走到电话前面,拨通了电话。此刻她能感觉到自己无法抑制的急促呼吸,就像现在立刻跑上公园旁的那座小山一样,大口喘着粗气。

电话嘀了一声、两声、三声。卡特怀疑下一秒自己的心脏病就要发作了。

电话转到语音信箱。

卡特的耳朵里传来一声清脆而甜蜜的女声,能听出来是个活泼的女孩子,就像一个特殊的朋友,很遗憾地告诉你错过了:"你好,我是安杰拉,请给我留言哦!"

她重重地放下电话。

懂了。

钥匙在锁孔中转了几下,他手腕上挂着购物袋,走进厨房。

她等他把手里的东西扔在长凳上,走上前站在他身前,双手平放在他胸前,他自然地搂上她的腰,他们就这么站着。她的手放在这里,他的手放在那里。

她看着眼前的人,眼中倒映着他的整张脸。

他也看着她。

他们就这样待着。她想知道她是怎么错过的,又错过了多少。

他已经走了,他站在未来某个遥远的地方,回头看着她,表情礼貌又冷漠,带着一丝悲伤。

他走了。

和她的孩子一样。

苏西，正面还是反面？

　　我是不是好赌？才不是！我是好赢！哈哈！这是我听到过的一个笑话，我不知道我现在说的对不对，其实没那么好笑。

　　所以，你想知道我第一次赌博的事吗？是啊，我还记得。那天正巧是澳新军团日[①]，我十六岁，在纽波特阿姆斯酒店。你知道的，一年中只有这一天你可以玩双人赌局玩到半夜。这是合法的！而且只有澳大利亚可以，对吧？

　　澳新军团日那天，酒吧的气氛很好，房间里有很多老怪咖。一群人兴奋地围在一起，中间站着一个人在扔硬币。正常来说，他就是那个表演的人，他用一根特殊的小木棍，让硬币旋转着飞向天空，大家纷纷抬起头，看着它们再次掉落。而赌博的方式则是人们互相打赌，你只需要把你的硬币抛向空中，然后喊出正面，或者随便喊什么。这是我第一次看到双人赌局，所以我在那里多待了一会儿，看他们的操作。当然，大部分时间我是在看那些女孩，因为她们确实很亮眼。她们身边的人应该是她们的祖父，因为我听到她们喊他爷爷，不知道为什么，他称呼每个女孩都叫苏西。他们四个人戴着同样的老式帽子，也都习惯把啤酒的瓶盖收起来。天哪，他们

[①] 澳大利亚和新西兰的重要节日之一，为了纪念一九一五年澳新兵团在加里波利战役中牺牲的两国将士。

也在玩！他们每掷一次，都会像那些人一样大喊道："正面！"或者"反面！"

每当他们当中有人赢了，祖父就会围着她们转上几步，好像是某类老派的舞步，和华尔兹很像。然后他们又继续比赛，掷一枚硬币，大叫一声，接着开心地大笑，和对方击掌。

所以，最终我也鼓起勇气试了一把，押了五块钱反面，赢了。太棒了，兄弟，至今我的眼前还会浮现那些在月光下翻动的硬币，以及跳上跳下的三个女孩，抱着她们的爷爷。

真的，太棒了，完美。

第十五章

第一次发生时,她正开车离开查茨伍德购物中心的停车场。

玛蒂系着安全带坐在后座,一路上格外安静,她咬着拇指,另一根手指绕在鼻子上。琳恩可以从后视镜中看出她那怨恨的小眼神。从刚刚在书店经历那件可怕的事情之后,她们就再也没有说过话了。

玛蒂在儿童区发现了她最喜欢的睡前读物,于是从书架上拿了下来。

"我的!"

"玛蒂,这本书不是你的,你的在家里,快放回去。"

玛蒂抬头看着琳恩,仿佛眼前的人疯了。她对着琳恩用力地挥着手中的书,眼神无比坚毅。

"不!我的!"

琳恩感觉到四周聚集的目光,那些安静看书的顾客们正在歪着脑袋饶有兴趣地看着她。

"嘘!"她把手指放在嘴唇上,"放回去。"

但是玛蒂却不吃这一套。她疯狂地踩脚,好像一边在跳踢踏舞,一边抱紧了书吼道:"不对,嘘!妈咪,我的!我的!我的!"

这时,一位女士走进琳恩所在的过道,露出了同情的微笑。

"啊,是不是烦死了?我还想快点到这一天呢!"她推着婴儿车,里面坐着一个小婴儿,一头金发很是可爱,他正瞪着天使般圆圆的眼睛,惊奇地看着玛蒂。

"其实,"琳恩说,"她还不到两岁,应该还没到这个阶段。"

"啊,超前于她的年龄。"女人友善地说。

"也可以这么说。"琳恩说,"玛蒂!住手!"

琳恩向前一跃,但为时已晚。此时,可爱的婴儿已经伸出一只手,好像要抓住那本《晚安小熊》,玛蒂则迅速进行了"报复",用书滑过婴儿的脸。婴儿的脸一下子垮了,仿佛这是他第一次受到伤害。他伸出胖胖的小手,颤抖着去摸脸颊上已经红了的印记,蓝色的眼睛饱含眼泪。

琳恩看着自己女儿那心满意足的表情,感到羞愧至极。

琳恩和迈克尔一直都认同一点,没有什么比看见一对父母愤怒地扇自己的孩子更糟糕的事了。这样的事从来不会发生在玛蒂身上,他们一家拒绝暴力。

暴力引发暴力,对此她深信不疑。

而此刻,她一把抓住玛蒂,正用力地扇她。因为怒火中烧,她下手非常重,玛蒂显然受到了惊吓,她的哭声响彻整个书店,演绎了一段受虐儿童的悲惨遭遇。

"没事的。"那位友善的女士说着抱起了自己的孩子。她有着和宝宝一样的蓝色眼睛。

"真的非常非常抱歉,她从来不会这样的。"

并且,我也从不会这样。

"真的没关系。"女士把宝宝抱到肩上。她必须提高嗓音才能盖过玛蒂的号啕大哭,"孩子们!"

玛蒂靠在书架上,更加歇斯底里地哭喊起来,中间只停顿了一下调整呼吸,这样她就能突破更强的"女高音"。

她们周围的人开始四处张望,有些人抬起头向书架这一侧望去。他们呆呆地盯着看,嘴巴微微放松,像极了看戏的观众。

"我带她离开这里,非常抱歉。"

"没事。"女士微笑着说。

老天爷,她实在是太好了。

琳恩拎起还在不停尖叫的玛蒂,让她弯起背,仰起头,玛蒂痛苦地抓着琳恩的下巴。琳恩用手臂紧紧地夹住女儿剧烈扭动的身体,迅速走出书店。这位母亲带着尖叫的孩子羞愧地离去。

"女士,等一下!"沉重的脚步声在她的身后响起。

"怎么了?"琳恩抬起头。玛蒂的腿还在继续踢。

眼前是一位长得很高的少年,他的牛仔衬衫上挂着一个"很开心为你服务"的笑脸徽章。他看上去为自己的身高感到抱歉,仿佛他也不知道自己为什么长得这么高。他笨拙地握着指关节。"也没什么事,只是这些书您好像还没付钱。"

玛蒂依旧抓着那本《晚安小熊》,而琳恩手里也拿着《如何应对流产》和《驯服幼儿:父母生存指南》。

行吧!那种会打孩子的女人偶尔入店行窃也不奇怪。

她走回收银台,试图自嘲而不失幽默地笑笑。如果现在她旁边还有别人,比如迈克尔或她其中一个妹妹,那就好玩了。如果她的两个妹妹都在的话,那这绝对会成为一场彻头彻尾的闹剧,她们能笑一整天。

但现在只有她一个人,所以那些有意思的事也就只能想想。

"那不是琳恩·凯特尔吗?"听到这话的时候,琳恩正在付钱,包括买下了第二本《晚安小熊》,她将零钱塞进钱包,"对啊,那个有名的'早餐车'女人。"

啊,有意思,真的够了。

223

当她们回到车上时，玛蒂的抽泣声已经逐渐消失了。

"妈妈向你道歉，刚刚不应该发脾气。"琳恩把玛蒂固定在安全座椅上，并对她说道，"但你不可以像那样打小婴儿，绝对不可以。"玛蒂一边用拇指捂住嘴，一边眨了眨眼，好像她很清楚琳恩的论点缺乏逻辑，不屑于回复。

因为刚刚哭过，她的睫毛还有些湿润。

此时一股罪恶感涌上了琳恩的心头。她想象着刚才那个善良的女人和她的朋友们描述起刚刚那一幕的样子，当然了，她的朋友们一定也和她一样善良。"我是说，小孩那样的行为肯定是从哪里学来的。"说这话时，她们温柔可爱的孩子在一旁安静地玩着玩具。

她播放了一张叫《宁静之音》的光盘，她买这张光盘是为了实现自己的新年目标：在三月一日之前，切实有效地减少来自职业和个人生活的压力。一时间，车内充满了鸟儿欢快的啼鸣声，瀑布潺潺而下，钟声齐鸣。

天哪，怎么这么难听。她关掉了音乐，把车倒了出来。

"出口"的标志在哪里？为什么离开购物中心要搞得这么困难？你已经买完东西了，他们也不会再从你这里赚到一分钱了。所以这么做的目的是什么？

她不能把那本写流产的书给卡特，她肯定会对自己冷嘲热讽，每当这时，她都会觉得自己就像个白痴。前几天她对自己说"是谁生了玛蒂"时，她的眼中充满了恨意，那一瞬间，琳恩觉得自己整个人都退缩了。

丹有些不对劲。不管杰玛说了什么，琳恩能从他的脸上看出来，他和那个女孩现在还在一起。他把她们都看透了。凯特尔一家对他来说已经无所谓了。

她开车转了一圈又一圈。"出口"标志好像完全消失了，取而代之的是那些写着"更多停车位"的箭头。

杰玛手指转着一缕头发把玩。她们都会嘲笑杰玛，但她正常吗？学生时期她曾经是她们三个人当中最聪明的。"杰玛非常聪明，"玛丽修女这样告诉玛克辛，玛克辛则是一脸迷茫。"你说杰玛？"而现在，杰玛似乎正在挥霍她的整个人生，好像它只是一个阳光不错的星期六早晨。

"无出口""请停车""请后退"。

这太荒谬了，居然没有办法离开这家购物中心。现在某处一定藏着摄像机，然后等下是不是会有一个疯子般的主持人跳出来，把话筒猛地对准她的脸？因为这一点儿都不好笑。"一点儿都不好笑。"她说。

她倒了回去，又重新开始，一圈接着一圈地绕。脑中浮现出圣诞节那天的爸爸和妈妈，爸爸的脸上洋溢着得意，妈妈就像个甜美的小姑娘，太傻了、太傻了、太傻了。

"出口"。

行，你说这里就这里吧。琳恩打着方向盘。

妈的，她居然忘记买杀虫剂了。妈妈之前推荐了一个听起来很猛的牌子"诱杀"。就在今早，家里纯白的冰箱门上就有一只恶心的东西爬过。

"禁止通行"。

他妈的！

琳恩猛地一脚踩下刹车，而就在这一刻，她好像忘了该如何呼吸了。

上一秒她还可以像正常人那样呼吸，但下一秒她就发出了怪异的窒息声，拼命地喘着粗气，她冷冰冰的手抵着方向盘，心跳快得不可思议。

天哪，心脏病发作了。玛蒂。车，我得停车。

她颤抖着双手关闭了汽车引擎。

凯特尔爷爷就死于心脏病，当时他正在后院给隔壁的肯传授赛狗的秘诀，就这么忽然倒下了。

而此刻，琳恩也即将倒在查茨伍德购物中心，这一定会登上明天的报纸新闻，整个澳大利亚的女人都会在背地里议论，孩子还在后座上，她居然就这么死了，这人是怎么当妈的？

恐慌的情绪侵蚀了她的整个身体，她只觉得胸口很沉，徒劳地摆了摆手。

她没办法呼吸。

冷汗沿着背部一滴滴地落下。

她为什么不能呼吸？

行吧，就到此为止吧，她决定放弃了，而就在此时，她的呼吸又恢复了正常。

她长舒了一口气，心跳逐渐放缓，直到恢复了平静。当然了，她可以呼吸。

她松了一口气，回头看了看玛蒂。玛蒂睡得很熟，头懒洋洋地靠在一边，手指依然放在嘴里。

琳恩重新发动引擎，她调整了一下后视镜，看着镜中的自己，她的脸色已经恢复如常，口红依旧完美。

她把后视镜调回原位，径直驶离了停车场。

晚上，迈克尔回到家中，玛蒂飞扑进他怀里，胳膊缠着他的脖子。

"爸爸!"她高兴地拍了一下他的头。

"你好呀,小宝贝。"

"她今天可不是什么小宝贝。"琳恩正在碾大蒜,侧过脸让他亲了一下。

"还有这个小宝贝,你好呀。我记得说过今晚我做饭。"

"我就快速地炒个菜。"

"你不是想把今天的账单算完吗?"

"这很快的。"

"我已经说过了。"

这是一种未说出口的控诉,控诉永远的"殉道者"——琳恩,她的人生里充满了这种控诉。如果她可以给别人一个机会,他们也同样可以做事。如果她的人生可以放松一点儿,不要事事操心。

"爸爸,脚!"

迈克尔把玛蒂赤着的双脚放在了自己的黑色皮鞋上,然后握着她的双手,大摇大摆地在厨房里走来走去。

"所以,今天我们玛蒂女士都做了些什么呀?"

"今天我们在书店,一个小宝宝碰到了玛蒂的书,她反手就打了回去。"

"啊。"

"所以我扇了她。"

"啊。"

琳恩转过来看着他,他正朝玛蒂咧嘴笑,玛蒂也看着他,露出浅浅的酒窝,眼睛闪闪发光。他们都有着一头黑色卷发,看起来就像电影里的完美父女。琳恩突然回想起卡特曾经也以同样的方式站在弗兰克的鞋子上,不一样的是,弗兰克在房间里跳着那令人头晕的华尔兹,以及卡特尖叫时粉红的脸蛋。"快一点儿,爸爸,再快一点!"而玛克辛则在一旁大喊:"慢一点儿,弗兰克,慢一点儿!"

妈妈,放轻松点儿,她们常常这样和她说。妈妈好可怜。

"我今天下手挺重的。"

"我觉得打得挺对的,你知道这说明了什么吗?"

"什么?"琳恩又转回去,面向砧板。育儿分享到此为止。

"是时候再要一个了!她已经准备好迎接妹妹或者弟弟了。"

琳恩哼了一声。"对,这样每天她都可以找个人欺负了。"

"我是认真的,她需要兄弟姐妹,我们也说过今年开始试试。如果你还记得那个'五年计划'。"

琳恩没有说话。

迈克尔打趣道:"你肯定偷偷把计划写在什么地方了。"

那是当然,她的计划是下一个阶段把避孕药停掉。

琳恩把碾好的大蒜堆整齐,然后往锅里倒油。"好吧,很明显,这个计划要暂时搁置了。"

"很明显?你指什么?"

"卡特啊,还用说吗?"

"哦,对,卡特。"

"如果我很开心地宣布我怀孕了,你想她会是什么感觉。"

"所以,我们要搁置多久呢?"

"需要多久就多久。"

"简直荒谬,如果卡特要很久之后才能怀孕,或者再次流产,那怎么办?"

"别这么说。"

她不明白这么一件显而易见的事情，为什么迈克尔就是无法理解。

琳恩往热油中放入大蒜，油锅开始嗞嗞作响。迈克尔让玛蒂从自己的脚上下来，随她到处乱跑。

"你是认真的。"

"我和你说过。上次杰玛和妈妈也在，她……我不知道怎么说……当时我们一起吃面包，她的表情就同小时候爸爸和妈妈告诉我们要离婚那次一样，很惊讶，又很受伤。我永远忘不了那个表情，当时她的小脸蛋整个垮了。"

"好吧，当时你的小脸蛋应该也一样。"

"我不记得了，我只记得卡特的表情。"

"所以，如果这些事发生在你身上，你觉得卡特也会像你对她这样为你着想吗？"

"肯定的。"

"我敢打赌她肯定不会。"

"她绝对会的。"

这时卡拉走进厨房。"好香啊，闻起来不错，我快要饿死了！"

琳恩和迈克尔交换了下眼神，这突如其来的快乐语气让他们意想不到。

"需要帮忙摆盘吗？"

话音刚落，迈克尔惊讶得张大了嘴巴。

"谢谢。"琳恩试着用一种轻松又不过分热情的语气回复，这种语气，卡特曾经对卡拉说过，还挺奏效。

"没问题。"

她打开碗柜，开始摆盘。

迈克尔没说话，拼命向琳恩比手势。"她嗑药了？"他嘴巴动得很夸张，同时还模仿着静脉注射的动作。

琳恩朝他翻了一个白眼。

卡拉关上了柜门。"爸爸，你在干什么？"

"噢！你懂的！"

"脑残。"

迈克尔似乎松了口气，并且点头表示赞同。

"妈咪！"玛蒂蹒跚着走回厨房，脸上带着一丝不知所措的喜悦，"你看！"

她举起了两本《晚安小熊》。

琳恩说："太棒啦！"玛蒂把两本书摆在她的面前，然后一屁股坐在地上。她一页一页地翻，头来回不停地转动，试图解释这个神秘的场景。厨房里充斥着炒大蒜的味道，迈克尔在一旁剁辣椒，回想起小时候他快乐地往炒锅里倒了一大堆酱油，脸上不禁泛起笑容。卡拉从抽屉里拿出刀和叉子。她裸露着肩膀，黝黑的皮肤上还留着泳衣的晒痕。

尽管种种因素会让自己不开心（例如今天的停车场事件），片刻之间，琳恩竟获得了意料之外的幸福感。

当然，这并没持续很久。

由于今天卡拉很开心，迈克尔显得有些过于兴奋，问出了许多有些冒犯的问题，比如"所以你最近在忙什么"，这使得卡拉的情绪变得低落，最后还说她想一个人在电视机前安静地吃饭。吃完晚餐后，玛蒂突然意识到马上要经受洗澡这一劫难，在迈克尔的坚持下，琳恩还是忍住自己的脾气，让玛蒂没洗澡就躺到了床上。这一点确实违背了她在个人卫生和纪律方面的要求。

晚些时候,屋内终于回归平静,迈克尔和琳恩准备了咖啡和巧克力饼干,带着各自的电脑坐在餐桌旁。琳恩不知道该如何把今天在停车场发生的事告诉迈克尔。

如果这件事发生在别人身上,她可能知道该说些什么。事实上,她肯定会第一个跳出来说:"你傻了,这才不是心脏病发作。"接着,她会表现得像个心理学家,同时还要显示出自己的学识渊博,告诉她,"你这种情况,应该是恐慌发作。"

是的,只是一次恐慌发作,根本无须担心。嗯,她真的好有同情心哦,典型琳恩会说的话。她会在那儿阐述那些她看过的关于"症状发作"的内容,告诉你,它们都很常见,你可以学习一些应对的知识。

但是这些症状不会发生在她身上,而应该发生在那些身体不好的、需要照顾的人身上。好吧,如果说实话,就是那些不太聪明的人。

这其中不包括琳恩。

一件事发生之后,你快速地翻阅自己潜在的情绪反应档案,然后选择合适的反应。这称之为情商,也称之为自我成长,这是琳恩的专长。所以,找不到停车场出口和忘记买杀虫剂这两件事居然会让她恐慌发作,这是为什么?

可能她的身体真的出了问题。

可能她需要去看医生了。

但问题是,只要一想到和迈克尔,甚至是和医生大声谈论这件事,琳恩的心跳就会明显加快。她想象着那个画面:自己试图描述胸口的那阵剧痛,然后手不由自主地按上锁骨。天哪,太可怕了。

如果她告诉了迈克尔,迈克尔肯定会让她去医院。他会立刻表现出那种丈夫的关怀,说道:"首先我们先排除生理上的原因。"接着开始着手减轻她的生活压力,雇用更多员工帮她减轻负担,找一个清洁工帮忙,让她能多睡会儿觉——说真的,这会让她的压力非常大。

这就是完美丈夫存在的问题。普通男人可能就会笑着说:"好吧,可能只是你的脑子有点儿问题吧,哈哈!"这才是她想要的反应,她不需要所谓的帮助。

满不在乎反而会让它消失,就好像在看恐怖片的恐怖桥段时哈哈大笑,两者是一样的功效。

她看着迈克尔,想象自己对他说:"有件事想告诉你,你只需要听着,不用给我任何帮助,可以吗?"他靠在椅子上,口中嚼着饼干,随意地点击鼠标,仿佛面前的笔记本电脑是他身体的衍生品。当迈克尔在身边时,电脑以及其他电器似乎萎缩了一般,在他的大手下变得俯首帖耳。很遗憾,他并不是所有时刻都如此从容,在按了一些按键之后,他皱了皱眉,表情很有趣。"嗯,我们来试一下。"嘿,你看,对自己人格功能的信心重启恢复了。

她会在未来某一天告诉他这件事,也可能永远都不会说。

她的思绪重新回到屏幕上那二十三封未回复的邮件上。而在其中"问题""紧急""帮助"这几个词出现的频率很高。

"玛蒂没洗澡的事情,"迈克尔看着她说,"你还在担心啊。"

"我才没有那么计较。"

"她这是在试探底线。"

"对,然后发现底线可以轻而易举地打破。"

"所以最好的解决办法就是多个妹妹或者弟弟。"

"噗。她的性格真的完美遗传了凯特尔家。无论如何,我们之后都会再生一个，只不过不是现在。"

"就我而言，卡特自身的原因导致我们的生活产生如此大的影响，我无法接受。"

"唉，生活嘛。大家都在互相影响，兄弟姐妹之间就是会彼此影响的。"

"我可没有。"

"你们家那些人都是怪胎。"

"拜托，这句话竟然出自凯特尔家的人之口，真是五十步笑百步。"迈克尔很满意自己的机智。

"说得真好啊，没错，宝贝，你说得对。"

琳恩用力拍了拍放在桌上的那只手，同时另外一只手握着鼠标，快速浏览着电子邮件。她的目光被一个不认识的邮件地址吸引，注意力从对话中移开。

琳恩你好，

好吧，好像已经过去很久了，确实太久了。前几天我正好看到"美味早餐车"公司的报道，杂志上你正对着我笑。我简直不敢相信，好像这份成功，我这个渺小的力量也有幸能……

一阵铃声响起——莫非——当电话铃响起时，她正在滚动电子邮件至末尾以验证她的想法。

"喂？"琳恩从桌上拿起面前的手机，而眼睛始终盯着电脑屏幕。

在几秒的沉寂之后，那头传来了一个低沉的声音：

"琳恩。"

是卡特，她的声音听起来好像不太好。

琳恩站起来，用手按住另一只耳朵："怎么了，出什么事了？"

"那个……我出事了。"

"车祸？你人没事吧？"

"我没事。不过有个小问题，就是……可能酒精含量超标了。我大概喝了四五杯酒，其中有一杯可能是水？上次杰玛说的，要补充水分，但是……对，我喝得太多了。而且现在这个男人的老婆，这个贱货还说要报警，我都说了没必要，我们私了就行了，但她这个贱……他们好像已经报警了。"

"你在哪里？"琳恩边说边向楼上的卧室奔去。

"我？我在太平洋高速公路上，从格林伍德下来的地方。"

"你穿了什么衣服？"

"啊？"

"卡特，你身上穿了什么衣服？"她拉开短裤的拉链，扭了下身体脱了下来。迈克尔跟着她来到卧室，手中还拿着巧克力饼干。

"牛仔裤和T恤。但是我要告诉你——"

"什么颜色？"

"黑色。琳恩，我告诉你……我得告诉你，丹他不要我了。对，就是那个女孩，他爱她，他不爱我了。"

"我现在过来。你在原地等我，别和其他人说话。"

她挂了电话，将手机扔到床上，然后从衣柜里抽出牛仔裤和一件黑色T恤。

"怎么了？"迈克尔心不在焉地把剩下的饼干塞进了嘴里。

"卡特出车祸了，我要过去一趟。"

"好，那你为什么要换衣服？"

"她酒驾了，她说警察会过去。"

"所以……"瞬间他意识到了，"琳恩，你在想什么，别做傻事，你救不了她的。"

她拉起牛仔裤的拉链，放下头上的皮筋，把它套在手腕上，一副"我不在乎"的卡特式风格。

"不好说，但值得一试。"

"你疯了吗，这还值得一试？"

他那说教一样自大的口吻让她很不爽，她没理他，从梳妆台上拿起了车钥匙。

"我和你一起去，"他说，"我去和卡拉说一下。"

"不用了。"他只会拖后腿。说着她奔向车库门，"不用了，你还是待在家吧。"

"车别开得太快！琳恩，你在听我说吗？路上一定要小心！听到没有？听到没有！"

琳恩听出了他声音里的恐惧和沮丧，她停下脚步，平静地看着他。"我知道的，别担心。"

"你们三姐妹——"当她奔下楼梯时，他跟在后面喊道，"你们真他妈……真他妈的……"她准备按下车钥匙解锁，就像握着一把利剑。

"我知道，"她安慰道，"我知道。"

在汽车冲出车库时，她只能祈求迈克尔没有听到轮胎发出的刺耳声响。

根据家族里的传言，卡特第一次体验身份互换游戏是在她们姐妹两岁时。当时她正模仿着毕加索在客厅的墙上作画，被爸爸和妈妈抓了个现行。

玛克辛和弗兰克瞬间气炸了:"卡特,你个捣蛋大王!"

卡特转过头,手中优雅地拿着一支红色的马克笔,她从父母脸上惊恐的表情读懂了自己犯了大错。

"我是琳恩,"她灵机一动,狡猾地说道,"不是卡特。"

那一瞬间,父母居然相信了她,直到后来弗兰克一把抓住她身上的背带,把她拎了起来,这才看清卡特那个小恶魔的漂亮脸蛋。

上小学时,为了哄骗学校的老师,卡特和琳恩还会定期交换班级。琳恩发现假扮调皮蛋卡特·凯特尔是件很有趣的事,她可以在教室后面和那些坏男孩聊天,还可以不听老师的话。事实上,当她们回到各自真正的教室后,琳恩甚至会产生困惑,她发现假扮卡特实在是太简单、自然了,以至于她不知道现在的琳恩是否也只是自己假扮的(如果她只是在假扮琳恩,那内心深处是否还有另一个琳恩呢?那个真正的琳恩)。

在她们十六岁时,凯特尔姐妹很开心地发现她们很受男孩子们的欢迎,而且是相当多的男孩。有一次,卡特不小心在同一天晚上答应了两个男生的约会,直到其中一个男生来接她,她才意识到这个问题,而自己已经和另一个男生约好二十分钟后在电影院见面。

这可太刺激了,卡特表情夸张地用手捂住嘴巴,瞪大的眼睛里写满了恐慌。当这个可怜的男生正紧张地和玛克辛谈话时,琳恩和卡特姐妹俩已经在房间里笑得喘不过气。而唯一的解决方法就是让琳恩去电影院见另一个男生——詹森。

琳恩来到电影院,内心既开心,又害怕,仿佛自己正在执行一项拯救世界的任务。她看到詹森靠在影院的外墙,紧张地啃着手中买好的电影票,看到琳恩时,他整个脸瞬间亮了起来,这一幕让琳恩突然有些难受。

"嘿，卡特。"

"嘿，詹森。"琳恩说，她还记得自己没有因为迟到而道歉。

开始一切进展顺利，他们看了《终结者》，琳恩尽量避免过于女孩子气，相反，当看到电影中最暴力的桥段时，她还故作满意地嘟囔了几句。中间某一时刻她确实担心自己表现得太过了——影片中阿尼挖出自己的眼球时她笑得太放肆了。她注意到詹森转过头看着她，但当她问出"怎么了"的时候，她看到詹森拿起一颗爆米花，假装是一颗眼珠，然后吃了下去。算了，还能接受，虽然恶心了点儿。

直到后来，他们站在电影院外面，糟糕的事情就来了。

突然间，没有任何预警，他倾身向前吻了她，舌头在她齿间乱窜。感觉真的太糟糕了、太恶心了、太难受了。这就像牙医强行掰开你的嘴，毫无预兆地塞进奇怪的工具，而且嘴里满是唾液。

当詹森终于放过她的嘴巴，琳恩感觉她需要立刻去漱口。他退后一步，眯起眼睛说："琳恩？你是卡特的姐姐琳恩吗？"她试图解释，但是他就像终结者那样耸了耸肩，冷冷地盯着她，"你们凯特尔姐妹真是贱，卑鄙小人。还有你，你都不会接吻。"接着，他给出了致命一击，"因为你性冷淡！"

琳恩独自一人回到家中，感到羞耻、沮丧，还有⋯⋯性冷淡。

她把之前的情况告诉了卡特和杰玛，但她没有告诉她们今天被证实的她内心最深处的恐惧。她只是说："我真的再也不会这样做了。"

她到达的时候已经晚了。

几个街区外就能看到闪烁的蓝色灯光,灯光下有一群人,还有警察、汽车和拖车,仿佛是舞台上的一出戏。

她停下来后,她的车前灯照出了卡特那辆已经被撞成一团的爱车。这完全是一场交通事故,那个白痴很可能会没命的。

琳恩着实被眼前的情景惊到了,此刻她真希望迈克尔能陪她一起过来。

她停好车,径直走进人群。卡特在人群中间,她走到一个男警察身边,那人看起来只有十几岁,手中拿着一个白色的吹管。所有人都注视着她。

琳恩走近,她听到男警察低声说道:"恐怕酒精测试的读数会超标。"

"好吧。"卡特朝地上踢了一脚。

这时,另一个女人对站在她旁边的男人说:"我都说了,她是酒驾!"

"劳拉,干得漂亮。"一旁的男人皱了皱眉,把手伸进牛仔裤兜。

琳恩忍住没有去骂那个叫劳拉的贱人,径直走向警察。

"您好,我是琳恩·凯特尔。"她换成工作时响亮而严肃的声音说道,"我是她姐姐。"

警察看着她,仿佛忘了自己还在工作。"天哪,你们一看就是姐妹,肯定很多人会把你们认错吧!"

"是啊,哈哈,有时候确实。"琳恩不安地摸着自己的头发,希望对方看不出自己此刻的内疚,"现在是什么情况?"

警察又回到了工作的状态,严肃地说:"你妹妹需要和我们回趟警局,恐怕她会面临过失驾驶和酒驾的指控。"

卡特茫然地看着四周,仿佛这一切和她无关。

琳恩伸出手摸着她的手臂，说道："你还好吗？"
卡特举起手，显得无比绝望："嗯，好得不得了。"
琳恩注意到她的手指光秃秃的，结婚戒指没了。

第十六章

"所以她得上法庭了!"

"对。"

"法官判吗?"

"应该是治安官。"

"我们要去旁听吗?"

"我的老天爷,得了吧。"

杰玛在与琳恩的谈话中总能观察到一些奇怪的现象,琳恩的语气越严肃,杰玛就越轻松。两人就像在玩跷跷板,杰玛永远待在名为"幼稚"的高空中,而琳恩则重重地撞在名为"成熟"的坚实地面上。

如果杰玛变得越发严肃起来,琳恩就会放松,或者说跷跷板永远都只有一个方向吗?

"杰玛,她会留下犯罪记录。"

"噢。"事实上,杰玛认为在这件事上留有犯罪记录还不是最可怕的(卡特在警察局拍照了吗),但另外的事,也不适合大声说出来,尤其是在琳恩面前,"太可怕了。"

"是啊,不过,不管怎么说,她和丹分手了。他选择了安杰拉。"

"不会吧!"这一点儿都不好笑,"他怎么能这么做?偏偏在这个时候,她前几天刚失去了宝宝!"

"显然,他本想过段时间再告诉她,是卡特从电话账单上发现线索的。具体的细节我也不太清楚。"

"不过，要是宝宝没有走呢？"

"他说他会尝试留在她身边。"

"我要吐了。"

"我也是。"

"她现在怎么样？"

"我觉得她可能有点儿抑郁，现在每天都只想睡觉。对了，你现在还和查理在一起吗？"

"对啊，怎么了？"

"现在情况有些复杂了，是吧？"

"确实。"

查理坚定地表示："这和我们无关。"

"这和我们两个人都有关系。"杰玛说。

"和我们无关，"他重复道，"我不想让这件事影响到我们。我爱你。"

这是他第一次对她说这句话，但她没有说出同样的话，她说："不，你不爱！"他惊讶地看着她，带着受伤的表情，拽了拽耳朵。

她想解释道，你是不是把我和其他人搞混了。别这么严肃地看着我，就好像是我影响了你似的。我没办法认真地进入一段恋情，没有一份正式的工作，连一个真正的家都没有，而我唯一真实拥有的就是我的姐姐们。

所以，如果我不是真实的，那我也无法真实地伤害到你。

马库斯第一次对杰玛说"我爱你"这句话是在十月一个温暖的夜晚，也是在那个夜晚，他第一次称她为贱货。

当时他们已经交往了大约六个月，十九岁的杰玛还沉浸在巨大的喜悦当中，这是她第一个男朋友！他是那么成熟、正派，不仅年长（他可以一个人生活），还很富有，而且幽默又聪明，简直完美！

他是一名律师，天哪，他还懂得品鉴红酒！

而且他还去过两次欧洲！

她崇拜他的一切，而他对她似乎也是一样（这真是个奇迹）！

这正是她十五岁时梦寐以求的男朋友。

没错！

那天他们准备去野餐，那是他在港口精心准备的浪漫野餐，她穿着一条新裙子，在他身边开心地转圈，而他则在一旁大笑，然后他对她说了"我爱你"。

他是认真的。她敢肯定他之前并没有计划过，这句"我爱你"是他脱口而出的，所以这可以证明他是真心的。

"我也爱你！"她也大声说道。说完两人傻傻地相视一笑，接着他们便在厨房的长凳上缠绵起来。

二十分钟后，他们准备离开时，想到要带一个开瓶器。马库斯拉开最上层的抽屉，咂了咂嘴说："不在这里。"

"噢。"此时杰玛还沉浸在喜悦当中，说道，"昨晚我收起来了，我没放在抽屉里吗？"

"很显然，你没有。"

"噢。"她倾身向抽屉里面看去，突然，他猛地关上抽屉，杰玛吓得立马把手收回来。

"杰玛，你他妈到底把它放哪儿了？我他妈跟你说过至少五遍了，要把东西放好！"他吼得太大声了，仿佛有一只无形的手在捶打杰玛的胸口。

这真的出乎意料。

"你为什么要吼我?"她问道,感觉呼吸有些困难。

这个问题激怒了他。"我没有!"他继续吼道,"我没有在吼,你这个贱货!"

他猛地一下将抽屉拉开,她离开厨房时心想,天哪,他疯了!

"你为什么要放在那里?"接着,他从另一个抽屉里拿出了开瓶器,把它放进野餐篮,然后十分平静地对她说,"好了,我们走吧。"

她的双腿还在颤抖不止:"马库斯?"

"嗯?"他拿着篮子离开厨房,从桌上拿起家门钥匙。

"怎么了?"他对她笑了笑。

"你刚刚对我大吼大叫,像疯了一样。"

"我没有。只是刚刚找不到开瓶器,我有些生气而已。你只需要把它放到正确的抽屉里就行了,我们现在还去野餐吗?"

"你刚刚叫我贱货。"

"我没有,行了。你也没有那么脆弱、敏感吧?你可别像个鸡蛋壳一样,一捏就碎。之前利兹就是这样,我都被搞疯了。"

利兹是他的前女友,迄今为止一直充当着他们感情中的笑料调节剂。"她也没那么糟糕吧。"每当马库斯抱怨利兹的时候,杰玛都会笑着这样说。利兹和马库斯在一起两年,也可以说是杰玛的手下败将。虽然她也足够迷人,但缺少了杰玛那双大长腿,而且性格野蛮、爱生闷气,总是唠叨个不停,关键是还没有杰玛聪明。每次利兹的名字出现在他们的谈话中,杰玛内心的优越感就油然而生,这让她很开心。

此外,她也清楚自己有些过于敏感了,姐姐们也一直提醒她。

这件事也许是她反应过度了,人总免不了会生气,这也没办法。

他们还是去野餐了。起初她还有些紧张，但后来两人又都把彼此逗得哈哈大笑，那晚又是一个美妙的夜晚。第二天当卡特问起"昨晚和那个大块头怎么样"时，杰玛回道："他居然对我说他爱我！完全是下意识的！"

至于开瓶器，这么蠢的事就没必要和姐姐们说了，她可不想破坏了这幅美景。所以她决定闭口不谈，将这件事揉成一团，扫出自己的世界。

而且几个星期之后，她可能就会把这件事彻底抛在脑后，当然，如果不是它再一次发生的话。

这次是在沙滩上，她正准备上马库斯的车。

好吧。

他很爱惜自己的车，而且他的工作压力也很大，况且自己在上车前确实应该把脚洗干净。自私、愚蠢、懒惰。她是不是一点儿都不在乎？她到底有没有在听？他一下子把她推下车，当然，这全是她的错，她不该这么笨，让自己的脚在停车场的石子地面上拖了一段距离，蹭掉了大脚趾上的一大块皮。

当时沙滩的停车场里还有一家人，其中两个小男孩鼻子晒得粉红，胳膊下面夹着泡沫冲浪板，妈妈戴着花草帽，爸爸拿着遮阳伞。他们目睹了马库斯咆哮、咒骂、捶车的一系列操作，两个孩子盯着看，父母连忙将他们带走。

等一切恢复平静之后，杰玛闭着眼靠在汽车椅背上，恶心感和羞耻感交织在一起。

另一边，马库斯哼着收音机里播放的歌，手指跟着音乐轻拍方向盘。"今天还不错吧？"他伸手拍了拍她的腿，说，"小可怜，你的脚趾怎么样了？我们得去找张创可贴。"

有时这样的状况会持续一整周，每天都会发生，但有些时候整个月都相安无事。而且他从来不会在人前失控，在他的家人和朋友面前，他总是那么迷人，用崇拜的神情握着她的手，被她的笑话逗得哈哈大笑。这是他们两人之间的肮脏的小秘密，就像是某种不正常的性癖。杰玛常常会想，那些人都以为我们和他们一样正常、善良，如果他们知道了，如果他们看到了那些事，他们会有多震惊。

不过还好，这些她都能应付，毕竟每段感情多多少少都会有些问题。所以每次看到他停下手里的动作，一动不动，背部的肌肉开始紧绷，她也没必要被吓得不敢动，全身的血液都开始凝固。

他从未打过她，他永远不会对她动手的，只不过每次她都躲得不够快，所以他才会不小心伤到她。每次发生这些"小插曲"，她只需要做出合适的反应就行。像卡特那样吼回去？还是像琳恩那样冷静分析？

但这两种策略都只会让他更加愤怒。

唯一正确的方法就是等，假装自己消失，等他自己恢复正常。就像在波涛汹涌时潜伏在大浪之下，你深吸一口气，闭上眼，让自己沉进这巨浪之下，越远越好。沉入之后，这浪会推搡着你，挤压着你，仿佛要置你于死地，但一切总会过去。当你终于冲破水面，大口喘气之时，它又会不时轻柔地拍着你，以至于你难以想象浪潮曾经来过。

还算好。他们的感情没问题！他们都深爱着彼此。

毕竟她又健忘又烦人又笨拙又自私又无聊，已经无可救药了。

基本上没有其他人能够容忍她这些缺点，从本质上来说，她确实很讨人厌。

回家之后，她开始用很烫的热水洗澡，洗了很长时间，使劲地搓自己的皮肤。她看到过其他女人洗得比这干净很多。

"好,"琳恩说,"深呼吸。"

她们三人站在卡特和丹的家门外,只可惜当她们打开门,屋内只剩下了卡特的东西。

花了一上午的时间,丹把自己的物品全搬走了。

"我没事。"卡特说着把钥匙插进门锁里。看着她笨拙的动作和颤抖的手,琳恩和杰玛同时移开了目光,两人对看了一眼。

进门后,她们停了下来。杰玛看到墙上的点点白斑,地毯上的家具搬离后的地方布满灰尘,她的胃里开始翻江倒海,真的不敢相信丹会做出这样的事。

丹曾经是凯特尔家族的常客,几乎每一场聚会都不会缺席,包括家庭聚会、生日聚会、圣诞节和万圣节聚会。他的行事作风也很"凯特尔式":在休息室里闲逛、和大家开着玩笑,又是抱怨这个,又是嘲讽那个,大声地说着自己的看法。凯特尔一家也都把他看作自己人,玛克辛会毫不客气地训斥他,弗兰克打开冰箱看都不看就直接把一瓶啤酒扔给他。凯特尔家族所有的故事丹都知道,甚至其中几个故事他还是主角,包括"有一次爸爸把啤酒瓶往身后一扔想扔给丹,却发现身后没有人",以及"卡特和丹打赌他不会做奶油水果蛋糕,但是那次吃烧烤时,丹带来他做的蛋糕,简直惊为天人,结果蛋糕还被凯特尔奶奶踩了一脚,她的脚踝上全是奶油"!

现在该怎么说那些故事呢?就当它们不存在吗?还是重新编写一个版本,让丹这个人物从故事中彻底消失?

杰玛意识到,某种程度上,自己也被丹伤到了,就像自己也被他抛弃了。如果在这件事上自己也会震惊,也会感觉被背叛,那么她真的无法想象卡特伤得该有多深。

她必须要说些什么。

"亲爱的。"她开口道。

琳恩翻了个白眼，说："卡特，我还不知道你连冰箱都允许他搬走了。"她从口袋里掏出手机。"我给迈克尔打个电话，我们家车库里那个旧冰箱你先用着。"

卡特有气无力地道了声谢。她看到厨房长凳上的纸条，纸条旁边是一串钥匙，她就站在旁边读纸条上的字。

她轻柔地拿起那张纸，随后走进卧室。

杰玛看了一眼琳恩，她正在对迈克尔发号施令，看到眼前的情景，她示意杰玛跟上去，杰玛顿时拉下了脸。"我要说什么啊？"杰玛小声嘀咕。"可怜的杰玛。"琳恩和迈克尔说道，另一只手抵在杰玛两块肩胛骨的中间，使劲把她往卧室里推。

杰玛感到一丝不快，但还是无奈地被推着走。卡特身上发生的这些事让杰玛感觉自己好像变了一个人，但不应该变成这样。她还记得马库斯去世后琳恩和卡特变得小心翼翼的样子，她应该尽量不对卡特表现得太客气，可以同情她，但不是客气。

卡特站在房间里，一只手搭在衣柜的门上。"你看，他的衣服都没了。"

"那你的地方不就变多了！"杰玛连忙把卡特挂着的衣服排得松一些，这样空着的另一半就被填满了，"这条裙子我还没见你穿过，很性感哦。"她把裙子在自己身上比画了几下，卡特坐在床上抬起裙子的下摆。

"没错，下次去夜店我可以穿着它钓凯子。"

"对，有时间就去。"

"给那些二十多岁的丫头们一点儿颜色瞧瞧。"

"没错。"

她们互相看了一眼,卡特挖苦地笑了一下,说道:"事实上,我和二十多岁的小姑娘不是有过一次比赛吗,战绩不佳,不是吗?"

杰玛把短裙放回原来的地方,然后坐在她身边。

她抱着卡特,说:"你也可以找个二十岁的小鲜肉,绝对精力充沛。"

"唉,"卡特叹了口气,"一想到二十岁的小伙要把我榨干,我就浑身无力。"

杰玛大笑道:"他也不会持续太久的,中间你们可以休息下。"

"你知道今天早上我找到了什么吗?"卡特问。

"什么?"

"一根灰色的阴毛。"

"不会吧!我都不知道你下面是灰色的!真的假的?快让我瞧瞧。"

"给我滚!"卡特伸出手肘推开了她,"我怎么可能会给你看我的阴毛!"

"对了,你的冰箱已经送过来了,什么事这么开心?"琳恩站在卧室门口,一边皱着眉头,一边微笑着说。

杰玛说:"琳恩的大概也和你的一模一样吧?"

"什么一模一样?"

但卡特却抬头看向橱柜顶上的东西。

"噢。"她说。

她起身拿下来一个毛绒玩具,看起来像是一个毛茸茸的足球。

琳恩和杰玛看着她温柔地捧着手里的玩偶,脸上的表情如孩童般纯净。

"我不会再有孩子了。"她说话的语气好像刚刚才得知了这个坏消息。

"你肯定还会有孩子的。"琳恩坚定地说。

"肯定会的。"杰玛说。

但她们至少花了二十分钟才让卡特停止哭泣。

那天晚些时候,琳恩已经回去了,卡特和杰玛正准备打开第三瓶红酒。卡特问:"马库斯的求婚钻戒你是怎么处理的?"

"我看到乔治街边坐着一位女士,我就把钻戒送给她了。"

"什么?"

"当时她正在唱《答案在风中飘》,我记得她的嗓音很优美,我把钻戒取下来丢进了她的吉他箱里。"

"这东西可值一万块钱啊!"

"我知道,只不过她确实唱得很好,我也真的很喜欢那首歌。"

"我就当丹已经死了,和马库斯一样。"

"这个主意不错。"

"不过我肯定不会把钻戒送给什么街头艺人,你是不是脑子有问题?"

"我做事不专心,这就是我的问题。"

马库斯送给杰玛的二十一岁生日礼物是一副滑雪手套,其中一只手套里藏着一张去加拿大的商务舱机票。

她的朋友们都感叹:"天哪,杰玛,你男朋友简直是个万人迷!"当时他们已经在一起两年了。

他们一起滑雪的第一天，杰玛开心极了。白雪和蓝天勾勒出惠斯勒雪山的模样，前一天正好下了一场大雪，他们穿着雪地靴，踩着白雪走向电梯，嘎吱嘎吱发出的轻快响声，大家都很开心，大声喊道："这简直就是魔法！大自然的魔法！"

她感觉一切都是那么洁净，他们只是一对普通的小情侣。

然后她就分心了。

那是因为她好多年都没有滑雪了，再加上她太兴奋了，所以没有正确地思考。

在八月的寒假里，和爸爸一起滑雪曾经是凯特尔家姑娘们一年一度的活动。妈妈会为那几天在日历上画上大大的圆圈，就像一个华丽的包装包裹着闪闪发光的七天。当爸爸成功地完成了一个工作项目，她们就会住到一家高档酒店里。当他业绩不太好时，她们就住在金德拜恩的房车公园里。无论哪一种都很棒。阳光反射在姑娘们的护目镜上，她们兴奋地叫喊着。一大早，T型区域上有大量的滑雪板在冰上滑动。爸爸教她们如何在没有人注意到的情况下插队到电梯队列的最前面，以及棉花糖蘸着融化的巧克力吃。

滑雪在杰玛心中有着特殊的地位。

所以她才会忘记自己已经不是那个无忧无虑的小女孩了，她忘记了凡事要谨记，忘记了考虑后果。在第一次出发的时候，她直接一滑到底，甚至忘记了当时马库斯在做什么。

太棒了！她在缆车旁停下来，地上的雪被她的滑板刮起一片，如层层薄雾。她转过身，在阳光的照射下眯起眼睛，微笑着寻找马库斯的身影。

当杰玛在山上的人群中找到马库斯的时候，她就知道了。她将滑雪杆深深地插在雪里，在原地等待。蠢货、蠢货、蠢货。

在走到她身边之前,他一直没有爆发。她对着他笑,假装他们和其他正常人一样,但当他真正爆发的时候,她连一句"嘘"都没说。

她应该等他的。真他妈的忘恩负义,真的又蠢又自私。但问题是这些她都没有意识到。

朝她吼完,马库斯拔出插在雪里的滑竿,径直滑了下来。他的肩膀重重地撞向杰玛,她被撞得一个趔趄差点儿摔倒。她看着他滑走后才颤颤巍巍地吸了口气。没事的,过一会儿他就会平静下来了。

"你还好吗?"

说话的是个金头发的女人,穿着亮黄色的滑雪服,操着一口美国口音。

杰玛礼貌地笑了一下,说:"我没事,谢谢。"

女人摘下护目镜,露出了只有狂热滑雪爱好者才有的"浣熊脸":眼睛周围有一圈明显的白色轮廓。

她说:"亲爱的,你唯一做错的事就是和这种人在一起。"

杰玛的脸一下子红了。这个女人真蠢,还爱管闲事。"好吧,非常感谢。"她说话的语气仿佛面对的是一个疯子。说完她就滑走去追马库斯了。

就在那天夜里,马库斯在酒店的餐厅里向她求婚。他单膝下跪,掏出了一枚钻戒,餐厅里的所有人都为他们鼓掌欢呼,他们喊着"哇!哇",就像电影里演的一样,当然,杰玛也完美地遵循了电影剧本的发展。

她伸出一只手,颤颤巍巍地放在喉咙处,说道:"我愿意。"然后一把抱住他。

有些时候,杰玛也想过要离开他,但在那些设想中,她自己都是一种抽离的状态，就像做梦梦见不同的人生。想象如果你是一位公主，如果你是著名的网球运动员，想象自己并不是三胞胎。想象自己和马库斯以外的人在一起。

有些时候，当杰玛睡着时，马库斯会在她耳边低语，说如果她试图离开自己会发生什么样的后果。他的声音十分轻柔，以至于杰玛觉得这不是自己听到的，而是内心所想的。她的身躯便会开始逐渐僵硬，到了第二天，肌肉还会感到酸痛。

教堂里挤满了参加葬礼的人，马库斯的父母悲痛万分。人们一个又一个伤感地讲述着他生前有趣的事迹。他们低头掩面，声音充满了悲伤。

卡特和琳恩各自站在杰玛的一侧，她们三人靠得如此之近，杰玛能感觉到她们整个身体都挨着她。

葬礼之后，她辞去了教师的工作，搬去和玛克辛住了一段时间。而母亲的反应则和她们小时候受伤了一样：极度愤怒。每天早上她都会问"睡得怎么样"，或是命令式地说"把这个喝了"。她从不会拥抱自己，只会给自己拿胡萝卜汁。

杰玛会去附近的街道闲逛，一逛就是几个小时。一天之中她最喜欢的时刻是黄昏，万家灯火时，每家的窗帘都还拉开着，你可以直接看见他们人生的明亮时刻。这些细枝末节的存在使她着迷。他们窗台上的盆栽、他们的家具、他们的照片。你可以听到他们正在播放的音乐、看的电视节目，以及收听的广播，甚至还能闻到他们晚餐的香味。人们相互呼唤着："冰箱的塑料袋里装的是什么？""哪个？""这个塑料袋！""噢，那个啊。"有一次，她静静地在门口站了五分钟，只为听屋内淋浴时舒缓的水流声，一边想象着屋内冒着水汽、泡沫四溅的场景。

她想走进每一户人家，蜷缩在他们的躺椅上，顺便试试他们的浴缸。

直到看到广告上正在招聘有经验的看房人，多年来她才第一次下定决心要去做一件事。

她成了一名流浪汉，不停地穿梭在别人的家、别人的工作和别人的生活之间。

一年后，她交了新男友，这也是她往后十四任男友中的第一任。他叫哈米什，是个俊秀的注册会计师。

交往两个月后的一天，他们去了海滩。上车前哈米什温和地说："把脚上的沙子冲一下吧。"

在回家的路上，杰玛打了个哈欠，开口道："哈米什，我想我们不需要再继续下去了，你觉得呢？"

哈米什显然被惊到了，他没料到杰玛会这么说。他们分开时他哭了，扭过头去脸贴上肩膀，用他那件不怎么酷的格子衬衫轻轻地擦去了眼泪。

杰玛很难过。

但内心深处的某个地方，却如石块般坚硬，让她感到一丝愉悦。

第十七章

卡特似乎能感觉到,自从吃意大利面的那天晚上起,自己的状态就像是在攀岩,一直在积聚能量。身体不停地打滑,她伸手疯狂乱抓,不放过任何一个可以救命的东西。直到收到账单的那天晚上,卡特的手指终于彻底从岩壁上松开了。随后她进入了自由落体状态。

"你在圣诞节那天给她打了电话。"

他的眼神没有逃避,也没有看向她手中挥舞的账单。

"对。卡特,宝贝——"

"请收起你脸上那种温柔的表情。"

"好吧。"

"有了孩子之后,你为什么要装得很高兴?"

"那不是装的。"

"不需要你的可怜。我也不想当个备胎,我只需要真相。"

他一五一十地告诉了她,就像个傻子一样。她的感情并没有得到体谅,被他打得血肉模糊。

所以真相是:很长一段时间以来,他一直心存疑虑,内心有些细碎的感情。这种状态至少持续了一年。

至少一年?卡特的世界崩塌了。

他觉得结婚这么久了这也算正常,他只觉得平淡。有时她不是也有同样的感觉吗?

"我不知道。"卡特说,因为此刻她什么也不知道。

和安杰拉在一起的那个晚上,尽管他十分恨自己,但这么多年以来,他第一次发自内心地喜欢自己。安杰拉让他感觉很棒,很多时候卡特只是把他当成一个傻子。

"肖恩曾经说过,我们两个人的好胜心都很强,总是对彼此吹毛求疵。"

好像他们的婚姻已经是一件很久远的事情。

"接着说,"卡特说,"很有意思。"

她觉得自己好像犯了一个极大的社会性错误。从一些角度来看,可能他们的婚姻关系并不性感,也不有趣,反而是恶毒和残忍的。是不是虽然每晚都躺在一起,但她和丹之间还是隔着完全不同的现实?

"接着说。"她重复道。厨房的灯光下,他的轮廓显得十分鲜明。

在和卡特坦白后的一周里,他过得很煎熬。卡特拒绝沟通,或者就对他大吼大叫,他在沙发上也没怎么睡,那段时间他筋疲力尽。

所以有一天,他想都没想就给安杰拉打了电话。

卡特笑了——发出一声轻蔑的冷笑。"你是说这一切都是因为你累了?因为你的一时放纵,我为难了你,所以你就决定放纵到底了吗?"

"你又在曲解我的意思。"

"我没有曲解你的意思,我是在试图理解你!"

"一时半会儿也说不清。"

"所以,当我们每周都跑去找胖安妮的时候,你就出轨了?"

"这和出轨不一样!每次发生的时候我都对自己说,仅此一次,不会再有下次了。就好比我们戒烟的时候一样,只是我的酒瘾又发作了。"

卡特哼了一声,把这句话原封不动地说给了琳恩和杰玛听。就像戒烟一样。她差点儿就脱口而出:"蠢货。"

他说:"然后你就怀孕了。"

"没错,然后我就怀孕了。"她记得当时自己的喜悦之情,犹如一阵清新、干净的香味。

"所以很简单,我提了分手。我们在琳恩家见到她的时候,我们已经好几个星期没有联系了。那天晚上打电话给她是因为我知道她会不高兴。"

"现在我再也不会怀孕了。"

他低头看着地板。

"你可真有空。"大量的眼泪堵住了她的鼻子,咸咸的,"现在你高兴了。"

"没有。"他过来想要抱住她,她后退一步躲开了,"你之所以来这里,只是因为你不想在我流产后这么快就离开,让别人说你卑鄙!"

"不是的。"

"好吧,你选吧,选我还是选她?"

"我不知道。"

他只是一个三十七岁、六英尺高的孩子。

"你真是个窝囊废!他妈的懦夫!"

"卡特。"

"如果你不爱我了,就告诉我。"

"我是爱你的,我只是觉得我也许不会再继续爱你了。"

"那你觉得你爱上了她。"

"嗯。"

此刻,卡特感觉他朝自己扔来一桶冰水,她眨着眼睛,无能为力。

"滚。"

"什么?"

"很简单,"她一把扯下订婚戒指和结婚戒指,扔向房间的另一头,"现在我们不再是夫妻了,滚去你女朋友那里吧。"

"我不是——"

突然间,卡特的内心暴躁无比,充满对丹的仇恨。她再也不想看到他,再也无法忍受他那忧虑的表情、伸出的手,还有他满嘴的屁话。

"滚,现在就给我滚!"

她尖叫的声音比自己想象中的大得多,重重地击打在他的胸膛上。

"滚出去!"

她也被自己的声音吓到了。那个冷酷无情的卡特正在她的意识边缘饶有兴致地观察这场表演。哇,现在的我一定很沮丧,一定很生气。看着我!

"卡特,你冷静点儿。别人可能会报警的。"他抓着她的手腕,她不停地扭动身体,挣扎着想要挣脱,像个神经病。

"滚!求你了,快滚!"

"好。"他说着松开了手,举手投降,"我不知道该去哪儿,但我现在就走。"

但卡特从他眼中看到了一丝宽慰。门砰的响了一声,他走了。

卡特一下子瘫坐在厨房的地板上。她抱着膝盖,前后摇晃,只觉得眼睛干涩。

卡特,你在干什么?为什么要这样前后摇晃?根本没人在看你,你要表演痛苦给谁看?

"闭嘴!"她对着空荡荡的厨房大喊一声。

她站了起来,穿好衣服开车去了酒吧。她就像一块燃烧的白热化长方体。

她坐在酒吧里,一杯接着一杯地喝着龙舌兰,想要让自己的大脑放空。

所以当晚她喝醉了也不足为奇,她一整天都没有进食,自从杰玛发现她怀孕那天起,她就再也没喝过酒了。

五杯龙舌兰下肚,果然奏效。

眼前的世界变得模糊且混乱,像某支胡乱剪辑的音乐录影带。

她和酒保讨论板球的得分,她把啤酒杯垫撕得粉碎。

她在厕所把自己流产的消息告诉了一个女孩。"天哪,"女孩一边噘着嘴涂口红,一边对着镜子里的她说,"真的太令人难过了。"

之后她离开了酒吧,去了停车场。她要去一个地方,一个重要的地方,她要修复这些事。

他不爱我了。

巨大的金属碾压声,她的头猛地向后一仰。

"她喝醉了,我们报警吧。"前方闪着红色和蓝绿色的灯光。

突然琳恩不可思议地出现在人群中,就像陌生人闯入了她的梦境,但实际上他们并不在那里。

卡特坐在警车后座,看着前面的人的后颈。这是一个男生,皮肤略微泛着潮红,头发修剪得笔直。另一个男生抓着她留有黑色墨迹的指尖,按在一个个白色信笺上。即使她是一个恶魔,她酒驾,还杀了一个孩子,但他仍然毕恭毕敬地握着自己的手。想到这里,卡特哭了起来。

接着她到了琳恩家。迈克尔在门口等她们,他温柔地搂着她的腰,搀扶她走上楼梯,走到客房。

"迈克尔,我爱你。"

"我也爱你,卡特。"他把她轻放到床上。

"不过我对你的肉体没什么感觉。"她伤心地摇了摇头。

"好吧,没关系。"

卡拉走了进来,贴心地在床头放了一杯水和阿司匹林。

她不知道她是否能想象得到琳恩睡前亲吻她额头的场景。谢天谢地,她终于不再去想了。

到了第二天下午,她——卡特——现在是一个绝情的女人。

琳恩和迈克尔把卡特送回了家。一路上,两人不时地向后转头,亲切地给后座的卡特各种建议,像是一对父母。卡特还处于宿醉状态中,整个人极度烦躁,同时还有一个很奇怪的想法,她怀疑琳恩和迈克尔就是想看她现在这样出洋相。

"鉴于你是初犯,最多扣押驾照一年,不算特别严重。"琳恩说。

为什么她要用"初犯"这种字眼?她是不是以为在演什么《法律与秩序》?

"别忘了,你们女生的驾驶记录都很惊人。"迈克尔打趣道。

这个书呆子。

公寓里空荡荡的,丹也没有打过电话。

卡特叫了一辆出租车去了维修中心,她的车被拖到了那里。到了维修中心,卡特看到自己的爱车停在丑陋的栅栏旁,车子一侧有一个明显被铲过的巨大凹痕,画面十分凄凉。她仿佛感受到车子的痛苦,身体不禁向后缩了一下。

"你需要一辆车暂时替代一下吗?"钣金工一边低头填表格,

一边问。

"需要。"她说。如果她被查到无证驾驶怎么办？丹不爱她了，一切重要的规则都已经被打破了。

钣金工的桌上放着一张婴儿的照片。"你的孩子？"卡特问。

"对啊！"他起身拿下一串钥匙。

"我也有个差不多大的儿子。"卡特说。

"是吗？"

"刚在学走路，"她边说边离开办公室，"我的小男孩。"

"什么？"

他把她带到一辆小卡车旁边，车子看起来很猛，背面还印着广告："萨姆修车，您来损，我来修。"

"不知道您介不介意这个广告。"他说。

"不会，口号很棒。"毕竟当妈的人都很善良，不会吝啬自己的赞美。

他的表情开始逐渐开心起来。"你喜欢这个口号？这是我自己想的，比较直接。"

"确实。"

她驾缓缓驶出车道，笑着朝他摆了摆手。毕竟是小男孩的母亲，开大车还是会有些紧张。

但是当车子驶入高速公路后，她用力踩着油门，内心邪恶的触角正在蔓延、繁殖。

这就是她，一个即将面临法庭审判的女人。

一个嘴巴干涩、酒气熏天、家里一个人都没有的女人。

一个看到远处有警车就立刻转到下一条巷子的女人。

她决定和丹分居。

分居。

她一遍遍地在脑中练习：

"丹呢？"

"我们分居了。"

"我和丈夫分居了。"分——居。

一个悲伤的字眼。

流产后的第七天，丹从房子里搬走的第二天，她回去上班了。

这是她人生中第一次独居，房子里仿佛永远住进了一位沉默的观察者卡特，她注视着自己所做的一切，仿佛每一个动作都举足轻重。

我醒了。这件新的黄色向日葵图案的被套是杰玛送给我的，丹没见过。我的手指正追寻着每一片花瓣。

现在我在吃涂了咸味酱的杂粮吐司。一个单身独居职业女性，准备在办公室度过又一个漫长的一天。

"早啊！"助理巴布头顶在隔间门上，"还好吗？你看起来状态太差了。"

在卡特听来，最后一句是巴布至今为止说得最真心的一句话。卡特很久以前就接受了这一点，虽然巴布表现得非常活泼，但实际上她非常鄙视自己。不过无所谓，至少她是一位出色的秘书。

"你确定你现在的状态没问题吗？"

公司没人知道她怀孕的事。

"只是比较严重的流感。"

卡特抬起头，发现巴布的眼神停留在她没有戴戒指的左手上。

"好吧，放轻松，我给你倒杯咖啡？"

巴布做她秘书有两年了,这是她第一次提出为自己倒咖啡。她的确做得太过了。

卡特颤抖着吸了一口气。如果巴布开始对她好,她会崩溃的。

"不用了,谢谢。"她回答简短。

一天晚上,弗兰克和玛克辛出现在公寓门口,两人手里还捧着一些奇怪的东西。

有维生素片、用特百惠盒子装着的冻过的炖菜、一株盆栽,还有一个电炒锅。

"给我炒锅干什么?"卡特问。

"是我用的,"弗兰克说,"我想试试东方人的东西,但是还没用过。"

"我和他说了你这里有瓦斯炉。"玛克辛的语气有些不耐烦。不过当卡特走过去把东西放进冰箱的时候,她看到玛克辛轻拍了一下弗兰克的腰。

"啊?你们居然没带圆面包?"卡特很惊讶。

玛克辛拿出一个白色纸袋。"对啊。弗兰克,你怎么站在那里不动,把水壶放上去。"

卡特静静地看着他们表演,两人熟练得仿佛他们从来就是如此相处。

"你们现在关系怎么样了?"

"那还用说?你妈妈永远都是我的女人。"弗兰克说。

"我要起鸡皮疙瘩了,"卡特说,"爸爸,你们彼此已经五年没说过一句话了。"

弗兰克对她眨了眨眼睛:"我可一直在远处偷偷地爱慕着她。"

"我的天,闭嘴!"玛克辛说道。

"你们两个人,"卡特伸手拿了一个圆面包,"有点儿奇怪。"

"奇怪?"弗兰克说。

两人都对她露出了微笑,仿佛对自己古怪的行为感到很欣慰。

有些时候,她觉得自己可以挺过来;有些时候,她发现生活就好像一个自己迫不及待地想要离开的派对。如果她能活到八十岁,那也快走到一半了。死亡是当你在忍受闲聊和不合脚的鞋子时给自己冲的热水澡,死后你再也不用假装开心了。

某个工作日,卡特的办公室门外传来一阵骚动,她抬起头,只见门外一群女人激动个不停,还有个男人在害羞地笑。

有人喊道:"卡特,快来看!利亚姆的宝宝!"

卡特小心翼翼地露出开心的笑容,走出门加入他们。她喜欢利亚姆,这是他的第一个孩子,十一月出生的小女孩。利亚姆值得她假装开心一下。

"利亚姆,她可真漂亮。"她不禁说道。接着,她仔细地看了看孩子,像只小考拉一样依偎在利亚姆胸前,她脱口而出,"能让我抱抱吗?"还没等利亚姆回答,她就把孩子从他怀里抱了过来,这是一种压倒一切的生理欲望。

"看来有人也想要宝宝了!"女人们喊道。

婴儿温暖的身体依偎在她身上,她感到一阵剧烈的疼痛。婴儿若有所思地抬头看着卡特,突然笑了起来——露出了灿烂的笑容和两排可爱的牙龈,众人瞬间疯狂起来。

"啊!小淘气!"

婴儿好像被周围的声音吓坏了,开始呜咽起来。利亚姆的妻子个子不高,她的一举一动都十分优雅,充满女人味,卡特觉得自己站在她身旁活像个巨人。她开口道:"宝贝,是不是要妈妈了呀?"

她亲切又充满权威地举起双臂,卡特把孩子还了回去。

在他们去了另一个部门后,卡特坐在单调的电脑屏幕前,感觉自己的权利被剥夺了。

巴布走进来,手里拿着一堆文件放进她的文件盒。"宝宝真可爱,"她评价道,"可惜就是耳朵太像妈妈了。"说着把两只手在头两侧扇了扇。

卡特笑了。她越来越喜欢巴布了。

"又到我们的'健康美容周'了。"某天,琳恩一边说,一边拿出卡特圣诞节时送给她和杰玛的卡片。

那张纸对卡特来说有些特殊。这是她过去生活中令人愉快的遗物,就像人们来到被大火摧毁的房屋,从灰烬中发现了那些奇迹般完好无损的东西。甚至她的笔迹看起来也不一样了:毫无防备,充满自信。"那个周末你可以和其他男生们来一场旅行。"她记得自己一边在墙上的日历上写下这个日期,一边这样对丹说,她从没想过,到了一月,一切都不同了。

"你和杰玛去吧,"卡特说,"我应该不去了。"

"这位女士,我想你会去的。如果你不去的话,我们也不去了。"算了,还是不和她们争了。当天,琳恩的车停在车道上接她,副驾驶座上坐着杰玛,头上戴着玛蒂的公主头冠,见到这样的场景,卡特的内心闪烁着微弱的幸福光芒。

"记得上次考试后我们一起去海边吗?"杰玛转过身对她说,"我们都把头伸出窗外,还大声尖叫,而且你当时还在开车!我们重现一次当时的场景如何?"

"算了吧。"尽管她确实记得当时的感觉有多好,空气疯狂地钻进她的肺里。

"要不要戴玛蒂的王冠?"

"算了。"

"那玩个游戏?我播放一首歌的开头,然后你来猜歌名,猜中有奖。"

"行。"

她们沿着蜿蜒的山路驶向卡通巴,空气变得更凉爽了一些,车上老旧的混合磁带播放着歌曲。第一首歌开始播放后,琳恩和卡特同时喊出了歌曲的名字,杰玛给两人颁发了奖品——棒棒糖。

"我猜这次是平局。"她说。还没等她按下暂停键,卡特和琳恩就喊道:"《维纳斯》!"自从她们十八岁,"香蕉女郎"的《维纳斯》对她们而言就是"天哪!我太爱这首歌了"的程度。她们经常在床上跟着歌曲的旋律跳舞,动作可以说十分夸张,但每次母亲都会进房间打断她们。一进入景区,她们就闻到一阵浓郁的香味,卡特的鼻子开始抽动;琳恩一把甩掉包,说道:"天哪!"杰玛说道:"这是什么?"接着三人就开始不停地打喷嚏、打喷嚏、打喷嚏。

几个女人正经过前台,她们穿着蓬松的白色长袍,头发还湿漉漉的,她们停下脚步,盯着眼前有趣的景象:三个身材高挑的女人正一个接一个地打喷嚏。欢乐的泪水从杰玛脸上滑落,琳恩给两人递过纸巾,卡特走向前台,一边打喷嚏,一边说:"把钱要回来。"

这个周末最终成了一场冒险,是她们为人称道的故事。不久后她们欣喜地发现了一栋房子,每个房间里都有一张带有四根柱子的古典式的床,此外,浴室也是真的棒!浴室里有一个巨大的温泉浴池,浴池紧挨着一扇巨大的窗户,向窗外望去,可以看到山谷在脚下神奇地旋转。所以当你坐在浴缸里,那种感觉就如同坐在魔毯上在天空中飞翔。"这句话是我们的一位客人在留言簿上写的。"女主人骄傲地说道。

杰玛强烈要求趁天黑之前,她们三人现在就立刻跳到一个浴池里,不要辜负眼前的景色。

"这种感觉好像又回到了子宫里一样,我们三个人又在一起了!"她们背靠着池边坐在浴池里,三双腿交叉在一起,手里拿着酒杯,"简直一模一样,除了当时没有白苏维浓葡萄酒,也没有这些泡沫。"

"在子宫里你是没有记忆的。"琳恩说。

"我有!"杰玛得意地说道,"那时我们整天飘来飘去,玩得可开心了。"

"当时妈妈可能以为我们是在打架。"卡特说,"她不知道在哪里看到过一种说法,说双胞胎会在子宫里互相捶对方。"

"不会吧,"杰玛说,"我不记得我们当时打架了。"

琳恩睁大眼睛看着卡特,拨开了颈部的头发。杰玛捏住鼻子,身体缓慢地下滑,直到头部消失在哗哗冒泡的水里。

卡特闭上了眼睛,感受到自己的腿和姐妹们的腿贴在一起,有一种熟悉的孩子般的舒适感。

其实回到出生之前的那个环境也挺好的,卡特想,除了偶尔翻跟头之外没有什么迫切要做的事情,也没有想法,只能感受到有趣的光线和声音。当然也不会感到孤独,因为还有另外两个"你",它们就在那里,在你身边,哪里也不会去。

第十八章

在走过的三十多年的光阴里,卡特从来都没有失眠过,而现在,她正在与严重的失眠作斗争。每晚她都会紧闭双眼躺在床上,小心翼翼地摆出睡觉的姿势,她感觉自己就像个骗子,但还是没能骗过身体,入睡的过程开始变得十分神秘。

最后她就放弃了,打开灯,看几个小时书,一直看到凌晨三四点。书一直都没有合上,前一秒她还在读一个句子,下一秒警报就不停地响,她昏昏沉沉地睁开眼睛,手里的书还打开着,微弱的灯光在清晨的阳光下显得平淡无味。

一天晚上,她靠坐在床边,一页页翻着手中的小说,但一个字都没有看进去。

她在想,在她和丹在一起的这十年里,他们是如何共同经历周遭发生的这一切的。

他们一起在烧烤酒吧里烤牛排的那天,无意中听到有人问戴安娜王妃是否真的去世了。

澳大利亚女子沙滩排球队赢得奥运会冠军的那天,他们在邦迪海滩体育馆,跟着疯狂的人群一同呐喊:"澳大利亚!澳大利亚!澳大利亚!噢!噢!噢!"

那天周二晚上,丹在看新闻,她在刷牙,她听到他骂了一句,然后大喊:"快过来看!"她连忙走去客厅,嘴里还叼着牙刷,那是她第一次看着飞机如此无情、冷血地划过天际线。那天他们一直坐到黎明,一遍又一遍地回看双子塔倒塌的情景。

还有些私人的事情，那天他们在拍卖现场买房。"成交！"拍卖师话音刚落，两人从座位上一跃而起，高兴地挥舞着拳头。

一起浮潜那天，他们第一次看到了"海龙"，那是神话里描写的一种脆弱的生物。他们的欧洲之旅，以及他们的婚礼、蜜月、在尼泊尔徒步……

还有上百万件更细碎的事情。没送到的比萨；他们在看图猜词游戏上完胜了琳恩和迈克尔；他们第一次使用面包机做面包，结果面包太硬了，他们就把面包当成足球在厨房里踢来踢去；住在隔壁的那个瘾君子每次在垃圾箱附近遇见丹的时候，都会莫名其妙地说一句"太棒了！巴尼"！这个人和她共享了如此多的生活，她有什么理由离开他呢？

六个月前，他们在南部高地的一家民宿过周末，那天正巧下雨，他们玩了一个愚蠢的"脱衣拼字"游戏，她笑得肚子都痛了。现在回想起来，那时的他是不是已经处于所谓"琐碎的怀疑"阶段了？

每当卡特移开目光，他脸上的笑容就消失了，表情变得迷茫，就像电影中的角色想让观众明白自己真正在想的是什么。

她砰的一声把书合上，目光转向身旁空出的一块空间。现在的他是否正在安杰拉身边安然入睡？他们做爱了吗？两人尝试了不同的姿势？他会不会抱怨她的头发挠得他的鼻子发痒？她那头黑色的长发真是可爱。

天哪，这种痛简直令人无法忍受，没人会想到她竟然忍受了这一切。

她下床在房子里转悠，把路过的灯都打开。她站在花洒下，脸面对着水。她打开电视机，在两个频道之间断断续续地切换。她打开冰箱门，站在前面，茫然地盯着里面的东西。她花了四十五分钟熨完了一篮衣服。

早上五点,她穿好衣服准备去上班。

她坐在休息室里,只觉得眼睛干涩,火辣辣地疼。她双手交叉放在大腿上,挺着背,像正在等待面试的候选人。

丹本来住在肖恩那里,直到后来他自己租了一套公寓。当然,他也不是每晚都住在那里,有几天他应该会和女朋友待在一起。

女朋友。相较于妻子,女朋友听起来更年轻、性感,也更漂亮。

卡特已经有十三天没见过他了,也没跟他说话。整整十三天,她都不知道他上班穿什么衣服,晚饭吃什么,谁会惹他生气,电视上播放了什么节目会让他发笑。而对他生活的一无所知的程度只会不断加剧,把他们彼此推得更远,在他们之间形成一个冰冷而空虚的隔阂。

她果断起身,去找备用车的钥匙。她需要知道丹昨晚住在哪里,如果他住在肖恩那儿,那这一天还能熬过去,如果昨晚他和安杰拉在一起,好吧,至少她也能知道。

外面的感觉真好。开着皮卡让她觉得自己坚强又能干。大街上空无一人,街灯依旧亮着。

肖恩的家位于莱卡特,卡特开着车在肖恩住处狭窄的街道上来来回回地打转,满怀希望地看着每一辆停着的车。最后她的心情归于一种病态的平静,她放弃了。所以昨晚他是在她那儿。此刻,他正和她待在一起,在一间卡特从没见过的卧室里。

当卡特拐进安杰拉住的那条街时,天已经亮了。

她还记得第一次开车去那里的场景,内心有一种属于正义一方的痛。回想起来,她似乎一直沉浸在痛苦中,知道他们的婚姻是上天的恩赐,丹的爱也是。

她看到丹的车停在安杰拉住所的街区外,就像个充满自信的常客,感觉本来就属于这里。

然后她看到了停在丹的车前面的一辆,那是一辆蓝色的大众。她想起圣诞节那天查理的话:"安杰拉的那辆大众今天早上坏了。"

她从车窗往里望,副驾驶座上放着一件丹的蓝色长袖上衣。她好像有一种能力,可以无限次地受到伤害。不知怎的,这件衬衫所暗示的那种随意的亲密感比其他一切都要更伤人。

"安,你看见我的衬衫了吗?"

"蓝色的那件?应该是落在车上了。"

丹在和安杰拉说这些话的时候,会有一刻想到卡特吗?当然不会,他的脑海中已经没有卡特这个人了,她只是一个需要解决的问题,一个需要忘掉的回忆罢了。

她只是前妻,前妻都是一些怀恨在心的女人,表情痛苦,脸上满是皱纹。那行吧,她会尽力表演得像一些。

萨姆的破车里放着一把瑞士军刀,每次车子转弯的时候,它就会在中控台上来回地滑动。卡特把它从车里拿了出来,然后打开,清晨的阳光照在刀刃上。

这是一个美丽的星期五的早晨,知了在哼唱着夏日的誓言。这是一个专为一对新人打造的周末。

明天是星期六,她将独自醒来。

她蹲在安杰拉的车旁,将刀尖扎进了轮胎的黑色橡胶。

她脑中有一样东西打开了,这让她一下子陷入了盲目的愤怒。

她恨丹,恨安杰拉,也恨自己。

她恨轮胎居然还在抵抗,真的,没有一件事顺心!"去你妈的!"她使出吃奶的劲儿一阵狂划,直到确认轮胎被划断,她才满意地寻找下一个目标。

在破坏完安杰拉车子的所有轮胎之后,她又转向丹的车胎,有了之前的练习,这次她的刀法熟练,"刀刀致命"。这一刀是为了她的孩子,孩子也被背叛了。孩子连出生的机会都没有,这一切都是某人的错,她要杀了他们!

"喂!"

突如其来的声音吓了她一跳。

她抬起头,丹和安杰拉正从单元楼的玻璃门里走出来。

走近后,丹认出了她,脸色一瞬间变了:"卡特?"

她站了起来,手里还紧攥着那把刀。

她能感受到胸部的强烈起伏,脸很烫,渗出了滴滴汗珠。这是极度耻辱的时刻。

她能清楚地看到他们脸上的表情:恐惧、怜悯,还有一丝厌恶。

最糟糕的是,这是他们一同经历的事,也会成为他们日后谈论的素材。这将会成为他们故事集的第一章:"丹的疯子前妻划破了我们的轮胎。"

卡特什么也没说。她转过身,爬上皮卡的驾驶座,头也不回地开走了。

方向盘上的双手又黑又脏。

我这是怎么了?

她回到家清洗了一番。她在九点有个会议。

午餐时间,杰玛来了。

她坐在卡特的办公室里,脸上的表情一如既往的迷茫,她每次来都是如此,就像她到了另一个国家,而不是一个普通的日常办公场所。在卡特看来，这种表情既迷人，又令人恼火。

她说："我没时间出去吃午饭。"

"噢，没事，我不饿。"杰玛看完卡特文件盒里的备忘录，抬起头说，"天哪，你这里太严肃了。"

"是的，特别严肃。我们是卖巧克力的。"

杰玛在备忘录上写着。"你今天上班前是不是碰巧扎破了几个轮胎？"

卡特一惊。她刚刚结束了一场会议，会上她做了一个非常专业的报告，和今天早上那个持刀的疯子完全不是一个人。

"你是怎么知道的？"噢，是她哥哥说的。

"你真的做了！这下你满意了？"

"不太满意。"卡特刮掉了她指甲上的一块黑边，"你来就是为了说这个？"

"他们在考虑申请对你的限制令。"

卡特抬起头，觉得脖子开始发烫。"限制令？"

"我知道！你现在很兴奋，就好像他们害怕你一样！但我还是要提醒你，你下周要上法庭了，检察官可能会提到这一点。当然，你的律师会反对，法官会说，'反对有效，陪审团不予理会！'然后陪审团会表现出思考的样子，你的律师会说，'法官大人，这是对我方立场的蔑视！我方委托人……'"

"闭嘴！这不是那种案子！"

"我知道，我只是开个玩笑。"

"不好笑。"

"对不起，真的。我只是想告诉你，啊，我觉得你不应该再靠近他们了。"

"谢谢，说完了吗？我要工作了。"

"说完了。"杰玛站了起来，"对了，我已经和他分手了。"

"和查理。"卡特木讷地说了一句。她正在想早上自己拿刀的样子，"你没必要这样做。"

"这和你无关。"

"噢。"

"我差点儿忘了！"杰玛拿起包，在里面摸索着什么，"我给你带了件礼物。"

她从包里掏出一把柄上系着缎带的泡沫锤子。

"这个可以缓解压力。"她重重地把锤子敲在卡特的桌子边上，发出了玻璃破碎的声音，"每次你想到丹生气的时候，就可以用它发泄一下。"

卡特发出了介于大笑和呜咽之间的声音。"我要是今天早上收到这个就好了。"

"你甚至可以用它来打人，看好了！"杰玛用锤子敲了一下自己的胳膊，"一点儿都不疼！你要不要把我当成丹，试着打一下？"

"没事。"

"或者当成安杰拉？"

"卡特，能打扰一下吗？"格雷厄姆·赫林达勒把头探进来。

这时杰玛正疯狂地用锤子敲自己的额头，边敲边喊道："安杰拉，看招！"

格雷厄姆看呆了。"啊，不好意思，我稍后再过来！"

杰玛揉了揉额头："我错了，这确实有点儿疼。"

发件人：琳恩

收件人：卡特

主题：晚餐

嘿，最近怎么样？今晚一起吃晚餐？

另，今天早上的事杰玛和我说了。她说丹看到你开着皮卡走了？你现在没有驾照，你想想后果是什么，你疯了？

爱你

琳恩

发件人：卡特

收件人：琳恩

主题：晚餐

谢谢，晚上我来不了。我刚刚答应总经理要去参加一场无聊透顶的商务活动。

另，没错，我是疯了。可能还不正常。

周六一早，卡特就感到头痛欲裂，口干舌燥，舌头上像是长满了毛。

她为什么一直这样对待自己？

她静静地躺着，指尖抵着太阳穴，双眼紧闭，努力回忆昨晚发生的一切。

"你好。"

她的眼睛猛地睁开了。

天哪，这不是真的。

总经理格雷厄姆·赫林达勒依偎在她身旁，他宛如豌豆一样的光头躺在枕头上，枕头如同张开的翅膀。

她勉强控制住了自己的尖叫。

"感觉怎么样?"她惊恐地看着他,只见他的身体扭了一下,床单滑落,露出了相当漂亮的赤裸胸膛。格雷厄姆·赫林达勒,裸体,在她的卧室里。她从没见过他不系领带的样子!他完全脱轨了。

她闭上了眼睛。

"啊,不太好。"她嘟囔了一句。

昨晚那些肮脏的细节又回到她的脑海里。她和他一起去参加糖果制造商协会的年会,他们忍受了极其无聊的演讲,之后他提议去喝一杯。在喝完第二杯后,她告诉他自己被甩了,喝完第三杯后,她惊讶地发现原来格雷厄姆如此优秀,又如此英俊。第四杯酒下肚,她便暗示他们打车回她家,并享受了一夜激情——仿佛她就是《欲望都市》里那个淫荡的女人。

卡特,你这个蠢货,真的愚蠢至极,她有必要永久戒酒了。

"要我给你倒杯茶吗?"格雷厄姆问道。现在她腿上放着的是他的手吗?或者,肯定不可能是别的什么东西?

"不用了,谢谢。"

她抑制住内心涌出的歇斯底里,睁开眼睛确认自己的状态。她的衬衫扣子还很整齐,但裙子却不见了。内衣似乎完好无损。

"没事,我们只是犯了点儿傻。"他的语气慈祥而亲切。

呸,呸,呸!她记得这一切。她亲了他!而且更糟糕的是,她热情地吻了他!

她和格雷厄姆进行了一次笨拙而沉重的爱抚疗程。

赫林达勒,偏偏是你!她得买一张新床了。

真恶心。真耻辱。

她看了看她的老板,他躺在原先丹的位置,双手舒服地交叉在脑后。她觉得很难受。

她的生活还能变得多糟？她感到嘴里一阵恶心。肮脏的灰色、肮脏的痛苦笼罩着她。

"我以为你结婚了。"她冷声说道。

他笑了："噢，没关系。我是多重。"

"你是什么？"他是不是想说，他其实是一个困在男人身体里的女人？

"多重，多重多元恋，意思是'许多的爱'。如果你是多重多元恋，你相信可以与不止一个人保持忠诚的恋爱关系。我妻子和我都是多重。"

"所以，你们会交换伴侣？"卡特蹑手蹑脚地挪向床的另一边，越挪越远。感谢上天，他们没有体液交换。

"哈！大家都那么认为！"格雷厄姆热情地坐起来，一根手指举向空中。她希望他对她的营销计划也能表现出这么大的热情。"其实不然！交换伴侣只是为了性，多重多元恋是与不止一个人分享你的爱。它有爱情！"

"你这是爱情？"

"不，卡特里奥娜，还没到这个程度。我的妻子永远是我的首席伴侣，不过如果你愿意和我保持多重关系，做我的第二位伴侣，我很荣幸。"

卡特盯着他。

"我一直觉得我们之间有真正的化学反应。"

她听得目瞪口呆。"真的吗？"

"真的。"格雷厄姆满脸堆笑，"我可以在星期三把一切都托付给你。星期三只属于我们俩。"

情况开始变得离奇。

"格雷厄姆。昨晚——太棒了。但我不认为我是你口中那种'多重'的人。我还是习惯一夫一妻制,问问我丈夫就知道了,我的前夫。"

"噢,一夫一妻制。"格雷厄姆看起来有点儿厌恶这个词,"多重恋要丰富得多,我可以给你一个网址。"

"而且我不喜欢星期三。"这个时候如果笑出来的话,会是一个大错误。

"噢!我可以看一下我的日程安排!"

"格雷厄姆,我能请你帮个忙吗?"

"当然可以。"他期待地看着她。

"你现在可以走了吗?"

舞池里的维纳斯

我的天！《维纳斯》！我真的讨厌这首歌！放过我吧！

这让我想起那次我去城里的一家夜总会，我和朋友们在那里一起看这三个女孩跳舞。

她们跳得不赖，所以我也想试试，确实值得一试。所以我努力地跟上她们的步伐，但失败得很彻底，如果你做也是一样。其中一个女孩冲我笑了笑，当时我觉得自己和弗林一样迷人。然后这该死的歌就响了，我一下子成了透明人！她们立刻就投入进去，大笑着、尖叫着、跳着极其性感的舞蹈。她们的眼中只有彼此，根本没有你的容身之地，所以我只能像个白痴一样偷溜了回去。这么多年，我的朋友们总是会和我提起那件事，每次我走进酒吧，他们就会唱那首歌。

真的再也不想在舞池里泡妞了，这绝对是我一辈子的阴影，朋友，我没开玩笑。

第十九章

琳恩想，我没有做错任何事。她坐在电脑前，听着电脑拨号上网的声音，十分单调，仿佛从远处传来一般。

她并没有伤害迈克尔，不过，可能也只有迈克尔会这么想。她很清楚他会受伤，如果情况反过来，受伤的人就会是她。

但这没什么，这根本不算什么。

关于前男友乔的事情她也并没有对迈克尔隐瞒，这不是问题所在。乔给她发了一封电子邮件，名为"来自过去的爆料"。她甚至还打印了一份，有些害羞地递给迈克尔。迈克尔的回答也很霸气。

"嗯，'我们在西班牙的美好回忆。'这位兄弟最好小心点儿！"

乔在她梦里的性感表现也不是问题。毕竟在通常情况下，她的梦里也会出现迈克尔，他负责带着善意的眼光在一旁观看。其中一个梦里，当乔在冰箱前对她做一些有趣的事情时，一旁的迈克尔正兴奋地拖着地，同时还不忘说一句："把脚抬一下。"

大家都知道有性幻想对象再正常不过了，它很健康，甚至很有必要！

迈克尔的性幻想对象很可能就是第十频道的桑德拉·萨利，琳恩在看晚间新闻的时候经常会看到他在电视机前亲切地微笑。

所以性幻想不是问题。实际上，最近他们的性生活有所改善，为什么这不能归功于乔和桑德拉呢？

问题也不在于她和乔的邮件往来过于频繁。乔有一个幸福的婚姻，在邮件里，他相当详细地描述了妻子和两个儿子的无聊日常生活,甚至说到了他要来悉尼出差。

而背叛是这样产生的:

就在刚刚,她给乔写了一封邮件,讲述了她自己的"小问题",她在停车场遭遇的那个私密的小问题。

自那天和玛蒂在一起时发生了那样的情况以来,后来又发生过两次相似的情况。一次是在市里的地下停车场,当时她开会快迟到了,另一次是她去杂货店买东西的时候。这两次的情况同样可怕,每一次她都确信:这一次,我真的要死了。

而现在好笑的是,她尽量避免进停车场,还要假装自己更喜欢推着婴儿车、拿着笔记本电脑多走两个街区。经过停车场的时候,她甚至发现自己的眼睛会不由自主地看向别处。"哇,那边是什么广告牌,看起来很有意思!"她会这样想,然后迅速地转过头,好像在那个理智的自己身上蒙上了一层阴影。

伦纳德奶奶是玛克辛的母亲,在琳恩的记忆里,她总是那么纤细、脆弱,还有些精神紧张,或者用弗兰克巧妙的形容——"疯了"。每次去商场,她就会开始气喘吁吁、头晕目眩,所以年纪越大,她就越少出门。每当大家谈论起伦纳德奶奶,没有人会提到"广场恐惧症"这个词,对她的印象只是一个总是待在家里的、沉默的、笨拙的老人。"她说她不来喝下午茶了,"玛克辛会简洁地说道,"胃病犯了。"

琳恩计算过,到奶奶去世时,她已经两年没有出过家门了。

而精神病是会遗传的。会不会在她们出生时,那个写着"发疯"二字的标签正好落在了琳恩的头上?她就是那个被"恶毒教母"诅咒的人——疯子就是她!

所以,她现在需要做的事是预防!

也正是因为这个缘故,在身边的所有人中,她选择了自己几乎不怎么了解的前男友来分享自己的这个小毛病。这显然合情合理。

首先,乔是美国人,美国人本身就对这些事的态度比较开放,他们喜欢聊一些非常尴尬的事情,也对那些奇奇怪怪的恐惧症更感兴趣!你看,澳大利亚就没有奥普拉这样的主持人。

其次,乔是个出版人,他出版了一些关于自我疗愈和自我发展的书籍,琳恩生活中的大部分人觉得难为情的话,也可以从他的嘴里说出来,他还能提供相关的文章、事实依据、数据和说明。

最后,其实乔并不懂她,比如说,乔不知道她原本应该是个理智、冷静的人。

"你身上有一种特殊的平静。"迈克尔曾经对她说过,琳恩很珍视这句话,尤其是他的下一句,"所以你和你的疯子姐妹们不一样。"乔不知道的是,琳恩没有权利感到焦虑,因为大家都知道她的生活幸福美满,卡特的生活却支离破碎,杰玛也没有能力创造美好的生活。

所以,她选择了乔,他在世界的另一端,听完不会大笑,也不会嘲笑她,更不会失望地说:"琳恩,这可不像你!"多完美的人选。

你不会碰巧出版了一本关于汽车恐惧症的书吧?在她写给乔的邮件中,琳恩试图让自己的语气听起来像在自嘲,不会表露出惊慌和古怪。

她把手肘支在桌上,手托着头,看着那条"发送"的蓝色小条纹从电脑屏幕上快速掠过。

"琳恩,你看到我手机了吗?"迈克尔喊道。

她拿起桌上的电话,按下了迈克尔的号码。

"别担心,亲爱的!"一阵脚步声传来,"我听到铃声了!"

玛蒂两岁生日的前一晚，玛克辛帮琳恩一起做了一个巨大的天线宝宝图案的蛋糕，她边做边说："说实话，这些小玩意儿让我感觉很不舒服。"

"杰玛说她看了玛蒂最新的视频后做了噩梦。"琳恩笑着拿起一根甘草棒，把它压在亮黄色的糖霜上，"梦里她被几个很凶的天线宝宝袭击了。"

"这孩子尽说些怪话。"玛克辛看着食谱上五颜六色的照片，烦躁地皱起了眉。

"你口中的孩子今年已经三十三岁了。"

"哼。"

琳恩打开了一包巧克力豆，看着她的母亲。她身体前倾，一缕红色的头发从耳后露了出来。

那晚，弗兰克和玛克辛春风拂面地走进屋，两人笑得脸上红扑扑的。"能看出来他们最近发展得如何？"迈克尔低声说道。

"妈妈，你在留长头发？"琳恩突然有些怀疑地问。

玛克辛把头发撩到耳后："刚开始留。"

"因为爸爸？"

"怎么可能。"

哦，那就对了，爸爸想要一个六十多岁的长发宝贝。

琳恩换了个话题。"你知道卡特明天不来吧？她已经好几个星期没见玛蒂了，也可能有几个月了。我理解，但——"

"但你不理解。"

"我当然不理解！这是她亲外甥女的生日，我告诉她了，玛蒂一直在找她！"

282

她真的无法理解,当门铃响起,看到玛蒂满怀希望地抬起头,说道:"是我的卡特来了吗?"她的心都要碎了。

"短短几周就接连发生了流产和婚姻破裂,这对她来说真的很难。她很喜欢玛蒂,你知道的。"

"我明白。"琳恩烦躁地挠了挠脖子,不知道自己是不是得了流感,只觉得全身好像被砂纸磨过一样。

"卡特好像觉得她再也生不了孩子了,"玛克辛说,"如果看到玛蒂,她可能又会伤心了。"

"她有点儿小题大做了,"琳恩说,"她还年轻,还可以认识新的人,还会有孩子的。她现在想怎么样,一辈子都躲着玛蒂?"

玛克辛挑了挑眉。"琳恩,现在应该给她一些空间。"

琳恩在天线宝宝的头上撒了些巧克力豆,心想,我这辈子都在给她空间。只是因为你突然就变成了多丽丝·戴①。

她不知道,如果把自己正在备孕的事情告诉母亲,她是否会同意。迈克尔告诉她,卡特流产已经过去了三个月,他们等的时间已经够长了。她同意了,但内心还是充满了矛盾。除了对卡特感到内疚之外,她还时不时地怀疑自己是否真的想再要一个孩子。她的生活已经超负荷了,再来一个孩子能应付得了吗?

接着,她的脑海中出现了一张皱皱的、充满智慧的笑脸,小巧的指甲,还有婴儿的清新气味。她还记得乳头皲裂、凌晨三点睡眼惺忪地起来喂奶,还有婴儿那震耳欲聋的哭声。婴儿就在那吸奶、

---

① 多丽丝·戴(1922-2019)美国著名女歌手、女演员。

283

换一边吸,然后打嗝,真不知道有什么好哭的。

嗯,这对迈克尔来说可太简单了!

玛克辛说:"杰玛和卡特可能要搬到一起住。"

琳恩猛地抬起头。"这也太蠢了,她们不杀了对方都是好事。"

"我也是这么认为。但是卡特想自己把房子买下来,杰玛可以帮她一起还贷款。至少这比什么照看房子的蠢活要长久得多。"

"她喜欢照看房子。"琳恩说,尽管她自己以前也说过和母亲同样的话,"杰玛没什么钱,我不明白她为什么要帮卡特还房贷。"

"也许每月付房租能逼着她做一份正式的工作,看在老天爷的分上,希望她能有一份自己的事业。"

琳恩发现自己非常喜欢杰玛这种放荡不羁的生活方式。"杰玛不想要什么事业!"

"杰玛不需要事业。"弗兰克走进厨房,手指在糖霜碗上蹭了蹭。他和迈克尔正在给玛蒂洗澡,他的短袖衬衫都湿透了。"她在网上做生意也赚了不少。"

"真的?"琳恩不相信。杰玛总想用稀奇古怪的故事来打动弗兰克。

"她说做这些事都是凭直觉的,就像是轮盘赌博。"

"荒谬!"琳恩和玛克辛异口同声道。

这时迈克尔出现在厨房,他看起来比弗兰克还要湿漉漉,连头发都是湿的。"你们两个人和她一起洗澡了?"琳恩问。

"她一直朝我们扔东西,"他解释道,"不过也值了,今天她心情不错。今晚我只需要听她给我读两遍《晚安小熊》就行了。"

最近玛蒂决定承担起读睡前故事的任务。她一边翻着书,一边咿呀学语,模仿着父母上下起伏的读书声,读到一半还偷偷地瞥了他们几眼，看他们是否喜欢这个故事。

"你是在说杰玛的股票？"迈克尔问，"根据她和我说的话，我觉得她拥有直觉是因为她对金融板块的知识很敏锐，也学习了很多相关内容。"

琳恩和父母难以置信地盯着他，这似乎更令人难以置信。

"杰玛只是在装傻而已。"迈克尔说。他看着那块蛋糕，接着胳膊贴紧着身体，双手叉开，摇摇晃晃地走来走去，一边走，一边用尖细的声音说道："好吃！"

"他到底在干什么？"玛克辛问道。

"在扮演天线宝宝。"琳恩说。

弗兰克从未见过天线宝宝，但他不想错过这次扮傻的机会，也开始以同样的方式走路，逗得玛克辛咯咯笑。

琳恩看着他们，恶狠狠地挠着她胳膊上某处看不见的东西，心想这些年来她的父母是不是只是假装仇恨对方而已。

"我真是个婊子。"琳恩在那天晚上说道，当时她的父母已经离开了，她和迈克尔正在收拾洗碗机，"我不能忍受我的父母这么开心，我也不想再为卡特难过了。"

"你是个可爱的婊子。"迈克尔说。他像说唱歌手一样伸出手指，挥舞着手臂唱道："哟，婊子。"

琳恩笑了笑，突然想起卡特和丹在一起跳舞的情景。他们模仿说唱动作时笑得前仰后合，但实际上他们模仿得很像，他们的身体很放松，唱得也很有节奏。

"其实我真的很为卡特感到难过，"琳恩说，在迈克尔把洗碗粉倒满之前，她把洗碗粉从他手里拿了下来，"有时候我会很想哭。"

"好吧，我觉得我要听不懂了。"

285

卡特开庭的那天,也是琳恩的同情心开始消散的那天。

那天,弗兰克、玛克辛、凯特尔奶奶、琳恩和杰玛都来到庭上支持,琳恩觉得,虽然不是很合适,但确实还挺有节日气氛的。

那晚的卡特可能会因车祸丧命,也可能会撞死人、酒驾杀人,老天啊!

弗兰克显得特别高兴,他蹦蹦跳跳地抱着卡特对她说,等她进了监狱,他会安排她越狱的。

"这次有机会从工作中脱身了吧,爸爸?"琳恩问道,"很好。"

很好。他错过了琳恩的大学毕业典礼和玛蒂的受洗仪式,只因为他不能请假,但是卡特的酒驾控告——好吧,这次比较特殊。

"这里人真多。"卡特的律师在法院外与他们一一握手时说。

"天气真好!"凯特尔奶奶笑嘻嘻地说。

"格温,他们是要处罚她,"玛克辛说,"不是给她颁奖。"

"玛克辛,我还没老!"奶奶厉声说道。她指着自己身上五颜六色的悉尼奥运会志愿者衬衫,说,"所以我才要穿这件衣服,就是要让法官看看,卡特的家庭是具有社会意识的!"她狡猾地看了律师一眼,说,"聪明吧,嗯?"

律师眨了眨眼,说:"确实。"

似乎是为了证明她的观点,这时,一个路人看到了熟悉的制服,对奶奶喊道:"太棒了,亲爱的!"并对她竖起了大拇指。奶奶亲切地对那人微笑,像王后一样向他挥了挥手。

实际上,奶奶的志愿者工作时长大约持续了五分钟,然后她就绊了一跤,扭伤了脚踝。接下来的两个星期里,她全程在电视机前观看了比赛,而到了志愿者们游行的时候,她的伤已经痊愈了,她昂首阔步地走过彩带雨,向欢呼的人群挥手致意。

"卡特真是个好孩子,"奶奶告诉律师,"虽然她确实喜欢偶尔喝点儿小酒。"

杰玛看着琳恩,像往常一样狂笑不止。

"她的两个姐妹都快烦死了。"奶奶说。

杰玛发出一种窒息的声音。

一旁的卡特什么也没说,她戴着墨镜,脸色苍白,看起来脾气很差,一点儿也没有后悔的样子。

凯特尔一家挤在法庭第一排的座位上,琳恩不知道自己是否应该警告他们不要鼓掌。弗兰克和玛克辛手牵着手,像两个去电影院看电影的小年轻。奶奶大声地抱怨座位不舒服,坐在琳恩旁边的杰玛来回地扭动着身体,打量着人群。

"你在干什么?"琳恩问道。

"看看这里有没有什么可爱的罪犯。"

"查理呢?"

"早结束了。"

"因为卡特?"

"不然呢?"

"好吧,还是有点儿可惜。"

杰玛转过身。"是你叫我和他分手的,在丹把东西搬出去那天。"

"我是说如果你和他没有结果的话!"

"好吧,我觉得也不会有什么结果。"她不屑地说。琳恩拿出自己的笔记本电脑,开始滚动日记条目。杰玛看了一下,皱起了鼻子。

"怎么了?"

"没什么。"

琳恩叹了口气。"这不是为了炫耀，它很实用的。"

"随便吧。"

他们不得不坐着看完六个乏味的案件庭审，然后才轮到卡特。这时，凯特尔一家开始坐立不安，一直窃窃私语。

地方法官本人看起来一本正经，也很无聊。她一边翻阅卡特的驾驶记录，一边紧紧地皱起了眉。"在过去的五年里，违反了十五次超速驾驶规定。"她说。

玛克辛意味深长地咳了一声。杰玛用手肘挤了挤琳恩，两人都低下了头，分担着卡特的愧疚。

当律师提交宣誓书，证明卡特由于流产和婚姻破裂而过度劳累时，地方法官的脸色仍然很平淡。

"我的当事人对她的行为感到很后悔，因为她一直承受着严重的、不同寻常的压力。"

"我们每个人都有压力。"法官不耐烦地说，不过她只判了卡特吊销执照六个月以及罚款一千元。

"这是最好的结果了。"下庭后，律师说道。

"六个月很快就过去的！""弗兰克表示赞同，"你可以坐琳恩和杰玛的车！"

琳恩咬了咬牙。"或者你可以假装你还有驾照，继续开车。"

所有人都把矛头指向了她。"琳恩，说什么傻话！"

"这不太行，"律师的语气中不带任何讽刺的意味，"风险太高了。"

琳恩哼了一声，抑制住了内心八卦的欲望，"问问她开的那辆卡车是怎么回事！"

"开个玩笑而已。"她说。

大家都走过去准备开车的时候,卡特把她拉到一边。"我已经把卡车还给了修理员,所以别他妈的假正经了。"

听到卡特轻蔑的语气,琳恩感觉自己的心跳在加快,就像在她的煤气炉上转动旋钮。这是我生理上的战斗或逃跑反应,她提醒自己。呼吸!卡特是唯一能让她这么生气的人,好像她们过去三十年来的每一次争吵都是一场没完没了的争论。在任何时候,或者在没有通知的情况下它可能会再次启动,把她们直接推入非理性的、失控的、充满谩骂的愤怒之中。

"你知道我今天来到这里有多难吗?"琳恩气愤地说。

"你是想来看我笑话的吧,现在让你失望了,因为你觉得没人把它当回事。"

卡特对她的第一个指控真是莫名其妙,再加上她说的第二点是事实,琳恩真想拿起自己的公文包狠狠地甩在她脸上。

"那天晚上我本来想帮你顶罪!我想把你救出来!"

卡特没在听。"我又不傻。你以为我不知道我可能会撞死人吗?我知道!我也思考了!"

"很好,"琳恩恶狠狠地说,"因为这就是事实。"

突然间,琳恩觉得自己的愤怒消失了,留下的只有悔恨。"那好吧,行。这个周末去跑步吗?从库吉去邦代海滩?"

"好啊!"卡特一时不知道说什么,她们为自己荒唐的言行相视一笑,"可以搭我一段吗?"

琳恩翻了个白眼。"当然可以。"

她们从未说过抱歉,一直如此。她们只是扔下了还装着子弹的武器,为下一次斗争做好了准备。

玛蒂生日当天，天气很好，空气清新，阳光明媚，抬头望着天空是一种享受，在克朗塔夫海滩举行生日野餐再合适不过了。

令人欣慰的是，玛蒂睡醒后，心情就如天气一样温暖，阳光灿烂，但琳恩的感冒却更严重了。她吃了阿司匹林，感觉头昏眼花，仿佛自己与世隔绝了。

他们正要出门时，电话响了。

"你的电话，琳恩！"迈克尔喊道。

她喊道："帮我接一下，带个话！我们得走了！"

几分钟后，他下楼来到厨房，把巨大的便携式冰箱搬到车上。

"谁打来的？"琳恩问道，她蹲下来给玛蒂系鞋带，玛蒂的手轻轻地放在她的头上。

"乔。"

她看着玛蒂鞋子上鲜红的鞋带，觉得自己好像背叛了他。

"他说什么了吗？"

"嗯，他说收到了邮件，知道你有恐惧症，他让你坚持住，因为你不是一个人。他也为你整理了很多有用的信息。"

琳恩帮玛蒂系好鞋带，站了起来，让她靠在自己屁股上。"好吧，你看，也没什么。"

"这没什么。"他变得很激动，跳上跳下，晃着便携式冰箱，"你在和某个该死的前男友倾诉你的问题，一个我从没见过的陌生男人正在告诉我关于我妻子的问题！"

琳恩把一只手放在他的手臂上，故意让自己的声音变得有些脆弱："我感冒了，我真的很难受。我们能在聚会结束后再谈吗？"

琳恩很清楚他下一步的动作，他一把将玛蒂抱起来，没有任何不满情绪地说："好。"

乔治娜，怪不得我把他偷走的时候你哭了。

她的头沉重地靠在座位上，膝盖上放着天线宝宝图案的生日蛋糕。琳恩感觉到眼睑下沉，怀疑自己是否能熬过这一天。

玛蒂坐在卡拉和另一个可爱的朋友吉娜中间，两条腿蹬来蹬去，和姐妹们喋喋不休。女孩们和玛蒂一起玩"小熊绕着花园转圈圈"的游戏，在玛蒂的手掌上画了一个圈，逗得她咯咯笑。她们打闹着挠玛蒂的肚子，玛蒂整个人都快融化了。

每当玛蒂笑的时候，车里的人都忍不住跟着一起笑了。

他们在斯比德路的一排红灯前停下了车，这时传来一阵尖锐的喇叭声。

迈克尔望着窗外，说："看看到底是谁。"

琳恩倾身看去，只见杰玛开着车，副驾驶座位上坐着卡特，两人正朝他们挥手。卡特摇下车窗，拿出一串五颜六色的气球。

看着两人因兴奋而疯狂说话的嘴巴，这一刻，琳恩平静地回想起之前的某一次，那是她第一次理解了某些事情，某些很悲伤，但又无法避免的事情。可她现在感觉头昏昏沉沉的，鼻子也有点儿塞，她什么也想不起来了。

绿灯亮起，杰玛的那辆车朝着闪耀着蓝绿色光芒的海港飞驰而去，五彩的气球欢快地飘在窗外。

一行人来到了克朗塔夫，杰玛和卡特拿出野餐用的东西，并开始把气球绑在树上。见到两人后，玛蒂开心得像发了疯，对着琳恩大叫："妈妈！看！卡特！杰玛！"

"这样可以吗？"卡特喊道。

琳恩挥了挥手表示认可，玛蒂摇摇晃晃地跑过草地，卡特将她一把抱起，开心地转圈。

卡拉和吉娜也下了车，她们手中没有拿任何东西，都径直走向卡特，并且从包里拿出了几张纸。她们和卡特一起低头看着报纸，两个女孩边笑边用手在纸上点了点，琳恩伸长了脖子张望，她多希望卡拉和自己在一起时也能如此轻松、自然。

"你觉得她们三个人在说什么？"她问迈克尔，顺手关上了后备箱。

"讨论家庭作业？"

"做梦吧你。"

生日野餐的过程中，琳恩接到了一个电话，是她在妈妈团里认识的朋友凯特，她特意打电话来告诉琳恩，自己的儿子杰克得了水痘，所以无法参加聚会。

"玛蒂可能也被传染了。"凯特说道，"罪魁祸首是尼科尔家的孩子，她应该是在朱莉的午餐会上传染给别人的。算了，得了一次之后就不会再得了，有些家长还办了'水痘派对'。"

"我给玛蒂打过疫苗了。"

"我知道，这些我都调查清楚了，只不过——"

身后突然响起孩子的叫喊声，琳恩知道自己躲过了一劫，不用接收电话那头像往常一样含蓄的批评，一想到那些她就头晕。

"琳恩，你没得过水痘。"玛克辛坐在折叠椅上，膝盖上放着一个纸盘，她抬起头，正小心地保持平衡，"杰玛和卡特是在和她们的父亲过圣诞节的时候被发现的。"

"她们的父亲拒绝被提醒。"弗兰克接话，"简直是噩梦。"

现在她的那段记忆回来了。那天杰玛和卡特坐在弗兰克的车上，他们准备开车前往水上滑道所在地度假。两人跪坐在车辆后座上，脸紧贴着后窗，对琳恩大喊着什么，但是她听不到。

那时还只有六岁的琳恩意识到,她们之间会经历完全不同的事情,这让她感到有些震惊,也有些难过,但也几乎在下一秒就接受了。这很合理,也很有意义,同时你对此也无能为力。

"我们在水上滑道可能传染了快一千个小朋友。"卡特说。

"他妈的。"琳恩说。她想起了朱莉的午餐会,想起了尼科尔家那个流着鼻涕的小女孩环抱着自己的膝盖。

大家都看着她。

"我可能得水痘了。"

杰玛拍了拍她的肩膀,充满母爱地说:"不不不,你只是有点儿感冒了。"

琳恩撸起袖子,看着手腕上被自己抓过的地方,有一个小小的红疮。"这个小疙瘩就是了。"

迈克尔把手里的面包卷扔到盘子里。

"但如果你怀孕了呢?会有危险吗?"

"怀孕?"卡特重复了一遍。她盘腿坐在野餐垫上,手里拿着一瓶啤酒,"你准备再要一个孩子?"

琳恩看着卡特和杰玛两人意味深长地交换了一下眼神,她闭上了眼睛。今天她还要气到多少人?

"玛蒂呢?"

没有人在意她的话。

"所以你怀孕了?"卡特问道。

"玛蒂去哪儿了?"

她跪在垫子上,拼命地四处张望,一瞬间,恐惧攥住了她的心。

"她和卡拉还有她的朋友在那儿。"玛克辛仔细地看了看琳恩,"宝贝,我觉得你的身体不太舒服,杰玛,摸一下她的额头。"

琳恩看到玛蒂就在几米之外的地方,坐在卡拉的腿上。

突然,她倒了下去,默默地看着周围的家人们。

杰玛用手捂住琳恩的额头,然后喊道:"她发烧了!"

"好,"迈克尔站了起来,"我们送你回家。"

"不用担心玛蒂。"玛克辛用命令的语气对她说。

杰玛补充道:"我们还要给她唱生日快乐歌。"

她还没意识到这是怎么一回事,迈克尔和弗兰克已经站在她的两侧,将她抬上了车。

"我又没瘫痪。"她表示抗议。

但她的腿确实在很奇怪地晃来晃去,感觉头在打转。现在她被人带走,远离了那些需要不断传递的盘子、需要点亮的蜡烛和卡特那张冰冷的脸,其实感觉还不错。

第二十章

第二天,琳恩醒了,她睁开眼,发现那些吓人的水痘已经侵蚀了自己的每一寸肌肤,它们蹲在头皮上,潜伏在阴毛中,蜷缩在上颚里。

"简直是个笑话。"她把睡衣撩起来,看着肚子上那几个恶心的水痘,好像故意在那儿动来动去,她竟然有些病态地盯着看,看得入迷,"这绝对不可以。"

她记得自己从没有这么难受过。

迈克尔请了假在家照顾她,玛蒂也被送到了玛克辛那里。

"我没事,"她有些可怜地对迈克尔说,"不要浪费你的假期。"

"你这辈子能不能听一次话,立马闭嘴,让我照顾你!我已经和医生咨询过妊娠并发症的问题了。"

她打断了他。"今天早上我来月经了,还长了那些水痘。"

"好,那你现在就是唯一一个需要我照顾的小朋友了。"

接下来的几天,他们在网上做了大量的功课,仿佛两名水痘研究专家,每次出现新症状,两人就露出职业性的笑容,频频点头。水痘开始变痒了,迈克尔早已准备好了棉花、冷冻炉甘石洗剂和湿毛巾。

"这也太色情了。"此时琳恩正趴在床上,迈克尔边擦着她屁股上的水泡边说。

"我现在肯定丑死了。"琳恩把头埋进枕头里呜咽道。

"我来帮你剪指甲,"迈克尔说着帮她翻了身,"以防你抓伤自己后留疤。"

"我又不是三岁小孩,大笨蛋。"

琳恩看着迈克尔,他摆弄指甲刀时脸上专注的神情,不禁让她想起凯特尔爷爷帮凯特尔奶奶涂指甲油的画面,她移开视线,眨了眨眼睛。

一天下午,琳恩睡醒后感觉喉咙痛得厉害,这时她看到床边的茶桌上放着一个切好的橙子,还有一壶冰水、一堆杂志和三本全新的平装小说。

"你做互联网行业真是屈才了,"她打趣道,"应该做护士。"

"我只对你身上的水痘感兴趣。"

新的水痘接二连三地冒出来,比如她的鼻尖上就长了一个,足有五分钱硬币那么大。

某天早上,卡拉被迈克尔叫进来送奶茶,一见到琳恩,她脱口而出:"太恶心了!还好我小时候得过水痘,看你鼻子上的那个东西,天哪!"

琳恩大笑了一声,接着捂着脸开始哭。

"别哭啊!"卡拉见状立刻慌了,她放下茶杯,爬上床来到琳恩身旁,安慰道,"是我嘴贱!其实也没那么糟啦!"

"没事的,我哭只是因为生病了,情绪不太稳定。"

卡拉伸出一只胳膊搂住她:"小可怜。"

琳恩听完哭得更厉害了。"你小时候每次都会这样搂着我,还记得你那时候的'巧夺天工'吗?"

卡拉亲切地拍了拍琳恩的肩膀,但显然认为疾病目前已经扩散到她的大脑。"老……爸!"她大喊一声,"你快过来!马上!"

当天下午放学后,卡拉带回来一个凯玛特百货公司的塑料袋和一本女性杂志。她翻开杂志，给琳恩看了其中一张照片，照片上是由月亮和星星组成的装饰物，挂在一间婴儿房里。"我觉得我们可以一起给玛蒂做一个，"卡拉说，"让你换换脑子，你知道你现在看起来有多糟糕吗？需要用到的东西我都买了。"

"你真是我的小可爱，"琳恩从袋子里拿出硬纸板、闪光片和胶水，还有一个东西，"这个是什么？"

她手里是一件全新的黑色文胸，标签上写着"还你更丰满的胸部，更动人的身材"，并配着一个女性正在展示文胸的照片。

"这是送给你的礼物，祝你早日康复。"卡拉说话的时候故意避开琳恩的目光，好像自己还需要表现得更加圆滑一些，"是你常穿的尺寸，我在洗衣篮里看过了。"

"谢谢！"琳恩说，青少年真是让人捉摸不透，"太感谢了！"

"嗯。"

大约一个小时后，床上已经铺满了硬纸板，琳恩尽量让自己听起来很随意地开口道："那天你和吉娜在那儿跟卡特聊什么呢，在聊学校的作业？"

"哈哈。"卡拉笑了，手里正在剪星星，琳恩注意到，现在的卡拉还和小时候一样，每当集中注意力做一件事的时候，她都会习惯性地伸出舌尖。她其实想说："原来当时你也在，我们都不知道！"

但开口就变成了："我们在说卡特发给我和我朋友的那些邮件，她从去年圣诞节就开始给我们发了。"

"噢。"卡特没和她说过这件事，"她的邮件里说了什么？"

"一些事情。"

"什么事情？"

"你懂的，就是一些事情。圣诞节之后那段时间，我遇到一些

297

事情，心情很不好，我就找了她。后来我把她的回复拿给我的朋友们看，谁知道她们也都开始找她，发邮件问她问题，现在都变成定期快讯了，她每周都会发邮件统一回复我们。我觉得她真的很好，每次看了她的回复，我们的心情都变好了。"

琳恩决定再得寸进尺一些。"这么好的东西，想来我应该看不了吧？"

卡拉叹了口气，放下了手里的剪刀。她看着琳恩，眼神严肃，也透露着一丝温柔，说道："你知道这是隐私，如果你真的想看的话也可以，不过只能看十秒。"

不一会儿，她手里拿着一张纸从自己的卧室里走回来，她将纸举到琳恩眼前，同时开始大声数道："一头大象、两头大象、三头大象……"

琳恩只来得及看个标题。

"关于饮食问题。"

"关于男朋友的问题，莫兹、唐娜、萨拉和米歇尔都想问，还有艾莉森的妈妈，她最近一直在烦恼这事。"

"如何能让艾玛重新振作（其他人也和她一样）"

"X 小姐的回复：那个感觉不像是疱疹！"

"十头大象！"话音刚落，卡拉一把抢走了那张纸。

"谢谢。"琳恩表示感谢，内心默默祈祷那位 X 小姐不是卡拉，"其实你也可以来问我，就那些事，你知道的。"

卡拉哼了一声，翻了个白眼。"问题是那些事根本不可能和自己的爸妈说，虽然你不是我亲妈，但也算是吧。"

但也算是吧。琳恩拿起一管金色的亮片，倒了一小堆在手心里，她抬头看着卡拉，笑了。

"别啊！"卡拉表情厌恶地说道，"别告诉我你又要哭了！"

第二天，琳恩突然觉得自己好多了，她下床到阳台上坐了一会儿。她面对着阳光，脸上还满是水痘，迈克尔贴心地在她腰后垫了个垫子。

"昨天乔治娜打电话来了，"他开口道，"她一直和我说下周末要把卡拉接过去，不过我觉得她打过来就是想告诉我，她当时正在高空跳伞。"

"她为什么要和你说这个？"

"我们之前在一起的时候，她一直很害怕体力活动，甚至任何运动项目，我觉得她是想说她变成那样都是因为我，或者是我连累了她，我也不知道。"

"真蠢。"

"不过也确实，不是吗？在一段亲密关系中，你时常会被困在不同的角色里。和我在一起的时候，她的角色是公主。现在她应该想对我说：看，这是你所不知道的我！"

"我们并没有在扮演不同的角色。"

"绝对有，你扮演的角色是神奇女侠，而我……我是唐老鸭？不对，我是高飞。"

琳恩听出迈克尔的声音中透露着一丝苦涩，这让她很难受，她忍不住伸出手抓身上的水痘，拼命抓，直到脚上变得血淋淋的。

"瞎说，你才不是高飞！"她大叫一声，只觉得身上超级痒，她快疯了。

迈克尔却被她的模样逗乐了,笑道:"宝宝,谢谢你。"

下一秒,琳恩突然爆发了:"好!我之前在停车场的时候会突然出现一种恐惧症我害怕我会像伦纳德奶奶那样发疯我知道我应该告诉你,天哪,我要抓痒!"

那天下午,琳恩吃了阿司匹林,在水痘上涂了冷炉甘石后便睡了。迈克尔则花了一下午的时间在谷歌上搜索和下载关于恐惧症和停车场的研究文章。

野餐后的第四天,琳恩觉得自己终于有精力来应付姐姐们的探望了。

她们带来了慰问贺卡、一个奶油面包和一则爆炸性新闻。

"你说什么?"琳恩惊讶地愣了一下。

"我说我怀孕四个月了。"杰玛回道。

"等等,四——个——月?"

"对,想不到吧?我也是一周前才发现的。"

琳恩不知道自己为什么会如此震惊,杰玛又不是圣母玛利亚,而且意外怀孕这件事发生在她身上真的太正常不过了。

但怀孕和杰玛联系在一起还是很奇怪。

"孩子的爸爸是谁?查理?"

"嗯。"

"他有什么反应?"

"我还没和他说,一月之后我们就没联系了。"

"这件事你肯定要告诉他。"

"她没告诉他。"卡特随意地把茶壶往桌上一扔。

"很明显。"

"还有一件事,"杰玛说,"卡特要收养这个孩子。"

"收养?"琳恩呆住了,重复了一遍。

"对啊,我不想要孩子,而卡特正好想要一个,这样我们也算是一种合作了。"

"我知道你肯定不同意。"卡特挑衅道。

"我还什么都没说!"琳恩伸出一只手指,摸着鼻子上正在结痂的地方,"你得给我时间接受吧。"

不过卡特说得没错,她绝不同意。

那天下午晚些时候,玛克辛把玛蒂送了回来。

"她们的诡计你也听说了?"她凑到琳恩身边轻声说,语气很兴奋。

"嗯。"琳恩晃了晃小玛蒂,还挺紧实,把她拉到身边,"宝贝,妈妈想死你了!这几天她对你好吗?"

"一点儿也不好。"

"啊,妈妈摔了?"玛蒂一脸同情地指着琳恩的脸。

"哎哟!"

玛克辛一边用手敲着咖啡桌,一边说:"我记得你们小时候,每次你手上有玩具,卡特都想要,不管是什么,只要是你要的东西,她都想要。如果不给,她就发脾气,在那儿鬼吼鬼叫的,然后杰玛会怎么做呢?"

"什么?"

"她就会把自己的洋娃娃或者泰迪熊玩具都给卡特!我和她说过:'婴儿不是玩具!你不能因为姐姐没有孩子就把你的孩子给她!'但她就在那儿笑,真是可笑。我真的觉得这孩子精神有问题!自从那个马库斯死了之后,她就没正常过!"

"爸爸怎么说?"

"弗兰克永远指望不上,他对卡特太心软了。不敢相信我们只和她上过一次庭,我们还因为这件事而第一次吵架了。"

"你们第一次吵架?"琳恩感到不可思议。

玛克辛停下手里的动作,笑了一下。"这次复合以来的第一次。"

扭起来

我记得我在一家唱片店看到了一位女士带着女儿们购物,她的女儿们都已成年,大概二十岁出头。

母亲看起来很严肃,她噘着嘴,脚上的鞋子应该很舒适,看起来像来自北海岸地区。

当时唱片店里开始播放一些摇滚乐,我听到其中一个女孩说:"妈妈你听,你那个年代的歌!"说着她便随着音乐扭动起来。一旁的母亲很严肃地说道:"这样不对,你应该这样扭!"接着她也直接在唱片店跳了起来,真的太惊艳了!

这显然和她平时不一样,就连她的女儿们也在一旁目瞪口呆,不过她们下一秒也加入了她!三个女孩一起笑着、扭着屁股,开心地模仿自己的母亲。

这画面真的很可爱,过了一会儿,音乐停了,她们也停了下来。

那天晚上回到家,我问我的孩子们是否想看我也像那样扭一扭,但他们只是说:"还是算了吧,妈妈。"

第二十一章

和查理分手很迅速，没有任何预兆，就和之前一样。

那是一个星期二的早晨，杰玛醒来后隐约感觉有些恶心，她想可能是因为昨晚吃的面包上的沙丁鱼。当时她当然不会联想到六周前的那一天，她站在查理的浴室里，看着一个黄色的小球绕着水槽一圈圈快速地滚动，就像在赌桌轮盘上滚动的小球，直到最后它消失在模糊的黑色的下水口处。"哎哟。"她说了一句。哎哟，人生的新机遇！但她甚至都没考虑会怀孕，毕竟她都准备把药丸放进嘴里了，再说了，这个概率也微乎其微！直到几个月后躺在医院的手术台上，她才想起了那颗黄色的小球，佩服起它的威力。

昨晚她没有和查理待在一起，所以面对查理的突然到访，她应该很开心。直到现在，每次看到查理出现在门口，她都会萌生新的快乐。但今天不一样，他们见面后的吻有些敷衍，有些匆忙，他看起来太一本正经了，有些心不在焉。而且他的感冒刚痊愈，鼻子还是红红的。

他闻起来也不像平时那么香了，事实上，那天早上所有东西都不太好闻。

杰玛穿着睡衣，刚淋浴完，头发还是湿漉漉的。最近她找到了一份工作，在悉尼北站发放免费的功能饮料，这份工作需要热情洋溢，但早晨八点半的确没办法燃起热情，行人也只会假装没看到就从她身边走过。一想到清晨的悉尼北站那股沙砾的味道，杰玛就觉得难受。

"安杰拉刚刚给我打电话了,"他说,"你姐姐把她的车胎给划了。"

"送她一份大礼呗。"杰玛说。这样说确实太蠢了,她也不是故意的。

"杰玛!这是在破坏他人资产,她没资格这么做,而是应该振作起来,分手很正常,没什么大不了的。"

是的,杰玛心想,没什么大不了的。

这是她第一次听到他生气的语气,而且他的声音很像是老师,充满了说教的意味,杰玛很是厌恶。个人资产——确实!男人都对车宝贝得不行,恨不得把它们当成人一样。

"反正,"查理把摩托车头盔夹在胳膊下,指关节一边敲着头盔,一边说,"安杰拉现在很生气,她在考虑要不要对你姐姐申请限制令。我只是觉得我应该把这件事告诉你,也许你可以和你姐姐聊聊,和她解释清楚,她不能那样做。"

"简直可笑,这太过分了!限制令是什么,是针对那些手里有枪的会实施暴力的前夫们!"

"你姐姐拿着一把刀,他们的轮胎都被划坏了。"

"但这也不能说明她会伤害人!"

查理抿紧嘴唇,鼓起双颊,眉毛都拧在了一起。

又来了,就是那种感觉。冰冷的微风吹过她的骨头,只是这次,肚子也开始犯恶心。

"我觉得我们没必要再见面了。"

他拿着摩托车头盔的那只手垂在一旁。

"你是认真的?如果没考虑清楚,就不要说那样的话。"

"我很认真。"

"杰玛,不要这样,这根本就没什么。"

305

"不是因为卡特的事。"

"那是因为什么？"

"我不知道，对不起。"她拿出那个自己最喜欢的已经用旧了的头盔。

"是我的问题，和你无关。"

"什么？你一直考虑这件事？"

"对。"

"噢。"

她看着他的脸，就像看着什么东西关上了——百叶窗拉上了，窗帘拉上了，门砰的一声关上了。眼前出现了一张彬彬有礼、一动不动的陌生的脸，那已经不再是查理了，只是一个她不认识、不认识她，也并没有很想认识她的人。

两分钟后，他走了。杰玛坐在彭瑟斯特夫妇家的餐桌旁，看着冰箱门上的一张照片，照片上唐和玛丽盛装出席女儿的婚礼，他们眯起眼睛，微笑地望着阳光。

她听到他骑摩托车的声音，沿街呼啸而过，声音最终消失在一片寂静中。

就这样了。

所以，她终究没能打破六个月的恋爱魔咒。

接下来的几周，杰玛都觉得很奇怪，她时常会想他，但那是一种虚无缥缈的想念，带着对过去的怀念闯入了她的内心，仿佛只是一场假期的艳遇，没有人在乎未来会怎样。

她的胃还是不舒服，一直反反复复的。她也吃不下东西，只是睡午觉的次数变多了，每次她都躺在床上，听着窗外乌鸦发出的哀号。"啊!"它们伤心地对彼此叫唤。

"啊!"杰玛望着天花板,也叫唤了一声。

"我也没有其他选择了,对吧?"她对窗台上的紫罗兰说。

"嗯。"它们沉默地回复道,"根本没得选。"

在杰玛终于意识到自己的"胃病"其实是怀孕的前一天,她和卡特打了一通电话,说起玛蒂生日的事情。

"但是你也不能不去啊!"杰玛说道。

"我给自己立了一个新规矩,"卡特说,"再也不给孩子过生日了,上周六是这辈子最后一次。"

"上周六是谁的生日?"

"艾玛·赫伯特的女儿,他们准备了一座充气城堡。"

"之前上学时候的那个艾玛?那就难怪了,她以前就是个贱人,可能生出来的也是个小贱人。"

"当天去的人里只有我还没有小孩,也只有我还是单身。"

"所以呢,你怎么不直接跳进充气城堡里?"

"所以,我真的不想每次抱着别人的孩子,对着别人的孩子笑,还要听别人的孩子是怎样的,我受够了!"

杰玛自认为别人的孩子是最好不过的,每次他们有什么不对劲,比如说开始哭的时候,你就可以直接把他们扔给亲生父母。

"好吧,不过以后你还是会有孩子的。"

"我三十三岁了。"卡特说道,好像这件事情应该怪谁似的。

"这个我知道,其实你也可以尝试接触下其他人,或者和丹复合,不然也可以去精子库看看。"

"我正好在想这个!"卡特的语气让杰玛有种不祥的预感,她仿佛看到了多年前那个一脸愁容、图谋报复修女和学校老师的女孩。

"现在克隆技术也在进步，你可以克隆一个小卡特。"

"我的克隆已经有一个了，谢谢。"

"对哦，而且如果你的克隆知道你不准备去玛蒂的生日会，她肯定会不高兴。"

"我没办法要小孩。"杰玛告诉医生。

她从未想过自己的身体会做出一件如此严肃、明确又持久的事情。

"四个月已经有点儿晚了。"

"不，我不要堕胎！"

"那么……"

"但是我没办法要小孩。"

对面的医生听完，摊开双手，露出一副"那你让我怎么做"的表情。

杰玛低头看着自己的双手，它们正在发抖，就如同她们在浴室发现卡特怀孕那天，卡特的样子。她想起那个印有红色大象图案的包，琳恩无论去哪儿都会带着，里面全是玛蒂的东西。玛蒂的房间里还有更多，那些东西看起来都很有技术含量，是玛蒂生活的必需品。

"我之前看到报道说一些小年轻生了孩子，"杰玛说道，"他们早餐给孩子喂麦片，结果孩子就死了。"

"那是因为盐放太多了。"医生回复。

"但是我也会那样！"杰玛大声道，"我经常会那样！你怎么知道呢？"

"没事的，现在有很多这方面的信息可以学习，还有专门为新手妈妈准备的诊所和一些妈妈的社交媒体聊天群，很多人都可以帮你啊。"

我连自己都照顾不好，杰玛心想，我没有冰箱，也没有工作，我没有男朋友，甚至连集中注意力都做不到！

"我知道了。"杰玛站了起来。门外还有许多人在候诊，"谢谢。"

医生抬起头看着她，开口道："如果你的生活条件实在无法照顾好孩子，也可以找个合适的人领养。"

"我的生活条件确实不行。"杰玛说完，心想，我甚至都没有生活条件可言！

"我可以告诉你一些信息。"

"没关系，不用了。"她说道，因为她已经知道该找谁了。

"你傻了吗！"卡特的语气似乎有些怀疑杰玛是否真的怀孕了，她一直和杰玛确认，怕她听错了医生的诊断，"这孩子我不能收养。杰玛，没事的，你有妈妈，有琳恩，还有我，我们都会帮你，别担心，新手妈妈难免会紧张。"

在这件事上，卡特很坚持，任杰玛怎么连哄带骗，她都无动于衷。直到杰玛将手肘撑在桌上，双手抱着头好像要哭了，她才松口道："好了好了，我考虑考虑。"

卡特给杰玛端了一杯茶，然后坐了下来，仔细打量起对面的人。"你是真的不想当妈妈吗，真的不想要孩子？"

她的声音里透露着某种不可言说的欲望。

"真的。"杰玛说，"我是认真的！而且你肯定会是一个好妈妈！况且别忘了，我们是三胞胎，我的孩子基本上也算是你的。"

"你做这个决定应该不只是为了讨我开心吧？"

"怎么可能,是因为我养不了小孩,而且我也不想堕胎。"

她没有那么做,因为她很喜欢那个孩子,那将是卡特的儿子或者女儿,她新出生的小侄子或者小侄女,她当然喜欢了。

一切都会顺利的。

这是一个双赢的局面。

琳恩一直不停地提到查理。

"你只和他见过一面,"杰玛说,"我不知道你为什么这么在意。"

"我只是觉得他应该也会想知道自己有过一个孩子。"

"你之所以会这么说,不就是因为上次玛蒂差点儿踩到玻璃,正好被他救了吗,那样就能说明他有父爱吗?"

"我这么说是因为他有权知道这件事!"

"那如果他想要孩子呢?这样不行,卡特肯定不希望这样。"

"我还以为你挺在意查理呢。"

"这件事我不想再说了。"

琳恩从躺椅上拿起一个垫子,把它举到面前,然后用头狠狠地撞上去。这一举动把玛蒂给逗乐了。

白天的时候,杰玛都尽量让自己不去想查理,但似乎每个夜晚他都会与自己纠缠在一起。

她的梦逐渐变成了一部部色彩艳丽的恐怖电影,电影时间很长,画面十分生动,全是查理。

在梦中,查理并不是一个好人。

在某个夜晚,他举起滑雪杆的一端刺穿了她的腹部。杰玛低下头,看见自己的血溅在刚刚落满雪的地上。"这儿!"查理把手伸进她的肚子，一脸得意地从里面拽出一个婴儿。婴儿的名字叫玛蒂，她穿着蓝色的牛仔工装裤，浑身沾满血污。她朝杰玛笑了笑，伸出手掌开始玩"绕着花园转呀转"。"真牛啊，杰玛！"查理大喊道，"你知道我们要去浮潜了！"查理说完，接着就和玛蒂一起滑走了。杰玛想去追上他，却发现自己的腿被埋在雪里，动弹不得。"琳恩绝对会非常生气！"卡特的喊声和她的身影一同从他身边呼啸而过。玛克辛穿着高跟鞋在雪地上走来走去，"杰玛，你再想一遍，你最后见到玛蒂是在哪里？想想！"

杰玛猛地睁开眼，费了好大劲儿才从梦中挣脱出来。

床单上那摊大块的印迹是血迹吗？她的孩子要没了？杰玛颤抖着双手打开灯，那摊血迹消失了。只是一张白纸。

她想起了和查理在一起的那段时光，当时她做了一个梦，梦到自己把孩子忘在了抽屉里。"快回来睡觉吧，你这个小笨蛋，"还记得他对自己说，"我们哪儿来的孩子。"

他一直对自己很好。而现在呢，她悲伤地想，他正拿着滑雪杖捅自己。

"是因为经济原因吗？"有一天琳恩问她，"你是不是觉得自己养不起孩子？"

"对啊，"杰玛说，"我这个卑微的婢女怎么养得起，所以我把孩子送给了女主人。啊，夫人，多希望你能体会我的遭遇！"

"闭嘴吧，爸爸说你炒股赚了不少。"

"我就是给他炫耀一下。"

"所以你真的在投资股票？你怎么学会的？"

"马库斯走后我拿到了一笔钱，当时我不知道该拿来做什么，

311

妈妈就让我去咨询理财顾问。之后我读到一篇文章，上面说理财经理选股就和猴子蒙上眼睛投飞镖的概率是一样的，所以我就闭着眼睛在报纸上的股票栏里选了一只。"

"杰玛！"

"过了一周，那家公司就宣布了一项重大的盈利消息，它的股票涨了百分之二百，我看到这个消息的时候差点儿晕过去。这种感觉太刺激了！我完全陷进去了。"

"所以，到现在你还是闭着眼睛选股？"

"事实上，"杰玛有点儿不好意思地说，"更多的时候我会进行一些分析，比如看比率什么的，研究趋势。"

琳恩一脸震惊。"你没骗我吧。"

"上学时我就喜欢数学和经济学。你记得吗，以前我每次都考第一。我一直觉得我这样的人数学应该不太好，但是，没办法。"

"那你为什么没钱？"

"我不花钱，我从来不花钱，我会用它们再投资。现在我已经可以给卡特的孩子准备一份信托基金了。"

"给你的孩子。"

"是卡特的。"

随着杰玛的孕肚越来越明显，琳恩更是变本加厉。

"你知不知道，"一天，杰玛听到琳恩对卡特如是说，"这个孩子和安杰拉也会有血缘关系？和这个偷走你丈夫的小三！"

卡特说："我才不在乎，想这么做的人是杰玛，不是我。"

"你是不是害怕带小孩？所以不想要？"玛克辛问杰玛，"我会帮你的。"

"谢谢，不过需要你帮忙的人应该是卡特。"杰玛回道。

"杰玛！我说的话你哪怕有听进去一个字吗？"

"你们姐妹俩应该坚持自己的立场！"弗兰克说道，"大家的思想都太狭隘了，没有发散性思维，但是我不一样！我和你妈妈说过，如果这样能让我的孩子们开心，我也会很开心。"

"爸爸，谢谢你。"

"我觉得查理这孩子不错，"凯特尔奶奶说，"如果你告诉他，他肯定会娶你的！我觉得他肯定会！就算丹和他妹妹搞在一起又怎么了，反正我也不喜欢那个丹。"

柴可夫斯基和牛油果沙拉

哦，他啊！他叫艾伦，这可说来话长啊。

那天晚上我和他去公园看歌剧表演，当时我们前面坐了一家子人。你不知道那天坐得有多挤，前面那家人一直把野餐的东西放到我们的位置，而且还有点儿吵，所以艾伦就很生气。但你也知道，这是在公园里看歌剧，而不是在歌剧院！

不过这家人，怎么说呢，我觉得散发着一种特殊的魅力。他们当中占主导地位的是一个身材矮小的老太太，她一直对其他人发号施令，其中一个女生戴着一副耳机，另一个小女孩在地上爬来爬去，深色的卷发和酒窝太可爱了。大约到了半夜，那个小女孩站了起来，突然抓着一个人的袖子，开始摇摇晃晃地走了几步，径直走过他们的野餐垫。

很明显，她迈出了人生中的第一步！那一家人都高兴疯了，拼命地鼓掌，有人赶紧去拿相机，其中一个女人还哭了。

宝宝自己也笑了，看起来好像在炫耀这件事，有人说了句"看好牛油果沙拉"！不过女孩还是一脚踩了上去，发出咯吱咯吱的响声，然后歪倒在一个人的膝盖上。

他们当中有人说道："这个孩子有个性，这是她迈向柴可夫斯基的第一步。"

我转身对艾伦说："你看见那边了吗？"他说："嗯，你要不要去其他地方？那群人真扫兴。"

我心想，才不要。

当贝多芬第五交响曲响起时，我给他下了逐客令。

第二十二章

卡特陪着杰玛去做超声波检查,候诊室里很安静,只能听到几声低语,她们面对面坐着。咖啡桌上放着一本书,看着像是色情杂志,两人都伸手去拿,就这样展开了一场沉默而短暂的拉锯战。

杰玛说:"我的膀胱都快要爆炸了,现在我需要转移注意力。"她说得的确没错,因为卡特在看了《B超检查准备说明》后,让杰玛一早上喝了四杯水,但实际要求的只有两杯。"你的膀胱越满,拍出来的画面就越好,给我喝!"

卡特仁慈地松开了手。"他们知道你现在这样,肯定不能让我们等太久。"

坐在卡特旁边的一位女士从正在看的杂志中抬起头来,勉强地笑了笑说:"还是看吧。"

"荒谬。"卡特转身瞪着柜台后的工作人员。

"我没事,"杰玛说道,"只要别讲笑话逗我笑就行。"

卡特随即咬了下自己脸颊内侧的肉,杰玛一边痛苦地憋着,一边忍不住咯咯地笑。

"你怎么回事,我没在搞笑。"

"我知道,但这和你平常太不一样了。"

卡特叹了口气,随手拿起另外一本杂志,有点激动地翻起来。"天哪,到周六晚上我的裙子又要小一码了。现在居然还有这种文章,怪不得卡拉和她的朋友们会搞混了。你知道她那天和我说什么吗?她说她真的很努力地想得厌食症,但是却没有成功,所以她觉

315

得自己很失败。她说她曾经想过暴食症，但是一想到就觉得恶心。"

"别再逗我笑了！"

"这一点儿都不好笑，反正她现在有喜欢的人了，我一直在回想当初我十几岁谈恋爱的时候都做过哪些傻事。你呢？"

杰玛还没来得及回答，卡特就被一个标题吸引了。"'明天开始改变你生活的十大方式'，"她读得很大声，"这是什么废话。"她一边不屑一顾，一边又满怀期待地看着文章，同时还在有节奏地踢着腿。

杰玛低头看手中的杂志，思考自己该送给卡拉哪些恋爱建议。

她看见卡拉为新男友特地换上了一条新裙子，脸红扑扑的，一副傻样，第一次说出"我爱你"。她看见卡拉的新男友突然用力地关上了厨房的抽屉门，他的脸因为愤怒而变得丑陋不堪。她看见自己大步迈进厨房，直接无视卡拉的男友（毕竟还是个男孩，一个大男孩发脾气，这没什么复杂和神秘的），走过去握紧卡拉的手肘将她拉了出去。"不，这不正常。不，这不是你的错，小姑娘，快逃吧。"

"但是我穿了新裙子！"卡拉抱怨道，"我要喝香槟！"

"有第一次，就有第二次，你这个傻丫头！他会一次又一次地伤害你，直到最后你一无所有。"

"你没事吧？"卡特在杰玛面前挥了挥手，"你怎么满脸通红，还好吗？"她降低了声音说道，"不会是尿裤子了吧？"

杰玛突然尖叫一声，卡特立刻站了起来。"行，我去看看还需要等多久。"

几分钟后，多亏了卡特的威胁恐吓策略，杰玛终于躺在了病床上。过来了一位女孩，她名叫尼基，穿着蓝色的工作服，她在杰玛的肚子上涂了一层黏糊糊的冷凝胶。

"这个孩子是我姐姐的。"她对尼基解释说,所以卡特对她来说很重要,"她为我收养了这个孩子。"

尼基听着,甚至连眼睛都没眨一下,她人真好。"那好吧,这位妈妈,"她转身对着卡特,朝墙上的电视显示器做了个手势说,"看屏幕。"

卡特僵硬地笑了笑,笨拙地双手抱胸。她肯定希望此刻在这里的是她自己和丹,说着他们两人间的小笑话,牵手看着自己的孩子。也许她应该试着去握卡特的手,当然,卡特肯定会大吃一惊。

尼基开始用一个小器械在杰玛的肚子上来回摩擦,就好像她在温柔地擦拭。"只要再过一分钟,你的宝宝就要第一次在公众场合露面了!"

"我们不想知道性别。"卡特厉声说道。

"你放心,我不会说的。"尼基说。

不一会儿,屏幕上就出现了一个颗粒状的图案,仿佛是外星球才有的景观,卡特的手放了下来。"天哪,你看!"

"这个好像月亮啊。"杰玛说,她还是没办法将这个画面和自己的身体联系起来,他们可能给所有人看的都是同一张照片,说不定这就是月亮。

"我给你介绍一下。"尼基说着便开始指屏幕中婴儿的各个部位,脊椎、腿、脚,还有心脏。杰玛微笑着假装有礼貌地点了点头,周围的一切都很安静,只能听到模糊的静电的声响。换台吧。她内心有个声音在说,换个有意思的。而站在另一边的卡特似乎真的相信自己看到的是一个婴儿。"哦,是,我看到了。"她不停地重复着,声音有些颤抖,充满了某种可爱的母性光辉,而杰玛却一点儿都没有感觉。

"只有一个宝宝,"尼基说,"不是双胞胎。"

"也不是三胞胎。"杰玛接话。

"但愿如此!"尼基笑出了声。

那天晚上,杰玛照例完成自己的"家庭作业"——和窗台上的紫罗兰聊天、为几十个小饰品擦灰尘,以及听玛丽·彭瑟斯特夫人那个无聊的姐姐弗朗西斯进行每周一次的电话讲座,当然,她的脑海中还在进一步思考另一个紧急的问题,为卡拉提供恋爱建议。

"我今天只和我朋友说了,"弗朗西斯轻声抱怨,仿佛这是她第一次这么说,"你一定省下了一大笔房租!"确实,看房客户的亲戚们一般都会这么抱怨,杰玛也知道应该怎么回应——感恩戴德。

"我知道!是我太幸运了!每天早上一睁眼我就在想,我实在是太幸运了!"弗朗西斯哼了一声,但明显被安抚了,又把矛头对准了花园。

"圣帕特里克①节的时候你帮玛丽种香豌豆了吗?在过去的二十年里,她一直很虔诚地做这件事,这是她的一个小仪式。"

"种了啊!"杰玛回道,但她脑海中出现的是卡拉蜷缩在躺椅上,她的男朋友正因为卡拉和自己另一个朋友调情而大发雷霆。"大家都看见了,"她的男朋友说,"每个人都在为我感到尴尬,你刚刚真的像个蠢货、荡妇。"

杰玛感到一阵炽热的怒火像喷灯一样被点燃了。"不,这并不

---

① 爱尔兰的国庆节,时间为每年的 3 月 17 日。

能证明他有多爱你！亲爱的，我知道这很难，但是我求你了，离开他吧。其实很简单的，只要你站起来，然后走出这扇门。"但卡拉仍然坐在那儿，一脸恐惧、羞愧和冷漠的神情交织，处于一种麻木的状态。杰玛明白了。

"后屋都快发霉了，你记得给它通风了吗？"弗朗西斯问。

"当然。"杰玛回道。

后来弗朗西斯终于退缩了，挂断了电话。杰玛随即打给了卡拉。

"你是不是交新男友了？"

"没有啊，你为什么要这么问？卡特和你说了吗？她发誓不会说的！"

"不，不是！我只是猜测，卡拉，听好，如果你有男朋友了，很重要的一点是他一定要对你好。知道吗？要一直对你好，不是一时的，是永远。"

突然，双方都沉默了。

"好，"卡拉缓缓地开口道，"谢谢你，杰玛。《老友记》要开始播了。"

"噢，抱歉，挂了。"

杰玛挂了电话，不禁笑出了声，她可以想象得到此刻对方趾高气扬的样子，"有病！"卡拉会一屁股坐在电视机前，把她那个所谓的"阿姨"的建议抛在脑后。

杰玛坐在彭瑟斯特夫妇家柔软的雕花躺椅上，下巴抵在膝盖上，终于决定不再假装对卡拉说，而是直面内心。

"你才十九岁，你根本就没想过这样的情况，也不值得。你根本就不喜欢。包括他的死，很怪异，也很迷惑，绝对是啊。你有多爱他，就有多恨他。抱歉，在这件事情上我对你太凶了。"

"我原谅你了。"她大声说道。原谅谁?马库斯?紫罗兰在窗台上呼喊。

不!我从未停止原谅马库斯!我是说我自己。我原谅了自己,原谅自己这么久以来都选择和他在一起。

忽然间,她感到一种从未有过的解脱,就像这十年来第一次松开了拳头。

有人在为准妈妈们准备的初级瑜伽课上文雅地放了一个屁。

当时所有人都平躺在蓝色的泡沫垫上,闭着眼睛。灯光暗了下来,老师盘着腿,轻柔婉转的语调响起:"吸气……一、二、三……接着呼气……一、二、三。"

尽管闭着眼,杰玛的瞳孔在眼皮下面依旧剧烈地跳动着。这一点儿都不好笑,她严肃地告诫自己,你又不是小学生。

"不好意思!""罪魁祸首"的声音响起,嗓子里憋不住的笑意让人更加忍不住,杰玛能感受到周围的孕妇们欢笑的颤动。

"吸气……"教练略带责备地再次提醒大家,但为时已晚,教室里回荡起一阵欢乐的笑声。

杰玛也开心地大笑起来,就在这时,她忽然感觉到肚子动了一下,虽然很微弱,却那么真切,就像蝴蝶优雅地扇了下翅膀。这种感觉和之前任何一次肚子叫都不一样,好像脱离了她本身,又属于她的一部分。好吧,蝴蝶宝宝,你好呀!原来你真的在呀,你是不是也觉得很搞笑呀?

全班同学笑成一团,老师继续提高嗓音强调动作,一滴泪珠顺着杰玛的脸颊淌进耳朵,她觉得很痒。

宝贝,你好!我是杰玛,你的阿姨。

"简直棒极了！"杰玛站在卡特家的空房间里，打量着眼前即将出炉的精美育儿室，"你可太牛了！"

"我知道。"卡特穿着工作服，衣服上溅满了黄色颜料，手里拿着一杯红酒和一袋椒盐卷饼，看起来对自己的杰作十分满意。她身旁的地板上放着一个便携式音箱，"真没想到自己动手做东西居然这么解压，你来看，我囤了好多！"说着她打开了柜子，里面的架子上整齐地摆放着一排排婴儿用品——围嘴、小袜子、纸尿裤和毛绒毯子，"琳恩也一直在给我东西。"

"哇！她终于改变主意了。"

"我觉得没有，每次她给我东西的时候都会说一句，'别以为我这样做就代表我同意了。'"

"她如果怀孕了，也需要这些东西。"

"昨天她告诉我，他们夫妻俩修改了'五年计划'，他们准备等玛蒂三岁之后再开始备孕，今年琳恩想把重心放在事业上，再开一家连锁店。"

"天哪，她可真有干劲。"

"迈克尔对琳恩说，如果她再不找个助理，他就不准备过了。"

"哈哈，他好可爱！"

"嗯，我也觉得。对了，你有没有什么'五年计划'，孩子出生之后你打算做什么？"卡特话锋一转，眼神锐利地看着她。

"我只有'五分钟计划'，"杰玛说道，"不过最近我确实在思考要找一份正当工作。可能回去做老师吧，或者去读书，也有可能先出去玩一段时间！"

"天哪，杰玛，"卡特端起酒杯，笑着说，"你可真有干劲。"

到了八月，杰玛的肚子已经有七个月大了，弗兰克搬回了塔勒马拉区的家里。

几周后，玛克辛组织了一次"随意"的家庭聚会，当然，这次她是认真的，没有假装轻松的语气去糊弄他们。但在聚会开始前的最后时刻，迈克尔还在工作，奶奶去了其他邀约活动，卡拉决定留在家里照顾玛蒂，所以，这是二十七年以来，弗兰克、玛克辛和他们的三个女儿第一次主动地在一起吃饭。

"姑娘们，记得把蔬菜都吃了！"弗兰克开了个玩笑，说完立刻往嘴里塞了一大勺，好像他也觉得自己刚才的话不太合适，因为长久以来关于吃蔬菜的斗争一直都没停过，也并不有趣。

当三姐妹还在上幼儿园时，卡特就对绿色的食物有一种极度的厌恶。"不要绿色！"她总是激动地大叫，好像在遵循某种宗教信仰。在杰玛的记忆中，每次吃晚餐，玛克辛都会爆发："你给我把那盘菜都吃完，不然别想走！"然后就是激烈地争吵，直到弗兰克突然厉声说道："看在老天爷的分上，别再说孩子了！"接着话题便不再是卡特吃蔬菜，而是爸爸和妈妈，以及伤人的话语、沉默、用力的咀嚼声、嘈杂的人声和刀叉刮盘子的声响。

"我来吃！"杰玛绝望地大叫一声，"我爱绿色！"

琳恩面前的盘子已经空了，她用一种成年人的略带疲惫的声音说："我能失陪一下吗？"

餐桌上一阵沉默。"她们早就爱吃蔬菜了，十几岁的时候就吃素了。"玛克辛说道，她到现在都没有原谅卡特，因为当时正是她的煽动，她们姐妹才会有那个"可笑的阶段"。

"谁给我夹一下西蓝花？"卡特严肃地问道。

"你会要求宝宝也吃蔬菜吗?"杰玛问。

"当然了。"

"呵,她说'当然了'!"玛克辛哼了一声,"感觉有多容易一样,琳恩,你告诉她!"

琳恩说:"让她自己慢慢体会吧。"

杰玛看到卡特的肩膀放松下来,显然她已经接受了自己即将到来的母亲的身份。

"卡特会是一个好妈妈,"弗兰克一边说,一边重新将酒杯斟满,"就和我们家美丽的玛克辛一样。"

玛克辛翻了个白眼,说道:"她肯定不会把我当成榜样。"

"怎么不会?妈妈,"卡特说,"你看你把我们养得多好。"

"听听!"弗兰克说道。

不过玛克辛还是有些怀疑地笑了笑,说:"我当时自己都只是一个傻傻的孩子,你也是,弗兰克。天哪,两个小孩居然还准备抚养三个小女孩。"

那天晚上,杰玛把耳机放在肚子上,给宝宝准备每晚的必备节目:莫扎特的音乐会。

"你好呀!你在漂浮舱里过得怎么样?"她轻声问道。在过去几个月里,她一直都在和宝宝说话,忽视了那些紫罗兰,但它们似乎并没有因此而受伤。实际上它们长得很旺盛,似乎也很享受这种活跃的氛围。

"你知道吗,你妈妈会让你把所有的蔬菜都吃掉,"杰玛说,"希望你不要介意绿色哦。不过,如果你不喜欢,那我们可以聊聊,毕竟还有其他颜色的蔬菜嘛!"

323

她打开磁带，准备给宝宝录一些有用的东西——一些可以让生活更开心的小窍门，这些卡特可能不记得了，或者不知道。

如果你没有真正理解笑话的意思，千万不要笑。

离烟花远一些，记住，千万要离它们远一些！

电视会吸走你的脑细胞，千万不要沉迷于看电视！可以利用广告时间来做作业、做家务或者其他事务性的工作。

波本威士忌和翠丝迪① 千万不要一起吃，简直是致命组合。

过马路之前记得朝两边看，一定要朝两边看。

小时候不要让自己的个性太过鲜明，长大之后可能就会觉得不合适了。

记得要向收费员说"谢谢"，你妈妈之前也收过过路费，收费员也是人。

当然，她指的是杰玛阿姨，不是你妈妈。

是杰玛阿姨。

---

① 一种休闲零食。

第二十三章

一年一度的生日聚餐是从她们二十五六岁的时候开始举办的，这是琳恩的主意。"不要带伴侣，"她说，"就我们三个人。既然我们从来没有给彼此准备过生日礼物，这就算我们的礼物吧。"

"这多像姐妹啊，"卡特说，"这多像三胞胎啊。"

"这个主意好，我支持！"琳恩开始捏她的鼻子，杰玛立马打断道，"我知道！我们每个人都有自己的生日蛋糕！"

因此，一年一度的醉酒生日狂欢便成了一种习惯。

所以你也可以说这都是琳恩的错。

今年，她们去了海扇湾新开的一家海鲜餐厅，餐厅里装饰着闪亮的木地板、高雅的白墙，以及光滑的座椅。厨房是方形的，位于餐厅的正中央，狭窄的窗户上"飘着"厨师的帽子，偶尔还会从房间里喷出火焰，让顾客们惊吓不已。

"我不喜欢这里，吃饭的时候能看到厨房的工作人员，"琳恩说，"我会有压力。"

"你不是很喜欢压力吗？"卡特说。

"你真的一点儿都不懂我。"

"当然了，你只是个普通的熟人罢了。"

这时一位女服务员来到她们身边，她系着蓝白条纹的围裙，嘴唇下方挂着一排银色的饰钉，让人看了难受，她手里抱着一块巨大的黑板。"这是今晚的特色菜，"她砰的一声放下黑板，手指着上面的文字，"不过现在牡蛎、扇贝、蓝眼鳕鱼和鳟鱼都卖完了。"

"那你们为什么不直接把这些擦掉？"卡特问，"就为了来折磨我们？"

女服务生耸了耸肩，眼睛眨了眨说："哈哈。"

"那我们一起吃海鲜火锅吧。"杰玛插嘴道。

"能快点儿把这个打开吗？"琳恩换了个话题，看向迈克尔为今晚准备的礼物——一瓶堡林爵香槟，点了点头。

"是有什么事吗，女士？"服务员叹了口气，听起来非常疲惫，她抬起手打开瓶塞，开始给她们倒酒。

"今天是我们的生日，"杰玛说，"我们是三胞胎。"

"啊，真的吗？"服务员看着她们，拿着酒瓶的那只手摇摇晃晃地没了方向。琳恩伸出手，将杯子对准。

"好酷啊！"服务员咧嘴笑了，"哇，你们两个人长得一模一样，对吧！"

"想要合照可以，五元。"卡特说道。

第一口香槟下肚，她们的情绪就开始像泡沫一样嗞嗞作响。琳恩突然对姐妹们透露了自己对停车场的无名的恐惧，卡特和杰玛听完，不禁高兴地嚎叫起来。"谢谢，你们真体贴。"琳恩说。

"所有的停车场都这样？"卡特问，"是不是只有那种，怎么说，二十四小时的停车场你才会害怕？"

"其实，我也有同样的恐惧症。"杰玛说。

"你没有，"琳恩回她，"我才是。"

"好吧，既然要各自爆料——"卡特开口道，她也向姐妹们透露了自己在和丹分手的几个月后跟老板上床了。

杰玛显然被吓得不轻。"但是我在你的办公室里见过他，他穿着西装，打着领带，看上去一本正经，而且头发都白了！你居然和这么一个老男人睡了！"

"我每天都和一个四十岁的男人睡在一起。"琳恩补了一句。

"你不用担心，迈克尔不是老男人。"

"他听了绝对会松一口气。"

"所以，杰玛，你有什么秘密？"卡特问，"讲点儿我们还不知道的事。"

杰玛现在嘴里塞满了面包卷，她在考虑将自己过去十五年里一直背负的秘密告诉姐姐们。"我那个死掉的未婚夫……他有点儿问题。"

"你看她！搞得神神秘秘的。"琳恩笑了起来。

这个秘密她永远都不会告诉她们，它太复杂了，又太简单了。

杰玛开口道："之前有一次，我从妈妈的钱包里偷拿了十块钱去买烟。"

"那是我干的，你这个白痴！"卡特说道。

"怎么样了，我们开第二瓶吧？"女服务员奥利维娅和她们的关系不错，她住在帕德斯托，当时正在上按摩课。她的弟媳也怀孕了，虽然她小学时最好的朋友就是双胞胎，但她从没见过三胞胎。

在奥利维娅眼中，她们三姐妹就像是可爱的怪物。所以她们就开始表现得"像个真正的人物"！

一位服务员端着海鲜拼盘经过她们身边。"三胞胎！"奥利维娅指了指她们三个人的脸，骄傲地对那人说。三姐妹亲切地笑了笑，尴尬地挥了挥手。

那位服务员露出了严谨的微笑。

"傻瓜，"奥利维娅说道，"不过，你们先别看，那边那个秃子——我说了别往那儿看！"

她们把头转回来，面露愧疚。"他刚才问你们是不是可以小声一点儿。我想说，你冷静点儿吧，混蛋！所以，开心起来吧姐妹们！他管好自己吧。"

她们向她保证，一定会弄出更大的声响。

然后她就不见了。

"奥利维娅还挺酷的，"琳恩说，"我想三十四岁的我应该再酷一点儿。"

"酷的人都是天生的，比如奥利维娅和我。"卡特说，"你的个性天生就傻傻的，这一点怕是改不了了。"

"瞎说！"琳恩大声说，"你能成为任何你想成为的人！"

"别给我扯自我救赎那套狗屁理论。"

"别吵了行不行，"杰玛劝阻道，"这样对宝宝不好。"

孩子的预产期是两周后，此刻她很清醒，琳恩和卡特已经三杯香槟下肚的时候，她还在小心翼翼地喝着第一杯，她不禁想夸夸自己如此聪明且淑女的行为。

卡特和琳恩都看着她的肚子。

"是对卡特的孩子不好。"琳恩说。

"别说了。"卡特有些不安。

"我们的主菜来了！"杰玛打断道，尽管她还没看到。

"关于这件事，我有话想说。"琳恩说。

"我们的主菜！"

"你说吧。"卡特开口。

"噢！我差点儿忘了！"杰玛大喊，"你们猜我今晚带了什么！"

她伸手去拿包，差点儿没坐稳摔下来，可能她的包出于某种原因不想被拿起来。

她们邻桌的一位女士说了什么,杰玛没听到。

"你说什么?"

"她说带子缠住你的椅子腿了。这儿,你站起来一下。"

与那位女士一起用餐的同伴伸手拿过她的包。那人和查理有点儿像,长得又矮又壮,但他的皮肤比查理白,只是鼻子被晒黑了,笑起来时,眼睛眯成一条缝。

"谢谢,"杰玛说,"怎么老是这样。"

"确实是个谜。"那人表示赞同。

男人又坐回了座位,卡特翻了个白眼。"为什么每当我们杰玛上演少女历险记的时候,身边总是会出现一个善良的男人,真是令人费解。"

杰玛从包里拿出三个皱巴巴的脏信封。"你们还记得当年埃利斯老师让我们给二十年后的自己写信吗?"

琳恩和卡特的表情都很茫然。

"我们十四岁的时候,在学校里。"

"噢,对,"琳恩说,"她讲到实现梦想。那个设立目标的练习一点儿意义都没有!你要设定短期、中期——"

"什么?我们的信都在你这里?你居然保存了二十年?"卡特伸手去拿那些信,"给我看看!"

"等一下,要等我们唱完生日快乐歌,那样才算正式到了三十四岁。"

果然,转移注意力这个方法奏效了。琳恩和卡特已经开始争论埃利斯老师那件粉色的毛茸茸的羊毛衫是否暗示了她的同性恋倾向。杰玛则安静地坐在一旁,猜想此刻肚子里正在踢她的应该是个男孩。

昨天,她走在路上,看见一个小男孩和父亲正在买地球仪。

"爸爸,圆球灯罩是如何工作的?"小男孩皱着眉头,专注地问道,俨然一副男子汉的模样。

杰玛推着手推车从他们身边走过时,看见那位父亲正蹲下来,从纸板箱里拿出一个地球仪。

也许宝宝也会像那个小男孩一样。

他会长得很结实,有些严肃,也会很有趣。

脸上长了些小雀斑,睫毛长长的、弯弯的。

三个生日蛋糕终于送上来了,蛋糕上还插着噼啪作响的小烟花棒。灯光暗了下来,奥利维娅领着一群服务员,大声地唱了三遍生日快乐歌,歌声感染了整个餐厅,其他人也纷纷跟唱了起来。最后的鼓掌环节也很好笑,奥利维娅大喊一声:"嘿,嘿!"餐厅的其他人纷纷回应:"万岁!"大家跟着节奏跺地板,好像身处一家低俗的剧院餐厅,而且是上不了《美食指南》推荐的那种。

杰玛看着姐姐们被噼噼作响的烟火照亮的笑脸,回想起平常十分安静的伦纳德奶奶只要到了她们的生日,就会变得异常激动。

"孩子们,许个愿吧!"她会激动地握紧双手,对她们说,这时她们三个人就会挤成一排,争先恐后地准备吹灭唯一一块蛋糕上的蜡烛,"好好许个愿!"她总是这样说,好像她真的相信她们的愿望会实现。所以每一年杰玛都会精心设计各种愿望,比如学校永远取消、住在一个巧克力屋里、成为一名芭蕾舞演员,还有爸爸终于回家了。

餐厅里的灯光又亮了起来,她们互相眨了眨眼睛。

奥利维娅把蛋糕拿到一旁切分,并且准备自己带一些回家。

"现在开始看信吧,"卡特要求道,她的眼神透亮,"拿给我。"

"我们都把自己的信读出来。"琳恩的话听起来有些模糊。

所以她们都照做了。

卡特是第一个。

亲爱的自己，

这是来自过去的一封信。也许你现在已经不记得了，但你曾经被迫和这个让我很生气的白痴老师做了一件蠢事，美其名曰"个人发展"。很高兴你终于自由了，我敢打赌！一想起学校的时光有多无聊，以及曾经如同坐牢的心情，现在的你一定会笑得前仰后合。对了，你肯定不会相信，杰玛正坐在我前面拍埃利斯老师的马屁。琳恩用手挡着她的信纸，好像怕我偷了她的未来一样，老天爷啊。所以，我希望现在的你能做到：

1. 开一辆红色的跑车。

2. 要到处旅行。

3. 有很多钱。

4. 弄个文身。

5. 有一间属于自己的公寓。

6. 去任何你想去的音乐会。说走就走！因为你可以做到，对吧？所以快去！

7. 你应该很成功了——我不确定在哪方面。你可能成了一名著名的战地记者（我不希望到时候已经实现世界和平了，战争还在继续吧）

8. 就上述这些吧，我觉得你现在还不应该结婚，等三十五岁的时候再说吧。你也不想像妈妈那样把自己的生活搞得一团糟吧。

十四岁的卡特里奥娜·凯特尔留

接下来是琳恩。

二十年后的我，你好，

你现在应该达到的目标是：

1. 分数足够考大学酒店管理专业了。

2. 去激动人心的地方走一走。

3. 拥有成功的餐饮事业。

4. 一个声音像戈登先生的丈夫（你的丈夫应该喜欢你、爱你、懂得浪漫、会送花给你）。

5. 一栋可以看到悉尼港景色的漂亮大房子。

6. 衣橱里有许多漂亮的衣服。

7. 一个女儿取名为玛德琳，一个儿子取名为哈里森。（参考哈里森·福特[①]。嗯，嗯）

祝你好运，再见。

琳恩奈特·凯特尔留

最后是杰玛。

喂，杰玛！

是我，杰玛！

我现在十四岁。

[①] 美国著名男演员。

你已经三十四岁了!

哇!

以下是你现在应该做到的:

1. 某专业的学位。

2. 从事某领域的事业。

3. 一个健壮的、胆识过人的丈夫,他名字的首字母必须是 M、S、G、C、X 或 P!

4. 四个孩子:两个女儿和两个儿子。生孩子的顺序应该是儿子、女儿、儿子、女儿(但是也可以变通)。

所以——你都做到了吗??我希望你做到了!如果没有的话,可以告诉我原因吗?

非常爱你的杰玛。

另,嘿!你应该体验过做爱了吧。那是什么感觉???!!!啊啊啊啊啊!

再另,你们当中谁先做的?你,卡特,还是琳恩???啊啊啊啊啊!

再再另,给你那个健壮的、胆识过人的丈夫一个大大的吻,告诉他这个吻来自十四岁的你!

"哇哦。"琳恩说,"我们真的,真的……"

"完全一致。"卡特说道。

"完全不同。"杰玛说道。

这并不是她十四岁时想要的东西。事实上,她是如此幸福,同时彻底地相信她有权利想要任何东西。

喂,杰玛!对不起,我好像把一切都搞砸了。我忘记了。我不

333

确定我忘记了什么。但我确实忘记了。

她想起了自己的母亲,她在卡特出庭那天看着卡特和琳恩陷入激烈的争吵。"那两个人需要放手!"她说。"那我呢?妈妈,"杰玛傻傻地问,"我需要怎么做?""你正好相反,你得抓住,抓住某样东西,或者任何东西!"

"所以,琳恩,你现在需要完成的只有那个叫哈里森的小男孩,你其他的梦想都已经实现了。"卡特说。

"是的,我知道。我真是太无聊了。"

"这是你自己说的,我可没说。"

"住嘴吧,你们俩,别说了。"杰玛感到内心有一种说不清的感觉在膨胀。

卡特和琳恩并没有理她。两人都灌了一口酒。

"你的信里甚至都没提到孩子。"琳恩对卡特说。

"这又不是一份合同。"

"只是觉得很有意思。"

"琳恩,这些都不关你的事。"

"怎么不关我的事!杰玛的孩子就是我的侄子或者侄女。而且我认为孩子应该和父母待在一起,所以——"她没再说下去,吸了口气,用手背擦了擦桌布上的面包屑。

"所以什么?"杰玛问。

"所以我才打电话给查理,把你怀孕的事告诉了他。"

杰玛差点儿打翻杯子。"他说什么了?"

"他没接,"琳恩承认,"我没有留言。但我准备再打给他,对此我有很强烈的感觉。"

杰玛看着卡特开始颤抖。

"婊子，你真是个婊子。"

"卡特，这与你无关。"

"怎么与我无关，这是我的孩子！"

杰玛感到一丝惊讶，心想，并不是，这是我的孩子。

"你知道灯泡是怎么工作的吗？"她问卡特。

"杰玛，给我闭嘴！这件事很严肃！"

查理知道。这似乎是她一生中最纯粹、绝对的真理，查理会知道电灯泡是怎么工作的，他还会做鬼脸，在他的解释之下，电好像有了魔力一般。杰玛不想错过这一切，她想在伍尔沃斯超市里明亮的白光下爱着他们。

"问题是——"她开口道。

她知道接下来的话会十分残忍，让人无法接受，但她还是决定要说。

"我改变主意了。"

第二十四章

她改变主意了。她就这么改变主意了。

"对不起,卡特。"杰玛睁大眼睛,真诚地看着对面的卡特,"我真的、真的很抱歉。"

卡特几乎露出了笑容,她知道会发生这样的事。

也许她一直都知道会有这么一天。

但她给了杰玛一切可能的机会。

"你确定你想这样?"她一遍又一遍地问。

杰玛一次又一次地回答:"确定啊!这是我内心深处最真实的想法。"

最初杰玛提出这个计划,卡特答应得很轻松,连她自己都觉得有些虚幻。杰玛坐在卡特的厨房里,穿着毛边短裤,看上去很正常,也很瘦,和怀孕一点儿关系都没有。这好像是一个游戏,一种抽象的用于分散注意力的游戏。这和她想去精子库一样,是的,她是有些严肃,有些非常严肃,但精子库真的存在于喜剧电影之外吗?他们在黄页上投广告了吗?

一想到自己即将抱着杰玛的孩子,她便不会再去想丹和安杰拉——还有安杰拉的头发、乳房和她的内衣。

当走在推着婴儿车的父母身边时,她也不再会想停下来对着那些自以为是、漫不经心的女性狂怒地尖叫:"你有什么特别的?看看你!你既没那么漂亮,也没那么聪明!为什么你就能生小孩,而我不能?为什么我连这种最基本的事都做不到?"

她的睡眠质量也变好了，每天都能早睡早起。

这也是玛克辛和琳恩对这件事提出的强烈的反对会如此伤人的原因。她们好像觉得这一切都是卡特的主意，就像往常一样，邪恶的卡特在利用脆弱无助的杰玛。

她们从来都不会说"我们能理解你"。她们从来都不会注意卡特的感受，不会觉得卡特还能正常生活已经是个奇迹了，因为她感觉自己的身体好像被撕成了碎片。她们不会像卡特一样，每天都会怀疑丹是否已经走了，是否在另一个女人的床上醒来。

这一切的伤害让她做了一个任性的决定，为什么不呢？

如果这是杰玛想要的结果，为什么不可以呢？

她花了好几个小时来装修第二间卧室，把墙壁漆成了奶黄色。当她在墙上刮刮画画的时候，她相当平静，脑海中一片空白。

育儿室很漂亮，每个人都这么说。

就在昨天，她还买了一把白色藤椅，上面放着蓝色的靠垫。她将椅子放在窗户旁，坐在那里，你可以看见远处的木兰树。她沐浴在清晨的阳光下，想象着给婴儿喂奶，想着幸福的可能性。

之后孩子将和她一起对抗这个世界，只有他们两人。

而现在，杰玛改变了主意。

所有的温柔和阳光都被夺走了，卡特又回到了那个充斥着备忘录、办公室隔间和离婚诉讼的乏味的荒原，再没有人会等她回家。

与其享受过温暖再被夺走，不如一直保持寒冷。

卡特坐在喧闹的餐厅里，可能是香槟的作用，只感觉头砰砰作响。面前放着一个巨大的、三角形状的巧克力蛋糕，令人作呕。几秒钟后，她仿佛失去了知觉，接着它突然又像一股有毒的急流滚滚而来。

它是一种本能的失望,带了些孩子气。

它是一种羞辱:"哈哈!看看谁像个傻瓜!"

它是琳恩扬起的眉毛,自鸣得意的模样。

它是明天。是后天。

这是因为十四岁的卡特·凯特尔会认为自己是个失败者。

无论如何,卡特被吸进一个充满哀号的旋涡之中,后来她根本不记得自己是如何站起来的,或者她说了什么,她手里拿着什么,直到她把手里的东西扔出去,尖叫着"他妈的,是你们毁了我的生活"!

"总有一天你会玩过火的。"玛克辛总是这样说。

她确实过火了。

叉子尴尬地插在杰玛的肚子上。

血!

她的第一反应是:天哪,我杀了她。

下一秒,我要吐了。

她能感觉到耳朵里轰轰作响。

然后她躺在地板上,剧烈的疼痛从她的侧脸冲进耳朵,嘴里塞满了某种金属制的东西。

女服务员奥利维娅蹲在她身边。"没事,你只是晕倒了。还好吗?你的下巴刚才狠狠地磕到了桌子。"

卡特可以看到四周人的腿,她们的桌子被一群陌生人团团围住,嘴里还在争论着什么。

"冷静!让她保持冷静!亲爱的,你要冷静!"

"救护车来了。嘘!那是警笛声吗?"

"有人报警了吗?我看到了,这就是袭击!"

"你听到了吗？她们居然是姐妹！真不敢相信。"

"是我杀了她吗？"她想问，但她的嘴里塞满了东西。

"大家都吓坏了！"奥利维娅看起来很高兴。

"嗯，琳恩？"这是杰玛的声音，她听起来还活蹦乱跳的，还有些担心，"我想，我好像宫缩了。"

奥利维娅的嘴角突然垂下了，样子很滑稽。

随着恐慌的蔓延，人群发出叹息，人们不停地摇摆移动。卡特看到一双男式皮鞋小心翼翼地从桌边挪开。然后她听到了琳恩的声音，她的声音变得异常恐慌，"这里有医生吗？"卡特接近疯狂地祈祷：上帝啊、耶稣啊、圣灵啊，圣母玛利亚啊，我求求你们，保佑孩子没事！

"我有急救证。"有人说。

"她不需要做心肺复苏。"另一个人说。

"我以前从来没有宫缩过，"杰玛沉着地说道，"所以我怎么知道呢？"

"扶我起来。"卡特嘀咕道，嘴里全是血的味道。奥利维娅拉住她的手腕，把她扶了起来。

"老板来了。"奥利维娅似乎很开心，"噢！她肯定会疯掉的！地板上到处都是乱糟糟的。"

就是那个一身黑衣、举止优雅的女人，一开始也是她亲切地将她们带到座位上。此刻，她厌恶地瞪了卡特一眼，把人群赶回了座位。"能麻烦大家让一让吗？救护车马上就到了。"

大家匆匆地回到自己的座位，显得有些尴尬，一本正经地低声说着什么。

十分钟后，医护人员到达餐厅，餐厅里弥漫着戏剧性的氛围和

339

一种松弛的威严感,他们就像电影明星一样,悠闲地走进新闻发布会现场。

琳恩开始跟他们说话,但杰玛打断了她,她的语气简洁而紧迫,甚至有些专横。

"我的预产期在两周后,我昨天去了医院,医生说我可能会开始有一些假性宫缩,但我不知道刚才是不是。子宫周围会有很多组织吧?叉子不会伤到我的孩子吧?"

"不太可能,"医护人员表示赞同,"那必须要穿透很长一段距离。现在看起来只是像破皮了,我先量量你的血压。"

"我觉得你应该听听孩子的心跳。"杰玛厉声道,"我觉得你应该这么做。"

她的声音,卡特心想,和琳恩一模一样。

也许是和玛克辛一样。

她听起来就像是一位母亲。

卡特静静地托着下巴,看着车窗外城市里的灯光。现在开车送她们去医院的正是坐在她们旁边的那个人,就是那个帮杰玛拿包的人,卡特不知道也不关心和他在一起的那个女孩发生了什么。

那人向卡特做了自我介绍,但她根本懒得听。他看起来不太真实,所有人都不太真实。她感觉好像有一层模糊的薄膜把她和这个世界分隔开了,除了杰玛和孩子会没事之外,什么都不重要。她的侧脸疼痛难忍,但也很奇怪,她可以意识到自己的每一次呼吸。

琳恩坐在前排,卡特可以听到她正在和玛克辛打电话。

"是,我知道今天是我们的生日。所以——"

"是,我知道我们的岁数——"

"不是，妈妈，我们没有醉——"

"好吧，可能有点儿醉了。"

"是的，叉子，芝士火锅叉。"

"海鲜火锅。"

"好吧，我们喜欢！"

"那只是一场小争执，妈妈。其实——"

"好吧，可能没有那么小。但是——"

"好吧，对，确实。整个餐厅应该都看到了，但——"

"皇家阿尔弗雷德王子医院。"

"好，再见。"

琳恩放下手机，转过身看着卡特。"妈妈让我们保重，她爱我们，然后她马上就到。"

卡特不解地看着她，琳恩哈哈大笑。"开个玩笑！"

开车的人也笑了起来。卡特把餐巾放到嘴边，回头望着窗外。琳恩的声音听起来很像杰玛，世界变得混乱不堪。到了医院后，卡特默默地下了车，砰的一声将车门关上，她对着明亮的灯光和面前无声的嘈杂景象眨了眨眼睛：电话铃声响着，一个孩子不停地尖叫，成群的人匆忙地向不同方向奔去。

琳恩似乎和餐厅里的那个男人成了最好的朋友。卡特看着她靠在窗户上，热情地和那人聊天，然后起身挥手告别。

她拿起一张名片。"他既是园丁，又是婚礼摄影师，还是一名私人教练！"她的语气好像这是一件很有趣的事情，"当时他正在相亲，但显然进行得不太顺利。"

卡特耸了耸肩。

琳恩把名片放进钱包。"好吧，让我们看看杰玛怎么样了，我想最好找个人给你看一下,我不知道你是不是咬了自己的舌头。"

卡特又耸了耸肩。也许她之后都说不了话了,不过这可能会让生活变得简单点。

"琳恩?卡特?"

琳恩和卡特同时回头,看到查理正向她们走来。

他穿着一条脏兮兮的运动裤,套了件T恤,黑色的无檐便帽戴在头上。他整个人汗流浃背,焦躁万分。

"我当时刚踢完球,正在往家走,然后就接到了你妹妹的电话,这是半年以来她的第一通电话。"查理说,"她问我电灯泡作用的原理,所以我就开始和她解释。那是杰玛吧?她总是会问一些好玩的问题。但接着她就开始号啕大哭,说她在救护车上,孩子马上要生了,问如果我不太忙的话,能不能去帮她调整呼吸?你们这些女孩也太奇怪了吧?"

"对啊,我们就是这么奇怪。"琳恩说。

他摊开双手,摆出一个非常意大利式的动作。"老天啊,是她甩了我,甚至连怀孕都不告诉我,现在突然让我去帮她调整呼吸?"

"她本来不准备说的。"琳恩附和道。

"我不知道该怎么做!"他脸上掠过一丝恐惧,"这些有专门的课程、书和视频。我想知道我该怎么办!"

琳恩对他笑了笑。"只需要抓住她的手,就像电影里演的那样。"

"天哪。"他一把扯下帽子,一只手捂着头,深吸了一口气,"她还好吗?"

"出了一点儿小状况,不过医生已经在治疗了。"

查理将目光转向卡特,才注意到她那沾满鲜血的餐巾。卡特低头看着地面,想把自己隐藏起来。

"意外？"

"我们先进去看一下吧。"琳恩说。

琳恩和查理走进医院，卡特独自坐在一张绿色的塑料椅上，开始与上帝进行沉重的谈判。

她只想让杰玛和孩子没事。这个要求似乎很合理，她只想要这个，可以不计后果。

如果上帝答应她的请求，她愿意放弃酒精以及其他让人开心的活动，她会欣然接受自己永远不会有孩子这个事实，从此像修女一般过着平静的生活，一心只为他人。

她甚至会考虑参与志愿者工作，虽然这让人很难受。

在一场似乎没完没了的讨论之后，查理和琳恩回到了卡特身边。她抬起头来，一言不发地看着他们。

"现在有人要来看我们。"琳恩解释说。

查理仔细地看了看卡特。"还行吗？你看起来不太好。"

卡特点了点头，咕哝了一句："还行，谢谢。"

"杰玛·凯特尔的家属吗？"一位护士皱着眉向他们走来，"她很棒，宫口已经四厘米了，你们哪位进去陪产？"

"孩子父亲去。"琳恩说。

查理吓了一跳，愣了一下说："那就我去吧。"

护士意味深长地看了琳恩和卡特一眼，眼神中带着一丝轻视，仿佛在说"呵，男人啊"！然后说道："这边走。"

"好的。"查理把运动包递给琳恩，然后就乖乖地跟着护士，头也不回地走了，肩膀挺得笔直，上面还套着那件脏兮兮的T恤。

琳恩在卡特身边坐下，摇了摇头。"他可真是位圣人，杰玛要是不抓牢他，老娘就拿叉子插她！"此时，玛克辛大步走进医院的

343

候诊室,看到两个女儿正靠在一起,无奈地大笑。

她把包带贴在胸前,不以为意地说:"你们,真的假的?"

第二天早上八点,卡特第一次抱到了自己的侄子。宝宝有八磅重,小脸红扑扑的,皱成一团,黑黑的头发缠绕在一起,长长的睫毛神秘地贴着焦糖色的皮肤。

房间里只剩下卡特和杰玛两个人。

查理回家换衣服了,琳恩先回去了,当天下午和迈克尔带着玛蒂再过来,玛克辛和弗兰克在自助餐厅买咖啡。

"卡特,对不起。"杰玛背靠着枕头,脸上脏兮兮的,脸也肿肿的,但充满了喜悦,"这件事我做得确实很糟糕。"

卡特摇了摇头,目光一直盯着孩子。

昨晚她从医生那里得知自己的下巴骨折了,目前她的后牙和门牙连在一起,如果她想开口说话,嘴里就会开始吐口水。

她觉得自己就像个怪物,这也许就是她赎罪的方式。

"我一直把他当成是你的孩子,"杰玛说,"我向你发誓,但不知怎的,我突然就想要了——我想要那个孩子,想要查理,我想要一切。"

卡特把自己的小手指放在婴儿的手掌上,然后看着他的小手慢慢地收缩,最终握紧。

科索街的肥皂泡

今天天气真好。你今天怎么样？我敢打赌你肯定一步都没动过，对吧？我坐公交车去了科索，你知道的，我有关节炎，要多去海边吹吹风。

我坐在最喜欢的那张长椅上，吃着香蕉三明治，看着来来往往的人们。不远的阴凉处坐着几个可爱的年轻女生，她们还带着孩子。其中一个正在蹒跚学步——她可是个大魔王！那几个女生为了照顾孩子们忙得不可开交。

对了，还有一个刚出生的小婴儿！女生们轮流抱着宝宝，我分不清谁是他的妈妈，不过她们肯定是姐妹，因为她们哄孩子的时候都会轻轻地摇晃着自己的身体。她们的个子都很高，举止优雅，我也一直都想再长高些。

对了，她们还想出了一个方法，用来分散那个"小恐怖分子"的注意力。她们拿着一小瓶洗涤剂，对着小女孩吹肥皂泡。孩子伸着双手跑来跑去，笑着想抓住它们。那些泡泡在微风里飘浮舞动，就像成百上千道小小的彩虹，漂亮极了。看到此情此景，我突然有些想哭，当然是开心的泪水。

不过其中一个女生看起来不太开心，好像正因为什么事情闷闷不乐。虽然她尽力隐藏着情绪，但我还是能看出来，好像自己什么事情输了一样。你能理解我的意思吗？对，挫败感。

我想对她说："亲爱的，不要难过。无论你在担心什么，最后可能一切落空，或者发现那也不算什么。很久以后你可能只会记得那天和姐妹们在科索街吹泡泡。此刻的你是如此的年轻又美丽，但你却一无所知。"

但她只会把我当作一个疯婆子，你说呢，塔比？我觉得她会。

第二十五章

卡特提前几分钟到了公园,坐在秋千上等丹。

那是一个星期六的早晨,天气格外寒冷,公园里空无一人。游乐设施孤零零地散落在地上,让人有些毛骨悚然,大风刮过,秋千的链条发出可怕的咯咯声,像孩子们可怕的笑声。

一段记忆在卡特的脑海中一闪而过,这应该是她第一次想起这件事。

玛克辛推着琳恩在荡秋千。那是一条黄色的裙子。

"妈妈,什么时候轮到我?"

琳恩飞得很高。

她像小鱼一样张嘴、闭嘴,享受着拥有一个正常下巴的自由。

距离上次火锅叉事件已经过去六周了。

毫不意外,这个故事已经流传开了。据迈克尔描述,他在某个工作场合听到了这个故事,有人在一家中餐馆里用叉子砸到了孕妇,这名孕妇随后在餐厅的地板上生下了三胞胎。

迈克尔并没有上前去纠正故事的真实性。"我不希望认识我们会让你觉得尴尬。"琳恩说。

"正相反,亲爱的!我那是不想炫耀。"

杰玛和查理给孩子取名为萨尔瓦托雷·莱斯利,取自他们各自祖父的名字。

小萨尔简直是来自地狱,他既没有继承母亲的嗜睡,也没能继承父亲的善良。近期杰玛和查理一直处于缺觉的状态,每天恍恍惚惚，像做梦一样四处游荡。

不过周二那天，萨尔聪明地决定第一次对爸爸和妈妈露出微笑，杰玛和查理的心瞬间融化了。

家里育儿室的门依旧紧闭着，卡特过着如同机器人般的生活，每天念着新的咒语：我什么都感觉不到，什么都感觉不到。她在赫林达勒巧克力公司异常努力地工作，以至于罗布·斯潘塞都觉得有必要给她上一课，告诉她保持工作和生活"平衡"的重要性。

卡特打破了自己的纪录，成功戒酒四个星期，但刚说完"上天啊，我可以做到"，转身又成了一名虔诚的无神论者。

前一天丹打来电话，说他想谈谈。

"出去喝一杯吗？"

"有什么事就在电话里说吧。"她用尖尖的声音嘲讽道，这种声音似乎是她专门为了对付丹而创造出来的。

"我希望我们能见一面。面对面说。"他的声音也变了，变得正式而克制，好像正坐在证人席发言，这让卡特有些伤心。

我知道你来时的表情，我知道你如何剪脚指甲、如何用牙线、如何擤鼻涕，我知道你爸爸会让你心烦、蜘蛛让你害怕、豆腐让你恶心。我都知道。

"好，但不要去酒吧。"她不希望他们周围都是正常说话的声音，都是快乐的人，"我们公园见吧。"

她踢着脚下的木屑，想着丹此次来的目的。

他们已经分居七个月了，法律规定分居一整年后才能离婚，在此期间不能进行受审和解。

你必须向政府证明这不仅仅是一场小争执，你的婚姻已经彻底地破裂。

他来了。

卡特看着他下了车,皱起眉头看着停车标志。他看了看表,又看了看标志,眉头紧皱。他在看标志停车这方面总是不太在行,没事的,丹,那不是下午三点以后,也不是早上九点之前。

最终他停好车,穿过长满草的堤岸,大步向她走来。他看见了她,笑了笑,举起一只手向她致意。此刻她忽然意识到,自己还爱着他。

"嘿。"

"嘿。"

"挺冷的。"

"是啊,太冷了。"

他的身体靠近,好像下一秒就要亲到她的脸颊,卡特低下头,指了指旁边的秋千:"坐吧。"

他坐了下来,动作笨拙地将一双大长腿伸直。

他的眼睛直视前方。"你还好吗?"

"挺好的。"

卡特推测他已经通过查理和安杰拉知道了那一晚餐馆里发生的事情。她突然感到一阵羞耻,不过也不以为意,她已经没有什么尊严可言了。

他选择了安杰拉。杰玛选择了她的孩子。

"卡特。"

她承认,有那么一瞬间,她的心跳得飞快,她以为他会承认所有的错误,说他想回家,他会把一切都解决好,再给彼此一个机会。

"我要去法国了,我们要去法国了。"

我什么感觉都没有。

"巴黎的工作机会又有了？我都不知道。"

这曾经是他们的梦想。安杰拉正在实现卡特的梦想。

"我大概在一周前得知了消息。"

他努力用一种平静的语气陈述事实，但她能听出他内心的激动。他们也一定一起庆祝了。

"我不希望你从别人口中知道这件事。"

"谢谢。"

他锐利的目光快速瞥了她一眼。"我不知道你相不相信，但是我真的很难过，关于发生的这一切。我希望……怎样才能使你相信我真的很难过。关于这一切。我希望……我从来没有……我真的好抱歉。"

卡特突然想到将来的某一天，安杰拉也会有丹的孩子。卡特一直想象的那个小男孩，一个迷你版的丹，现在属于安杰拉了。

那个女人会实现她的梦想，拥有她的孩子。

当然了，今天丹回家后，安杰拉会问他："她怎么样？"然后丹会难过地说："不太好。"而安杰拉也会一脸同情，脸蛋还是那么漂亮，胸还是那么大。

卡特突然从秋千上一跃而起，走到丹身后。那个女人不愿听到她的哭泣。

"来，我来帮你推。"

"啊？"他的肩膀瞬间僵住了。

她轻轻地推了一下他的背，说道："小时候你妈妈是不是也这样推着你荡秋千？"

"嗯，应该是吧。"

她把双手平放在他的背上，一下又一下地推着，他的腿拖在地上，双手紧紧地抓住秋千。

我什么感觉都没有。我什么感觉都没有。我什么感觉都没有。

"所以,巴黎啊!终于还是去了!"卡特像是鸡尾酒会上迷人的宾客,"他们给你安排住所了吗?"

"他们安排了一间公寓,直接拎包入住,我们可以住一个月,之后我们再找房子。"

"那安杰拉呢?她在巴黎做什么?在那儿工作吗?"

"还不确定呢。"

"我猜你们接下来有得忙了!你准备卖掉车吗?还有现在的那些东西。"

"我准备把车给梅尔了。"

"丹。"

她突然再也受不了了,再也无法忍受下去。

她凑近他耳边,用自己真实的声音温柔而急切地对他说,仿佛只剩下一分钟的时间来传达这个危险的信息。

"谢谢你告诉我这些。我现在很好,真的。可以帮我个忙吗?你能不能现在就走,什么也不要说,也不要看我。不要说话,也不要回头,谢谢。"

他静静地坐着,服从这样一个古怪而夸张的要求从来都不是他的风格。但接着他把一只手放在她的手上,紧紧地握住,刹那间,她闻到了他头发上的味道。他捏了捏她的手,起身走回了车里。

这几乎是一个完美的悲剧性的时刻,只不过当他走到堤岸时,一只脚被绊了一下,摔了一跤。

好吧,完美的悲剧性时刻从来都不是她所喜欢的,一场闹剧似乎更像是她的风格。

卡特在原地拍手叫好。"再见了！你这个大笨蛋！"

他没有回头，只是竖起大拇指对她表示嘲讽，然后继续向车子走去。

第二十六章

卡特和丹在公园见面的前一天晚上九点左右,凯特尔奶奶正在家里吃烤奶酪,配上一壶好茶,一边看她最喜欢的综艺节目《谁想成为百万富翁》。突然一块砖头砸穿后门的玻璃,砰的一声砸在了地毯上。

奶奶听到一种奇怪的声音,想当然地以为是爷爷留下的那只该死的狗发出来的。她很喜欢对着那只狗发脾气,所以马上暂停了电视节目。

"又怎么了,你这个蠢货?"她愤愤地喊道,仿佛是帮爷爷教训它。对着狗大喊大叫会让她觉得莱斯利还活着,仿佛正在后面的房间里忙着什么。她几乎能听到他在回答:"亲爱的,你待着别动,我来!"

过去莱斯总是宠着那只狗,她都快疯了。

她站在电视室门口生气地自言自语,这时她听到了脚步声。

"谁?"她穿过走廊大声喊道,与其说是害怕,不如说是生气。弗兰克和孙女们都有钥匙,但是,敲门是基本礼貌。

就在这时,一个陌生的身影向她走来。一个完全不认识的人闯进了自己的房子,一股巨大的恐惧从脚底开始蔓延,贯穿全身,最终塞进她的嘴里。

那人毫不犹豫地径直走向她,仿佛一直在某处等她,接着朝她脸上就来了一拳。

她的肩膀重重地撞在墙上,倒了下去。

在最初的几秒钟里，她的世界变成了朦胧的红色，泪水模糊了视线，她能感觉到血从鼻子里流了出来。

电视里的节目继续播放着。"你的选择是什么？是拿钱走人，还是再拼一把？"主持人埃迪·麦圭尔问参赛者。

她能听到那人进了她的卧室，拉开抽屉，动她的东西。

她心想，你一定觉得我会把所有的钱都藏在床底下吧，我是那种愚蠢的老女人吗？抱歉了，它们正躺在联邦银行里呢，小朋友！

过了一会儿，她发现那人拿走了她的钱包、她最好的珠宝，里面全是两元硬币的储钱罐，还有一张崭新的十元纸币，那是她放在餐桌上准备塞进卡拉生日贺卡里的。他还拿走了她在深夜电台访谈比赛中赢来的新相机，当时她答对了《冰雪河来客》中小马驹的价值。

他花了二十分钟在她的房子里挑选物品，好像商场里血拼的顾客，接着便头也不回地走了出去。

那只狗从某个角落里走了出来，在接下来的五分钟里，它什么也没做，只是痛苦地不断绕圈，然后停下来舔了舔她的脸，呜咽着喘气。

她想站起来，但胳膊已经不听使唤了。

她又试了一次，最后还是放弃了。"莱斯利。"奶奶对着地毯唤了一声。

第二天上午大约十点，贝弗和丈夫肯说，今天格温·凯特尔居然还没有去花园里浇水，确实有点儿奇怪。每周六给花园浇水是她的习惯，她也没提过这周六有什么别的事情。或许家里来客人了？虽然门前也没有停着其他车辆，肯觉得呢？

肯没什么想法。果然和男人无法沟通，贝弗轻哼了一声，准备自己去看看,她试探性地推开邻居家敞开的大门。

映入眼帘的是躺在走廊里的格温,贝弗连忙跑回大门口,大声呼喊着肯的名字。肯闻声跑来,差点儿摔了一跤。

"看在上帝的分上,贝弗,你慢一点儿。"奶奶说道,鼻子下方的血块已经凝固了。

贝弗弯下腰去拽奶奶的衣袖,这是她有生以来第一次完全说不出话来。

卡特打了一辆车赶去医院。她坐在后座,双手紧紧地夹在两膝之间,想象着另一个平行宇宙:那个混蛋闯进奶奶家的时候,她恰巧过去拜访。

"他妈的!"她一定会大叫一声。

只要那人一转身,她就会狠狠地踢他的蛋蛋。

他的头向前一伸,她就会抓住他的耳朵,用膝盖撞他的脸,然后看着他在地上凄惨地呻吟时,接着再一下下踢他的肾。

"去找个和你块头一样大的人吧!"

卡特一进门先看到了她的家人们,他们笔直地坐在奶奶床边的半圆形椅子上。

"太好了,你来了。"玛克辛说。

弗兰克什么也没说,只是举起一只手示意,他看上去好像有些发热,脖子上布满了红色的斑点。

相比之下,杰玛的脸色苍白得要命。萨尔躺在她脚边的摇篮里,正拼命地吸着奶嘴,黑色的眼睛来回扫视。"奶奶,卡特来了!"杰玛说。

"你来了，卡特。"琳恩的嘴唇扭曲成一个怪异的弧度，大概是在微笑。她正在往花瓶里插花，眼圈红红的，还挂着泪珠。

"奶奶。"卡特本想开心地打个招呼，但发现自己真的做不到。现在她能理解为什么每个人都吓呆了，就好像他们都突然挨了一记耳光。

看到奶奶的一瞬间，仿佛那场袭击就发生在眼前。

她的嘴上有一大块淡蓝色的瘀伤，下嘴唇的伤口结了痂，一只手臂被吊在空中。她的头发是最令人难受的，通常奶奶会花很长时间打理头发，用卷发棒把雪白的头发卷成一顶小帽子般的造型，今天她的头发又软又腻，贴着头皮。

她看上去就像一个十分虚弱的、丑陋的老太婆。完全变成了另一个人，并不是那个特别讨人厌的、活泼的奶奶了。

"你听得到吗？"奶奶抓着她的手说，卡特弯下腰，在她布满皱纹的脸颊上落下了一个吻，"他拿走了我在节目上赢来的相机，为了这个相机，我等了一个多小时！"

"格温，我们再给你买一台。"玛克辛说，"买一台更好的。"

奶奶似乎没有听见她的话，她紧紧地抓住卡特的手。"就在上周，我的信箱里收到一张绿色的卡片，我就问贝弗：'这是什么？听说邮局里有一个我的包裹。'我都把赢得比赛的事情全忘了，所以贝弗就说——"

她突然停了下来，抬头看着卡特，淡蓝色的眼睛里噙着泪水。

"亲爱的，我昨晚真的吓了一大跳。"她的声音在颤抖。

'我知道，奶奶，我能想象得到。"卡特说。

弗兰克向后挪了下椅子，站了起来。"这他妈——我真的不能——这——妈的！"

他一拳打在椅背上。

奶奶放下了手,又恢复了霸道的语气。"冷静点儿,弗兰克!没必要,生活不就是这样,不好的事情随时都会发生。"

屋子里的人都默默地看着她脸上的瘀青。

"你好啊,凯特尔夫人!"一位护士打破了沉默,踏着轻快的脚步走进来,"屋里人还挺多嘛,真可爱,这些花可真好看!"

"我的背疼死了。"奶奶说。

"好的,让我来看看。你们要不过几分钟再进来?"

护士笃定地看着屋子里的其他人。

"我们下楼去吃午饭,"琳恩说,"奶奶,我们过一会儿就回来。"

"没事,不着急。"奶奶说,"我不知道他们哪里可爱了,一个个愁眉苦脸的。"

杰玛把萨尔抱了出来。

"让你爸爸抱。"玛克辛盯着弗兰克。

"爸爸,你要抱吗?"

"什么?哦,好啊。"弗兰克接过婴儿,将他抱在怀里,"你好呀,小朋友。"

卡特看着萨尔,他穿着亮橙色的连体衣,一只胖乎乎的小手抓着弗兰克的衬衫。每当看到萨尔,她就会感到一种熟悉的、反射性的阵痛,就好像之前运动造成的损伤。

"丹找你做什么?"三姐妹一起往电梯走的时候,琳恩问道。

"他要去巴黎工作了,和安杰拉一起。"

说完琳恩和杰玛都转过身,一脸惊恐地看着她。

"我不知道这件事,"杰玛立刻说道,"查理什么也没说。"

"安杰拉的许多事都与你无关,你不要想太多。"卡特说。

357

"我觉得——"琳恩咬着嘴唇,"抱歉。"

"嗯,我也是。"卡特说。这时电梯铃响了,他们的父母也走了上来。电梯门关上后,弗兰克突然把萨尔交到杰玛手中,双手捂住脸,肩膀一阵阵地颤动着。卡特一瞬间蒙了,但下一秒意识到,这是她有生以来第一次见到父亲哭。弗兰克抬起头,用手背擦了擦鼻子。"真想杀了他。"弗兰克的嘴巴因为强烈的仇恨而扭曲。

在丹和安杰拉的航班离开悉尼的同一时间,卡特正把一个巨大的绿色垃圾袋扔到她奶奶家的前廊上,她抽了抽鼻子,眼前满是灰尘。

他们会牵手吗?看见悉尼在下方渐渐地消失,他们也会有些紧张,开玩笑讨论着即将开始的新生活吗?

卡特和玛克辛正在打扫奶奶的房子,她在那儿已经住了五十多年。他们准备把她送到一个专门为五十五岁以上的老人开设的度假村。

"我知道,这是一个退休村。"奶奶说着拿给她们一本精美的宣传册,上面是几位头发花白的老夫妻,他们聚在"宽敞的阳台"上,手中的香槟杯碰在一起,脸上都洋溢着激动的喜悦之情,"我又不傻,这都是些没脑子的老女人。不过话说回来,那里确实更安全,而且说真的,我要这么大的房子干什么?你们之前怎么都没提过,是不是担心我把遗产都花光了?"

虽然在过去十年里大家一直都在提这件事,但此刻都选择了闭嘴。这完全是奶奶一个人的主意——太聪明了,太机智了。

当她躺在病床上的时候,她说不敢再在房子里待着了,因为害怕了。

"妈妈,我们怎么可能还让你回去?"弗兰克说,"你可以搬来和我们一起住。"

卡特看到母亲目光闪烁,但奶奶打断了弗兰克。

"你傻啊,弗兰克。我为什么要和你住?我想去度假中心!"

自从那次袭击之后,凯特尔奶奶似乎显现出了两种截然不同的人格。

有时候在卡特看来,她内心的脆弱和恐惧令人心碎,就像一个孩子从噩梦中醒来。当描述那次袭击时,她的声音会颤抖,泪水充满了眼眶。她的感情的确受到了很大的伤害。"他没有看我,"她不停地说,"我说过吗?他甚至连看都不看我一眼。"但在其他时候,她似乎变得比以前更加犀利。她以一种新的姿势抬高下巴,声音中透出坚定的锋芒。

不过这件事也让她变得小有名气。

《每日电讯报》刊登了一篇报道,标题为"奥运会志愿者遭袭击"!上面有一张奶奶参加志愿者游行的照片,是琳恩给他们的。看着报纸上的内容,奶奶调皮地笑了一下,上面写着:她是一位天真又迷人的老太太,能背出《冰雪河来客》的全部歌词,而且她的丈夫曾经是参加过第二次世界大战的士兵!整个悉尼都吓得举起了双手。一时间,奶奶已经被支持者送的信件、鲜花、泰迪熊玩具、卡片、支票和近一百台崭新的相机淹没了。人们纷纷给报纸写信,给广播电台打电话,表示在澳大利亚发生这样的事简直令人震惊。

嫌疑犯最终还是被逮捕了,他的女友指认了他的罪犯画像。"当我在报纸上看到这位可爱的小老太太的时候,我就想,算了,就这样吧。"嫌疑犯的女友自以为是地对电视台工作人员如是说。

"可爱的小老太太,啊,我的脚。"玛克辛说,这时她拖着另一

359

袋绿色垃圾袋走到阳台上,"我快被她逼疯了。"

"谁不是呢。"卡特擦了擦鼻子,低头看了看自己的T恤和牛仔裤,上面满是灰尘。

而她的母亲,整洁得像个别针。

玛克辛叹了口气:"一九五〇年以后,她应该就没扔过东西。"

凯特尔奶奶在这一点上十分坚持,甚至可以说是专横,房子里的任何东西在被定义为"垃圾",需要去"史密斯之家"或者"换个地方"之前,都必须先取得她的许可。接着她会花很长时间和你聊这件物品的历史,最后,当她终于做出决定之后,她还很有可能会改变主意,要求卡特和玛克辛在垃圾袋里翻上一通,重新花很长时间代表这个物品进行商议。

无论是卡特,还是她妈妈,她们的性格都不适合做这项工作。

"我们需要杰玛,"卡特说,"我们负责把这些东西扔出去,她可以坐下来和奶奶聊天。"

"她现在和查理的家人在一起。"玛克辛说,但下一秒就意识到自己说错了话,她抿紧嘴唇,迅速换了个话题。她掏出几张皱巴巴的、已经褪色的纸:"看这个!"

卡特认出了自己稚嫩的笔迹,笑了:"我的又一个社会性死亡时刻。"

那是一份家庭周报,名为《凯特尔独家新闻》,是卡特差不多十岁的时候制作的,一共有四期,后来她觉得无聊就停更了。

"太好了,"玛克辛说,"这是丢失的那份!我还以为在格温那里呢!"

"还记得当时你走进来,小眉头一皱,把它递给我,"玛克辛接着说,"我只能坐在那儿,一本正经地读完,还不能笑,真是要了我的命。你一定要看我读完了才能走,然后就剩我一个人坐在那里傻笑。当时的你很是热情,特别有意思。"

"我是想出版一本严肃的刊物!"

卡特看到头条新闻:

《凯特尔爷爷访谈!》

雷·凯特尔(有时也被称为凯特尔爷爷)大约六十岁,他个子很高,头发灰白,他最喜欢吃烤的食物、喝啤酒。他最大的爱好是看报、赌狗,还有给老婆剪指甲。他最不喜欢修剪草坪,以及吃西蓝花。记者有时观察到他偷偷地把西蓝花扔在桌子底下,给他的狗吃。凯特尔爷爷有三个孙女(三胞胎),当三个孙女在一起的时候,他会喊她们统一的名字"苏西"。他也不知道自己这么做的原因。我们问他最喜欢哪个苏西,他的答案是卡特。"可别告诉你妹妹。"凯特尔先生压低声音平静地说。凯特尔当时并不知道自己面对的是一名"卧底记者",但他确实如此回答。这也是新闻自由的一次有力证明。

文章旁边贴着一张有些模糊的凯特尔爷爷的照片,卡特记得那是她自己拍的,在版面的底部还画了一颗星星,还有一行字:请关注下周的《凯特尔独家新闻》,杰玛的亲生父母即将揭晓!众所周知,杰玛·凯特尔是被凯特尔一家收养的孩子。

玛克辛擦了擦笑出来的眼泪。

"给我,"她要求道,"我不会再让它离开我的视线。"

卡特把它递给玛克辛,听到别人说自己"有趣、热情",她很开心。

"所以,"玛克辛把那页纸整齐地对折,拍了一下,"你有什么打算?"

"什么？"

果然，卡特心想，每当她妈妈变得有那么一点儿可爱的时候，下一秒她就又会恢复婊子的模式来弥补这种伤害。

"嗯？你这样的机会不是所有人都有的，我希望你不要一直闷闷不乐的，不要一不顺心就朝别人扔餐具。"

卡特盯着她。她简直不敢相信，现在只有她在帮奶奶搬东西，而琳恩和杰玛正在和各自的小家庭享受着快乐的时光，和她们快乐的小家庭在一起。卡特一直觉得自己就像个老处女，如同《小妇人》里圣洁的贝丝——唯一可惜的是，她还活着。

"你这是什么意思？"她的声音很沉重，充满了埋怨和痛苦，"有什么机会？享受流产和离婚吗？那可真是太可惜了。"

"有机会选择新生活，"玛克辛说，"你年轻、聪明又有才华，而且没有了束缚，你可以做任何想做的事情。"

"我已经不年轻了！而且我也想要束缚！我可能永远都没有机会生孩子了！"

"也许确实是这样，"玛克辛同意，"但那就是世界末日吗？"

"是！"她的声音像是因为害怕而伤心地呜咽着。

玛克辛叹了口气。"我像你这么大的时候，已经有了三个十几岁的女儿，她们都认为我想毁了她们的生活。我的工作毫无前途可言，我的前夫也很奇怪，总是把我介绍给他的新女友。当时我很沮丧，觉得整个人生都被困住了——现在想想确实有点儿疯狂。如果可以像你一样有这么多选择，我愿意付出任何代价。"

"但是我并没有选择。我想要的一个都没有。"

我想现在坐在丹身边的人是我。我想要我的孩子。我想要萨尔。我想成为另一个人。

"你真的有。真是气死我了。"玛克辛说。

奶奶的声音虽然有些颤抖,但仍充满了威严。"玛克辛!卡特!你们在哪儿?"

"看看你奶奶。"玛克辛说。

"她怎么了?"

"好吧,就当你现在有点儿迟钝吧。"

奶奶又喊道:"玛克辛!"

"等一下,格温!"

此时,一架飞机从头顶飞过,卡特把手放在阳台的围栏上,看着它变成了地平线上的一个斑点。

玛克辛打开纱门回到屋内。"法国是丹的梦想,"她把手搭在门上说,"你为什么不想一想自己的梦想呢?"

"胡说。"卡特怒道,可妈妈已经走了,纱门在她身后砰的一声关上了。

是自尊心阻碍了她的步伐。被拒绝的妻子勇敢地决定振作起来,她加入网球俱乐部、参加摄影课程、剪短头发,畏畏缩缩地回归了单身,这多少有点儿可悲。这就像接受了邪恶命运的惩罚,她始终无法成为坚忍地收拾残局的好女孩。

情感生活被毁,但卡特的职业发展顺风顺水。今年以"诱惑自己"为主题的情人节活动取得了巨大成功,公司的产品销售额直线上升,她甚至还因此收获了一些抱怨!卡特一直想做一个能引起抱怨的活动。(市场总监卡特里奥娜·凯特尔说道:"我们当然不是有意去冒犯任何人。")早餐秀节目主持人用赫林达勒巧克力开了一个低俗的玩笑。"卡特,下一步你打算做什么?"罗布·斯潘塞问,"买一盒巧克力就送一个振动棒？""这可是你说的。"卡特回道。

关于他们在一起的那个夜晚，格雷厄姆·赫林达勒并没有觉得尴尬，他似乎觉得这一切相当美好。开会时他总是对着卡特眨眨眼睛，有时卡特也会以同样的动作回应。他太蠢了，所以不至于猥亵自己，开放性伴侣只是他的一个新爱好。有一天，格雷厄姆把卡特叫进办公室，说自己准备给她升职。她的新头衔将是亚太区市场及销售总经理，罗布·斯潘塞和他的团队将向她汇报（如果可以选择，罗布·斯潘塞应该宁愿被疯狗咬）。同时她的薪资将会上涨百分之二十。

格雷厄姆咧嘴一笑，卡特心想，我这是靠睡上位的？

"百分之二十？"她问。

"嗯，"格雷厄姆语气温柔，"董事会对上一季度的业绩很满意，你的策划太厉害了！"

她能靠这个走多远呢？能不能更多一些，能翻倍吗？

"三倍。"她听见自己说。

"加薪百分之六十？"

"对。"

"行吧。"

天哪！！！

她叹了口气，想到母亲前段时间让她想一些自己的梦想。

"问题是，"她对格雷厄姆说，"我真的不想再卖巧克力了。"

他同情地看着她，神情有些落寞。"我也是，我也这么觉得，那你想做什么？"

"不知道。"

"我也是。"

他们有些不好意思地笑了起来,像两个坐在职业顾问办公室外面的青少年。

"星期三还是不行吗?"

"格雷厄姆,不行。"

那是一个星期天的下午,卡特六个月来第一次合法驾车。过了这么长时间再次坐上驾驶座,卡特很是开心。她想起了自己十几岁时第一次独自驾车,那是一种自由飞翔的感觉。她成年后的所有情感似乎都像是阴影,是对儿时强烈的真实情感的一种模仿,虽然早已没有了当时的那份美好。

十七岁生日那天的上午九点,她通过了驾驶员考试——这是考试要求的最低年龄限制。但她的姐姐们对此并不在意,琳恩并不着急,而杰玛没有一次开车不撞倒东西。

弗兰克一直在登记处等她,他低着头看着报纸。当他抬起头看到她脸上的表情时,他不禁咧嘴一笑,赶忙把报纸对折夹在胳膊下。"不愧是我的姑娘。"

弗兰克让卡特开着自己的车去兜风。"别拿自己的命开玩笑,不然你妈妈又要唠叨个没完。"

她一路驶向棕榈滩。没有大人坐在副驾驶座上,车里变得空荡荡的。每次遇到俯冲,她都会加速,这让她自由得发狂。做什么都可以!如果她能平行停车,她就能挑战整个世界!

回首过去,卡特心想,当时,她的未来就像长桌上的异国菜肴,等着她选择。这个职业或那个职业,这个男孩或那个男孩,婚姻和孩子?也许可以过会儿再吃——也许就是桌上的甜点吧。

只是她没想到这么快就到了收盘子的时间。

有一辆车没有示意就突然窜到她前面的车道上，卡特踩了一脚刹车，同时狂按喇叭。行吧。开车的新鲜感大约过了四分钟后就消失了。

　　她开车去了琳恩家喝咖啡。

　　琳恩的前男友乔在悉尼，那个英俊的美国男人。琳恩不知怎的，想让卡特见见他。

　　"你不会是想撮合我和他吧？"卡特问。琳恩感觉屏住了呼吸。

　　"怎么可能，他已经结婚了！"琳恩说，"不管怎样——好吧，见了面你就知道了。你来吧，记得带块面包。"

　　她把车停在面包店旁，然后下了车。这时路上开始堵了，一辆卡车在她身边停下，车里的人一只手搭着窗户，脚搁在仪表盘上，他低头看了她一眼，吹了一声口哨。

　　卡特抬起头，对上了那人的眼神。他咧嘴一笑，卡特也笑了。路上的车流缓缓向前，她跑过马路，温暖的阳光洒在她的后颈。

　　卡特在面包房排队，这时脑海中蹦出了另一个卡特，在一旁对自己冷嘲热讽。你知道自己为什么会有点儿高兴，对吧？因为那个人对你吹口哨了！你非但没有觉得自己被物化了，还感觉受宠若惊？一点儿都不女权主义！你那么开心，甚至还觉得感激！如果卡车里有人对你吹口哨都会让你开心，那你一定是老了。你太恶心了！

　　"这位美女，你需要什么？"

　　柜台后面一位小个子男人挑逗地朝她眨了眨眼睛。

　　"我不知道，你这边有什么？"卡特说。小个子男人拍着柜台，赞赏地笑了笑。

　　"如果我再年轻二十岁就好了！"

　　他妈的，你现在可以不用和老男人调情了。

闭嘴，真无聊！少跟我啰唆！

副驾驶座上放着一个装面包的白色纸袋，还有一块店家送的巧克力奶油松饼，卡特开车前往琳恩家。

"别告诉我老婆！"——她想起凯特尔奶奶总是出其不意地跟肉铺老板、报摊小贩和水果店老板调情。每次和奶奶去购物，就像在村子里购物一样。"麻烦来了！"每当她走近，人们都会喊道。

卡特拿起巧克力松饼，狠狠地咬了一口。巧克力、蛋糕和奶油在她嘴里甜蜜地炸开了。

奶奶的新朋友都是在当地新开的一家商场里认识的，她也一样，去的第一周她可能把人都认全了。

奶奶最后一次走过她的空房间时，卡特也在场。她身上的瘀青已经褪成了黄色，头发又变卷了，和之前一样有弹性。"亲爱的，现在看起来大多了，对吧？"

她深吸了一口气，转身走出前门。

"就这样吧。"她坚定地说。

卡特一只手放在方向盘上，舔着手指上的奶油。

她把车开到琳恩住的那条街上，又咬了一大口巧克力松饼。

阳光如此温暖，松饼又是如此美味。她停好车，把套衫留在车内。她穿过车道，按下了琳恩家的门铃。走廊传来玛蒂的脚步声，好像下一秒就要扑进卡特的怀里。

快乐好像也没有那么难。

或许明早她会走进格雷厄姆·赫林达勒的办公室，递给他一封辞职信，彻底地释放自己，看看会发生什么。或许她会把房子卖了。

他妈的，说不定她还会去剪头发呢。

姐妹，冷静点儿。一旁的卡特说道。

或许它没有屈服,或许它正在反击。

大约四个小时后,卡特回到了车里。她系上安全带,转动钥匙。她的胳膊上好像布满了鸡皮疙瘩,手指在方向盘上欢快地跳起舞来。

第二十七章

乔就要到了，琳恩走进卡拉的房间，询问她自己的新衬衫是扣起来好看，还是不扣好看。琳恩给自己定的新目标中有一项就是多向生活中的人寻求帮助（"无论是否需要，每周至少提出两次请求"）。目前为止，这项目标执行得十分顺畅。每个收到请求的人都十分高兴（当琳恩请她婆婆晚上带一份甜点时，老人家几乎都高兴得哭了）。而他们提供的帮助偶尔也会真的奏效。

琳恩还参加了冥想课。虽然第一节课后她就放弃了（她无法忍受老师讲课的方式，真的太慢、太慢了），但正如她之后向迈克尔解释的，之前的琳恩会强迫自己完成，所以这也算是一个进步。

她与停车场和恐慌症的斗争也仍然在继续，但她相信自己会胜利。她会采取一种更平静、放松的生活方式，即使这要了她的命。

琳恩敲了敲卡拉的房门。"我需要一些时尚方面的建议，你爸爸不顶用，"她对卡拉说，"他只会嘀咕。你觉得呢？"

卡拉取下耳机挂在脖子上，坐到床上说："解开扣子吧，不过不要穿背心。性感的露脐装，让你前任看看。"

琳恩解开衬衫露出了腹部，站在卡拉的衣柜前，看着镜子里的自己。

"我太老了，不太合适，你觉得呢？"

"怎么可能，明明很辣啊，爸爸看了绝对发狂。"

琳恩笑着扭了两下屁股。

"好吧。"迈克尔可能根本不会在意。此刻她只是想取悦卡拉，

"谢谢。"

这时门铃响了。

"你快走吧，不然爸爸一拳打歪他的鼻子！"卡拉的语气中带着一丝优越感，好像琳恩和迈克尔的风流韵事从来没这么有趣过。

琳恩在走廊里遇到了迈克尔，他正准备去开门，琳恩用力拉了拉他的衬衫袖子，这时玛蒂跑了出去。

他挡在琳恩身前："不准露肚子！"

琳恩用一个假动作轻松闪开。

她打开门，看到一张带着双下巴的笑脸，脸涨得通红。

"乔？"

"嗨，琳恩！"

她盯着眼前的人，依旧是那个来自西班牙的男孩，只不过现在肿得像个气球。

"你也能看出来，我胖了几磅。"

"我们都一样！"琳恩一只手推开门，另一只手迅速地扣上衬衫。

"你一点儿都没胖！还是那么棒！"

"乔！"迈克尔大声说道，他伸出手，挤出了一个酒窝，"兄弟，见到你真高兴！"

他听起来有点儿过于高兴了，琳恩心想。

"你是谁？"玛蒂拉着他的裤腿，一脸疑惑。

"亲爱的，我是乔！"

玛蒂疑惑地看着他，好像突然认出了他，露出了微笑。"天线宝宝！"

"进来吧！"迈克尔和琳恩异口同声道，他们故意低头避开了对方的视线。

为了招待乔,他们准备在阳台吃烧烤,站在阳台上,对面的海港和整个澳大利亚的美景尽收眼底,乔一脸陶醉。

"这才是生活啊!"他喝了一口啤酒说道。琳恩和迈克尔毕竟过着富足的生活,听了此话不禁得意起来。

过了一会儿,琳恩似乎觉得乔没那么胖了,他笑的时候,琳恩可以从他脸上看到以前他某个性感的瞬间。不过乔可能再也不会出现在她的春梦里了,一想到自己和乔一边泡澡,一边吃杧果,果汁从他的双下巴上滴下来,琳恩的脸就红了。"这才是生活啊!"

卡拉从楼上下来和他们一起吃饭。她很健谈,也很聪明,问了乔一些关于美国的趣事,吃完后甚至主动收拾了盘子,表现得如同日常。

"小姑娘多好!"等卡拉上楼之后,乔感叹道,"我女儿现在也十几岁,但她从来不和我说话,只会在房间门口冷笑。"

"卡拉也不和我说话。"迈克尔说,"她说我是个白痴。"

"青春期的孩子啊!"乔说,"所有的育儿经都说要和他们谈谈,多听他们的想法!但是如果他们都懒得看你一眼,你怎么和他们谈?"

"走路的时候卡拉都会离我十步远,"迈克尔难过地说,将乔的酒杯斟满,"她说是为了避免看到认识的人,还让我不要觉得被侮辱了。"

"而且还要操心那么多事!自杀!吸毒!还有那些男生!"乔继续说,"那些乱开枪的孩子,我都无法想象他们的父母会有多内疚。"

"噢,我想卡拉不会朝别人开枪的。"迈克尔有些担忧。

371

"今年我们想出版一本关于青少年自助方面的书。"乔说,"我想做点儿有趣的东西,不是唠嗑,而是说一些他们的想法。不过,我和你说,要找到一份好的稿子真是费劲。这也证明了我的观点,没人能和青少年沟通!"

"我再去拿瓶酒。"琳恩说着上楼去找卡拉。

"卡特给你和你朋友写的那些信,我能拿一些给乔看看吗?他是个出版商,正在找这方面的作者。我想卡特会同意的。"

"不过,"卡拉轻蔑地说,"这些好像是私人信件。"

"这也许可以帮到卡特,"琳恩开始说好话,"另外,等到萨拉过生日的时候,我也可以借你穿我的皮夹克。"

卡拉一脸精明地看了她一眼:"你的新靴子呢?"

琳恩有些不安。"我还没穿过呢!不过,行吧,成交。"

"别让我爸看见!"琳恩下楼时,卡拉在后面尖叫。

"有样东西你可能会感兴趣,"她对乔说,"你现在可以看看,迈克尔正好帮我一起做甜点。"

"噢,"乔的表情有些失望,"好的。"她下楼时听到了他们在大笑,显然乔和迈克尔聊得正欢。

"你确定水果和奶酪够了吗?"迈克尔在厨房里大笑,"他可能会喜欢南瓜派,或者烤饼?原来你喜欢这么……矮矮胖胖的。"

琳恩往他嘴里塞了一块干酪,递给他一个滤锅:"闭嘴,把草莓洗了。"

"作者是谁?"他们回到阳台上时,乔问道。当他用职业化的声音说话时,整个人看起来瘦了一圈。

"我妹妹。"琳恩骄傲地说。

"她很讨厌自助主题的书。"迈克尔补充道。

"噢，我当然希望能见见她。"乔给自己切了一块奶酪，他看上去又胖了，"我想她可以用一种精准的腔调来写，这样绝对会成功。"

"我去找她，"琳恩说，"我现在就把她叫来。

"啊，也不用这么——"

琳恩已经冲过去打电话了。

当卡特进屋后，琳恩把她介绍给了乔，并且为了分散玛蒂的注意力，把迈克尔拖走了。大约过了二十分钟，乔进来找厕所。

琳恩拿了一壶咖啡到外面，坐在卡特面前。她把胳膊肘支在桌上，扬起眉毛。

"那个人，"卡特盯着她的指甲，缓慢地开口道，"想让我写一本书。他说应该会赚一笔钱，相当大一笔。"

"所以你准备答应吗？"琳恩问道。

卡特抬起头，笑了。那个笑容和十岁时的卡特一模一样，邪恶地咧着嘴，正在酝酿另一个计划，换课或逃学，或者绕开玛克辛。自从卡特失去孩子后，琳恩就没再见过那样的笑容了。

"你敢肯定我会答应的。"

"爸爸，最近怎么样？"

在塔勒马拉的房子里看到父亲的身影，琳恩还是吓了一跳。他肩上挂着一条抹布。

"宝贝，我非常好。"

琳恩想，他看起来确实从来没有老过。高兴起来还是从前的笑容，但他的脸颊似乎下垂了，嘴巴两边有两条深深的裂缝。她永远年轻的父亲也突然显得老了。

母亲遭遇的袭击对弗兰克产生了很大影响。他只要一看报纸或看新闻就会发狂,玛克辛说他一直会做噩梦,不停地从床上跳起来,破坏各种家具。

弗兰克·凯特尔似乎在他五十四岁这一年经历了一件令人震惊的事情。电视新闻上说的那些坏事——持刀袭击、恐怖袭击、狙击手袭击——实际上都发生在真人身上。他们可能发生在任何人身上,也可能会发生在他的家人身上。他给当地议员写了信,信中详细说到了"有病的疯子"和"杀人的混蛋",他想判罪犯死刑,想要更长的刑期,最好把他们全炸了。

"这是他这辈子第一次有同理心,"卡特显然没什么同理心地说,"时间问题。""他是被吓成这样的,爸爸真可怜。"杰玛说。琳恩曾看到她走过一条停满汽车的街道,每次看到挡风玻璃上的违章停车罚单时,她都会畏缩不前。

琳恩惊讶自己居然会对此产生反感。在她的人生里,她一直认为父亲对生活不够认真,而现在他决定认真了,她却不希望这一切继续。她想把他迷惑的眼睛挡在外面,把愚蠢的父亲带回来。以前的父亲是那么荒唐,以至于奶奶都会对他说:"别傻了,弗兰克!"有一天,卡特把这句话改成:"是啊,爸爸,别再像个火腿三明治一样了!"听到这句话,杰玛笑得从椅子上掉了下来。在那之后,每次父亲蹦蹦跳跳地做着最愚蠢、滑稽的事情,她们都会说:"爸爸又变成火腿三明治了!"爸爸做的那些事都是为了搞笑。

她记得有一次他们去曼利海滩的旅行,他们总是跑着去赶渡船。琳恩快疯了,她回头一看,只见父亲摇摇晃晃地向前走,两只胳膊下夹着卡特和杰玛,发出咕噜咕噜的声音。他摇头晃脑地扮演着大猩猩,天哪!琳恩会尖叫:"加油,爸爸!"她当时多么神经质!

"睡得好吗？"此刻她跟在父亲后面穿过走廊，一边问道。

"玛克辛和我说我昨晚跟衣橱大吵了一架。"弗兰克说，"我什么都不记得了，这可能是她编的。"

"你肩膀上为什么有块抹布？"

"轮到我做饭了，"弗兰克说，"跟你妈妈学的，做饭的第一条规矩——把抹布披在左肩。"

玛克辛坐在躺椅上，一边喝茶，一边做填字游戏。"玛蒂还在睡午觉，"她说着摘下眼镜，"坐下喝杯茶吧。我刚刚泡了一壶。"

"我还是继续在厨房干苦力好了。"弗兰克说。

"那你去吧，亲爱的。"

"你们轮流做饭？"琳恩问道。

"对啊！"玛克辛给她倒了杯茶，"是不是像新婚夫妇一样？"

琳恩扬了扬眉，没有评价。"玛蒂今天怎么样？"

"简直像个小恶魔。"玛克辛不屑地挥了挥手，"我问你点儿事，你们姐妹对我们的复合怎么看？"

"嗯……"琳恩还没想好怎么回答这个问题。经过一天的工作，她的大脑此刻正处于愉悦的状态，新助理准备给她介绍一个"早餐常买"项目，助理非常专业，不会因为过分热情而让人讨厌，而且也很有趣，琳恩想，她可能会成为自己的新朋友，她已经很多年没有交新朋友了——这有点儿像恋爱，只是不会有压力。

"圣诞节那天，当你从饭桌上气冲冲地离开后……"玛克辛开始说。

从圣诞节到现在，好像已经过去好几个世纪了。

"那天太紧张了，"琳恩说，"我的头都快要爆炸了。抱歉，我的反应确实有些过了。"

375

玛克辛看起来被激怒了:"不用说对不起。只需要说说你的感受。我认为我们为这个家付出得还不够。"

"你在逗我?我们为这个家已经付出得够多了!"

"我的意思是用一种平静、理性的方式。"

"好吧。"

琳恩压低了声音。她能听到弗兰克在厨房里吹着口哨,吹的是《莱茵石牛仔》,还伴随着锅子的煮饭声。

"我一直觉得爸爸对你不好。"她平静地说。

"说出来!反正他现在也听不见!他的耳朵一天比一天聋。"

"爸爸对你不好,我记得。所以那天他宣布时,我就觉得——"

玛克辛打断了她的话,琳恩对着茶杯笑了笑。

"他确实对我不好,我对他也一样。但是你们不懂,我和他不是一类人!你还记得那次我去看牙医吗?他承认他对前妻很不好,但我不在乎!你们知道,他是一个非常无趣的人,所以最后就变成那样。但我想说的是,弗兰克的前妻对我来说就是一个陌生人!我又不是她。他过去犯过错,我也一样,其实我们都是彼此的错误,但这并不重要!"

"好吧。"琳恩说。

"当然,你爸爸喜欢假装我们是同一类人,而且他是一直爱着我的。"玛克辛翻了个白眼,但无法掩饰喜悦之情,"但这就是弗兰克。"

"你高兴就好。"琳恩开始好奇事情的发展方向。

"所以我最近一直很担心他。"

琳恩把一根手指放在嘴唇上。

"我告诉过你,他听不见的。我想到了一些好东西能让他高兴起来。"

"什么?"

母亲用手捂着肚子,显得有点儿害羞。

"明天晚上我准备向他求婚。"

"你要向他求婚?"

"嗯,通常求婚就是为了这个。你觉得呢?"

"我觉得……"琳恩放下茶杯,想知道眼前的人在想什么,"我觉得这个想法很……很可爱。"毕竟比这更糟糕的事多的是。

"好!"玛克辛仿佛在说"那就这么定了","我去看看那个小坏蛋是不是要醒了。"

琳恩还能听见父亲在厨房里吹口哨。

那首歌不再是《莱茵石牛仔》了。

她拿起空杯子,把它们拿进了厨房。

弗兰克正在搅拌着一锅意大利面酱,他抬起头,天真地看了琳恩一眼,继续吹着口哨,这是欢快版的《婚礼进行曲》。

"爸爸,你真是个火腿三明治。"

她也没想到,自己居然亲了父亲的脸颊。

"我真是太幸运了。"弗兰克说。

第二十八章

奶瓶、奶嘴、尿布、湿巾、润肤乳、婴儿爽身粉、睡前读物、睡衣、明天的衣服、今晚换下的衣服、洗澡时的玩具、抱着睡的玩偶、"可以快速分散他注意力的"玩具、"哭的时候哄他的"玩具。对了！他们给他的玩具呢？那个不错。他最喜欢苹果和梨，还有面包干。

还有什么？

杰玛正在为萨尔的第一次在外过夜打包行李。杰玛和查理要去参加婚礼，所以准备把萨尔送到查理父母那里。

查理的父母并没有接受杰玛，他们对儿子成为父亲的整个过程十分不安和怀疑。此外，他们把杰玛和小女儿的新男友丹联系在一起，丹这个男友非常不称职，女儿还没完成法律专业的学习就被他带去了法国。

每次去查理父母家，杰玛都只能僵硬地坐着，傻傻地笑，而查理和父母则全程用意大利语对话，他们说得很快，语气听起来很生气。查理的母亲总是一脸严肃，不停地向杰玛的方向推着一盘盘食物，而他的父亲则不停地敲着桌子。杰玛已经习惯了大家都很喜欢她，这样的场面让她压力很大。

"真的吗，杰玛？"玛克辛说，"你还指望什么？要是我的话，我也不接受！"

但查理的父母很喜欢萨尔，萨尔也很喜欢他们，小家伙每次一见到查理父母，就会从杰玛的怀里往外蹦。

杰玛拉上拉链，包已经变得鼓鼓囊囊的，她又在心里核对了一遍清单。她可能忘记了一些基本的东西，那样她就不是一个称职的母亲了。

如果他们之后拒绝把萨尔送回来呢？如果他们给社区服务部打电话说："看看她准备的这些东西，你能相信吗？她还好意思说自己是孩子的母亲！"

她一想到这些，就害怕得浑身发冷，然后他们就会发现她一直在计划让别人收养萨尔，计划抛弃他。他们会说，你从一开始就不想要他。

在最初的几个月里，萨尔总会无缘无故地哭个不停，杰玛听来，那很像悲伤的哭泣。"你们从来就没想过要我！你一直想把我丢掉！"

她总是抱着萨尔，在查理公寓的走廊里来来回回地走，她轻轻地摇他、拍拍他，请求他说："求求你，求求你不要再哭了。"每当这时，她都会内疚得好像胃在打结。

一天晚上凌晨三点，在萨尔连续哭了两个小时之后，查理红着眼眶说："要不我们给卡特打个电话？就说我们改变主意了，孩子还让她带走。"

杰玛放声大哭。

"我是开玩笑的！"查理连忙说，他脸上真正的痛苦让杰玛哭得更厉害了，因为他是那么可爱、那么好，而自己也曾经抛弃了他。"原来你就是那个让他伤心的女孩。"查理最好的朋友第一次见到杰玛时如是说道。

"你可能是得了产后抑郁症。"查理说，而杰玛和萨尔则对着他的胸口痛哭。

"我是患上了'我后'抑郁症。"杰玛说。

379

第二天，查理给玛克辛打了电话，她出现在他们家，像一位装甲兵。

"三个！"看着玛克辛摇着婴儿，杰玛不禁叫道，"你一下子有三个萨尔！而且你当时才二十岁！"

"那真是一场史诗级的噩梦。"玛克辛郑重地说，"那是我一生中最糟糕的时光。"

"那肯定，"杰玛轻声说，"我的天哪。"

"玛蒂出生后几个月，你姐姐也说了同样的话。"玛克辛说，"我期待着卡特也能有类似的想法，那感觉一定很棒。"

萨尔的头醉醺醺地耷拉在玛克辛的臂弯里。

"你们三个人当中总有一个人在哭，"玛克辛用指尖划过萨尔的睫毛，"我曾经渴望有一瞬间你们三个人可以同时感到开心。"

现在杰玛不再去想萨尔可能需要的其他东西，她把这包东西搬到了前门。

"我们需要在二十分钟内出发，不然就要迟到了。"查理在卧室里喊道，他正在给萨尔穿衣服，"你听到了吗？二十分钟内。"

他的语气听起来有些急躁。

不过有意思的是，杰玛很喜欢看查理生气。他生气的时候并不会变成另一个人，不会吓到她，也不会羞辱她。

他只是偶尔心情不好，像个正常人一样。

有时她还能感觉到那股冰冷的风开始吹过她的骨头，但现在她有了治愈的办法。她回想起萨尔出生的那个晚上，当时她在救护车里听着手机里查理的声音，他告诉自己灯泡是如何工作的。"有一根细细的电线，它能阻挡电流，这就是灯丝发光的原因……你看，一切都要流回大地……杰玛，你应该不会想要重新布线吧？"

他就像在朗诵一首优美的诗篇,"……它能阻挡电流……这就是为什么灯丝会发光……"

她向门内探头,看见萨尔正对着爸爸哈哈大笑,他的腿疯狂地转动着,而查理试图抓住他,好给他穿衣服。

"我爱你。"她说。

查理似乎有些生气:"我想也是。"

弗兰克和玛克辛举行了他们的第二场婚礼,地点选在巴尔莫勒尔海滩对面草地上的一个白色小凉亭。草地上野餐的家庭和手牵手的情侣们饶有兴趣地观看了这一仪式。

玛蒂是花童,她似乎被自己的美丽迷住了,在整场仪式上努力地表现自己,摇晃着她的丝绸裙子。卡拉带来了一个又高又瘦的男孩,他看起来很像她的父亲,不过幸运的是,没有人会傻到提及这一点。凯特尔奶奶穿着一件粉红色的衣服,大谈特谈她迷人的新邻居乔治。乔治的妻子帕姆生了重病,奶奶希望可怜的帕姆不要痛苦太久。

在晚宴前,摄影师琳恩组织大家在落日前一起拍照。

不过当晚最好的一张照片是在大家不经意间抓拍的,当时大家都在去餐厅的路上,凯特尔奶奶停下来展示她新学的太极技巧,她的膝盖微微下蹲,双手在空中弯曲;卡特、杰玛和琳恩都在比画着太极动作,因为没有经过训练,身体找不到平衡,杰玛整个人都快要倒在姐姐们身上;查理和迈克尔走在队伍后面,他们的头向后仰着,笑得十分开心;玛蒂停下来欣赏着自己的新鞋;卡拉和她的新男友也在看他们的鞋子,暗地里偷偷地牵手。

弗兰克和玛克辛也牵着手。弗兰克一边看表,一边大步走在前面,玛克辛转过身在看她的女儿们,一只手遮住眼睛,她笑了。

后 记

等等，还没结束呢！

听着！大约六个月后的一个周六下午，我去学校见谢里尔。她现在在莫斯曼，所以我们约着去巴尔莫勒尔海滩喝咖啡。总之我们看到了那场婚礼，看到他们在那儿拍了照。

突然，婚礼上有个女孩喊了一句："奥利维娅！是她们！餐厅里那对奇怪的三胞胎！"当时我惊呆了，天哪，真的不敢相信！

她们居然还记得我的名字，真是受宠若惊！

于是她们三个人过来和我聊天，后来我才知道原来那天是她们父母复婚，看来她们一家子都疯了。

之前怀孕的那个女生又变瘦了，我当时吓坏了，心想，不会吧，孩子不会死了吧？不过我没问，后来她自己说生了一个男孩，孩子很健康，还给我看了照片。我这才松了一口气，我很讨厌在那儿纠结该说什么，你知道的，一些比较悲剧的事情。

扔叉子的那个女生好像不一样了，我也不知道原因，可能是她把头发剪短了吧。

她们问我是否认识那个摄影师，我说："嘿，他不是那晚坐在你们旁边的那位吗？"她们回答："没错。"然后那个扔叉子的女生就走过来问我："你觉得他可爱吗？"她说这句话的时候，她的姐妹们都炸了！她们在那里起哄："哇，她喜欢他，她喜欢他！"你知道吗，虽然她们都已经三十几岁了，但她们看起来还是那么年轻、平常。我和谢里尔说她们的年龄，她居然都不相信！等我老了我一定也要像她们那样。

总之那个扔叉子的女生对我眨了眨眼说：我准备去约他，你觉得怎么样？我说：你去啊，我支持你。她的两个姐妹实在是太兴奋了，感觉她们都快心脏病发作了。

所以她就过去找摄影师了。

从他脸上的表情来看，我想她肯定成功了。